Max Oban

Tod im Museum
Paul Pecks zehnter Fall

Kriminalroman

feder_frei_
www.federfrei.at

Dieser Roman beruht nicht auf Tatsachen. Namen, Personen, Orte und Handlungen sind frei erfunden. Irgendwelche Ähnlichkeiten mit tatsächlichen Begebenheiten, Orten oder Personen, seien sie lebend oder tot, sind rein zufällig.

Zum besseren Verständnis und um Missdeutungen auszuschließen, wird der Leser darauf hingewiesen, dass der Autor die Meinungen und Sichtweisen seines Protagonisten Paul Peck in wesentlichen Punkten teilt.

© Verlag federfrei
1. Auflage
Marchtrenk, 2023
www.federfrei.at
Umschlagabbildung:
© Nickolay Khoroshkov, Adobe Stock
Lektorat:
E. Reisinger
Satz und Layout:
Verlag federfrei
Printed in EU
ISBN 978-3-99074-257-0

»Wovon man nicht sprechen kann,
darüber muss man schweigen.«
Ludwig Wittgenstein

»Wenn Männer wenig erzählen,
können sie viel verschweigen.«
Sophia

»Unterbrich nie eine Frau, die gerade schweigt.«
Paul Peck

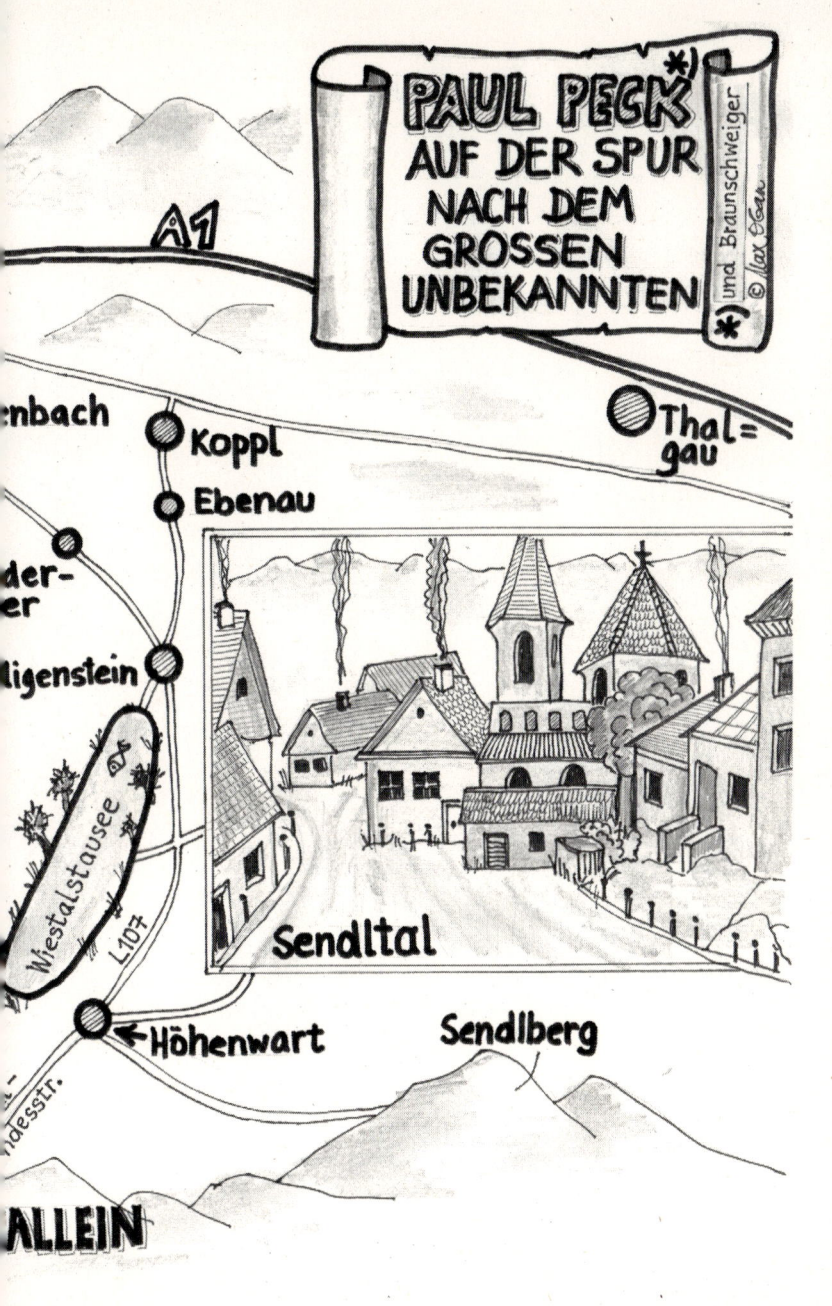

Personen

Baldo ....Boxerhund (mit Stammbaum)
Bäumler Sonja...............Sekretärin bei der Firma Rummel
Bockerer Michael..........Lehrer (pensioniert)
Braunschweiger ....Pecks Mitarbeiter und Assistent
Breuer Karin ....Ex-Gattin Volkmar Rummels
Breuer Uwe ....Ehemann Karins
Fellinger Hedwig ....Maries Zimmervermieterin in Salzburg
Geldwerter Susanne .....Notarin in Ebenau
Gstöttenmayer Karl .....Bürgermeister in Sendltal
Loni Häusler ....»die flotte Loni«, Kellnerin beim Kirchenwirt
Höllerer Sylvia ....Sprechstundenhilfe bei Dr.med. Herbert Kuhn
Hoppenstädt Adelheid Zimmervermieterin in Sendltal
Kaiser Josef (Sepp)......Kirchenwirt in Sendltal
Kaiser Erni....................Kirchenwirtin in Sendltal
Kammerer Rosi ....Verkäuferin beim Sendltaler Greißler
Kuhn Christa.................Arztgattin und selbsternannte Künstlerin
Kuhn Herbert...............Dr.med., Arzt in Sendltal
Kuhn Walter..................Arztsohn
Mohn Ludwig (Luky)...Greißler in Sendltal
Monika...........................Ex-Gattin Peter Pecks
Moser Jacqueline ....Enkelin des Schnapsbrenners Alois Steiner
Peck Paul........................Chef des Salzburger Detektivbüros »Seriosität und Durchblick«
Peck Peter......................Sohn Paul Pecks
Pfanninger Arnold ....Automechaniker in Sendltal
Pötzlberger Georg-Maria ... Pfarrer in Sendltal

Rummel Volkmar.........Besitzer der Möbelfirma in Sendltal
Rummel Horst.............der ältere Sohn Volkmar Rummels
Rummel Konrad...........der jüngere Sohn Volkmar Rummels
Sophia ....Buchhändlerin in Salzburg, verständnisvolle und freche Gefährtin Pecks
Steiner Alois..................Schnapsbrenner in Sendltal
Stollarz Stefan, Mag. ....Raiffeisenbank Sendltal
Tatschero Martin..........Schulkollege Pecks
Thurner Cäcilia.............Ehefrau Rudolfs und Mutter von Marie bzw. Jakobs
Thurner Jakob...............Sohn von Cäcilia und Rudolf Thurner
Thurner Marie ....Tochter von Cäcilia und Rudolf Thurner
Thurner Rudolf ....Nebenerwerbsbauer in Sendltal
Westermayer Carla ....Sophias Freundin
Weixler Andreas............Dr.med., Frauenarzt und Psychologe in Salzburg
Wittmann Jürgen..........Besucher im Museum der Moderne
Zeller Martina...............Sekretärin des Bürgermeisters in Sendltal

Er konnte sich noch daran erinnern, dass das *Museum der Moderne* früher *Café Winkler* hieß. Ohne Rücksicht auf den spärlichen Sonntagabendverkehr überquerte er den belebten Platz, bog in die Gstättengasse ein, wo er einen kurzen Blick auf die Speisekarte der *Pizzeria IL SOLE* warf, dann betrat er den Vorraum des Mönchsbergaufzugs. Die »Schachtel« nannten manche Salzburger das Museum hoch über der Stadt, direkt an der steil abfallenden Klippe des Mönchsbergs. Das riesige Poster, das in der Aufzugskabine hing, trug die Überschrift

EDWARD HOPPER RETROSPEKTIVE.

Während der Fahrstuhl nach oben schwebte, betrachtete er das Plakat, auf dem das Gemälde ›Nighthawks‹ abgebildet war. Wegen dieses Bildes war er gekommen.

Der Eingangsbereich im zweiten Stock des Museums war großzügig und langweilig gestaltet. Hellgrauer Sichtbeton allerorten. Nichts soll von der hehren Kunst ablenken. Langsam durchschritt er die große Halle, warf einen kurzen Blick auf die Hinweisschilder und betrat mit Herzklopfen die Galerie, in der die Hopper-Bilder an der Wand hingen. Er warf einen Blick auf die Uhr über der Tür. Siebzehn Uhr zehn. Um sechs Uhr machte das Museum zu. Rasch schritt er in den nächsten Raum, in dem er sein Lieblingsbild fand. Alleine dessen Größe war beeindruckend. Mehr als eineinhalb Meter breit. Es waren kaum Leute im Museum und er blieb lange vor dem Kunstwerk stehen, dann ging er so dicht heran, wie es das rote Seil erlaubte, und suchte nach der Signatur, die er in der rechten unteren Ecke entdeckte. Er trat zwei Schritte zurück und ließ das Gemälde auf sich wirken. Kein Zweifel, es erzählte eine Geschichte. Wie der Bug eines Bootes schob sich die spitze Ecke eines in kaltem Licht erstrahlenden Nachtcafés von rechts in das dunkle Bild. Ob das Paar, das an der Theke nebeneinandersitzt, zusammengehört? Der Mann hat eine Zigarette zwischen Zeige- und Mittelfinger. Was hält die rothaarige Frau in der Hand? War das ein Geldschein? Hat der Typ die Rothaarige soeben bezahlt, damit sie mit ihm ins Bett geht? Etwas entfernt von dem Paar und mit dem Rücken zum Betrachter sitzt ein Mann vom Typ einsamer Trinker auf dem Barhocker. Ein geheimnisvoller Mann mit Hut. Keiner der Personen redet mit dem anderen, keiner sieht den anderen an. Der Einzige der vier Personen mit einem lebendigen Gesichtsausdruck ist der Kellner. Er trägt eine zerdrückte weiße Uniform und befindet sich im Inneren des Raumes auf der anderen Seite der Theke und ist mit irgendetwas unter dem Tresen beschäftigt. Mit halb geöffnetem Mund blickt er nach vorne. Redet er auf den Mann mit der Zigarette ein?

Nachdem er das Bild lange und aufmerksam betrachtet hatte, trat er einige Schritte zurück und setzte sich auf eine dort befindliche Polsterbank. Das Bild könnte aus einem französischen Film Noir stammen, dachte er. In seiner Fantasie stellte er sich vor, dass der einsame Mann auf der linken Seite des Bildes plötzlich eine Pistole zieht und das gegenüber sitzende Paar oder den Kellner mit der Waffe bedroht.

Er sah sich um, ob ihn jemand beobachtete, aber es war niemand in der Nähe. Also zückte er sein Handy und fotografierte das Bild.

Als er sich erhob, spürte er den starken Drang, eine Toilette aufzusuchen. Eilig durchschritt er den Raum mit den Bildern und stieß neben der Stiege auf eine dunkel lackierte Tür mit der Aufschrift NUR FÜR PERSONAL.

Er drückte die Klinke nach unten und öffnete die Tür. Es roch nach Putzmittel und Staub. War das eine Toilette? Er tastete die Wand entlang und fand den Lichtschalter. Das war kein Klo. Ein schmaler, fensterloser Raum mit Eimer, Besen und einem staubigen Regal mit Putzmittel und mehreren Flaschen. Er erstarrte. Im hinteren Teil des Raumes lag ein Mensch auf dem Boden. Langsam ging er näher heran und bückte sich zu dem Körper hinunter, der wie leblos auf dem Bauch lag. In seinem Kopf wirbelten die Gedanken wirr durcheinander. Es roch nach Blut. Ein Mann lag da. Graue Hose, blaues Sakko. Er war sich sofort sicher, dass der Mann tot war. Der Kopf war eigenartig zur Seite geneigt, sodass der Mann Probleme beim Luftholen hätte, wenn er noch am Leben wäre. Die Beine waren angewinkelt, ein Arm lag unter dem Körper, der andere Arm war weggestreckt. Die Handfläche schaute nach oben. Er kniete neben dem Körper nieder, drehte ihn um und zuckte zusammen, als er den dick mit Blut verkrusteten Strich sah, der sich quer über seinen Hals zog. Mein Gott! Die Kehle brutal durchschnitten. Unter dem Kopf der Leiche hatte sich eine Blutlacke gebildet, von der aus eine rotschwarze Spur einige Zentimeter weit lief. Auf dem Hemd, das ihm aus der Hose hing, war ein Blutfleck zu sehen. Hatte der Mörder durch das Hemd auf den Mann eingestochen?

Die Augen des Mannes waren starr zur Decke gerichtet. Dicht neben der Leiche lag ein zerbrochenes Brillengestell auf dem Boden. Erst jetzt fiel ihm auf, dass der Boden und das Regal mit jeder Menge Blut besprizt waren. Als er sich aufrichtete, wurde ihm schwarz vor Augen.

Sophias Haus in der Pezoltgasse machte einen leeren Eindruck. In der Küche fand Paul Peck einen handgeschriebenen Zettel.

> Bin mit Carla im Kino.
> P.S. Leider ist der Kühlschrank leer.
> Bis später, Sophia.

Was sollte er nun mit seinem Hunger anstellen? Zu Hause bleiben und eine Pizza oder ein Schnitzel auf Rädern bestellen oder zehn Minuten zu Fuß über den Steg ins *Gasthaus Überfuhr*? Er griff nach seinem Handy, als er jemanden an der Tür hörte. »Ich hab dich erst später zurückerwartet«, sagte er zu Sophia, die ihren nassen Schirm ausschüttelte.

»Es hat zu regnen begonnen«, sagte sie und lachte. »Wir waren in der Siebzehn-Uhr-Vorstellung. Sonntagnachmittagsprogramm für Kinder und Hausfrauen. Wie geht es dir, mein Schatz?«

»Ich habe zwei Fragen. Erstens: Wer ist Carla und zweitens, welchen Film habt ihr gesehen?«

»Ich hab dir schon einige Male von Carla erzählt … eine Freundin aus Sendltal, mit der ich schon im Sandkasten gespielt habe. Sie ist geschieden und langweilt sich.«

»Sendltal kenne ich. Das liegt irgendwo in der Nähe vom Wiestalstausee.«

Sophia lächelte. »Dort wohnt nicht nur Carla, sondern auch Luky.«

»Du wirst mir sicher sofort berichten, wer Luky ist.«

»Ein alter Verehrer. Vielleicht fahre ich morgen hin.«

»Zu deinem alten Verehrer?« Pecks Stimme war laut geworden.

»Mein Gott!« Sie machte eine beruhigende Geste mit der Hand. »Das mit Luky ist viele Jahre her. Ich besuche Carla. Morgen am Nachmittag werde ich die Buchhandlung meiner Mitarbeiterin überlassen und nach Sendltal fahren. Carla hat mich eingeladen.«

»Und ich?«

»Dich hat sie nicht eingeladen.« Sophia strafte ihn mit einem strengen Blick und ließ sich auf den Polstersessel fallen.

»Und mit welchem Film hast du nun Carla die Langeweile genommen?«

»Ocean's Eleven. Zwar ein uralter Film, aber mit George Clooney.«

»George Wer …?«

»Du kennst George Clooney nicht? In dem Film spielt er einen Knastbruder. Egal in welcher Rolle, der Mann sieht überall super aus.«

»So gut aussehend wie Luky?« Peck wartete die Antwort nicht ab. Er sah auf die Uhr. »Hör mal, du bist jetzt genau vier Minuten zu Hause und in dieser Zeit hast du mich über einen deiner früheren Liebhaber und einen extrem gutaussehenden Hollywoodmenschen informiert.«

Peck ging zum Schrank, goss sich einen großen Lagavulin ein, schnappte sich ein Buch und setzte sich auf die Couch.

»Wie geht es eigentlich Funke?«, fragte sie.

»Ich habe ihn schon länger nicht gesehen. Er wird alt. Und einsam.«

»Wie lange ist er schon in Pension?«

»Vier Jahre. Oder fünf. Und vor zwei Jahren ist seine Frau gestorben.«

»Er sollte sich eine Frau suchen«, sagte Sophia. »Es ist nicht gut, dass der Mensch allein ist. Steht schon in der Bibel. Und das gilt vor allem für Männer.«

Peck wiegte den Kopf hin und her. »Es ist nicht einfach, die richtige Frau zu finden.« Sie lachte. »Verstehe ich nicht. Den falschen Mann zu finden war sehr leicht.«

Sie ging in die Küche und kam mit einem Glas Rotwein zurück. »Was liest du?«

Er hielt ihr das Buch hin. ›Auf der Suche nach der verlorenen Zeit.‹ »Sechs Bände und über fünftausend Seiten.« Beeindruckt pfiff sie durch die Zähne. »Da hast du eine Mammutaufgabe vor dir.« Sie nahm einen Schluck aus ihrem Glas. »Du könntest aber auch das Buch zur Seite legen und mich unterhalten.«

Peck trank sein Whiskyglas leer und begann zu lesen.

Sie schnaufte. »Jetzt wäre der richtige Zeitpunkt für eine Entscheidung. Marcel Proust oder ich.«

»Tut mir leid«, sagte er und blätterte um. »Du bist knapp Zweite geworden.«

Der Hunger meldete sich zurück. Er schielte zu Sophia hinüber, die einen zufriedenen Eindruck machte. Peck überlegte, in die Küche zu gehen, um sich ein Wurstbrot zuzubereiten.

Irgendwo in der Wohnung läutete ein Handy. Sein Handy. Wer störte am Sonntagabend?

»Lass das Telefon«, sagte Sophia. »Heute ist Sonntag.«

»Ich bin auch am Sonntag Detektiv.« Nach einigem Suchen fand er das Telefon im Mantel, der auf der Garderobe im Vorzimmer hing. Die Nummer am Display war ihm unbekannt, er zögerte einen Augenblick und entschied dann doch, den Anruf anzunehmen.

»Hallo! Im Museum liegt eine Leiche. Ich brauche Ihre Hilfe«, sagte eine aufgeregte Stimme.

Peck stutzte, nahm das Handy vom Ohr und starrte es ungläubig an. Sophia hob den Kopf und blickte fragend zu ihm herüber.

»Welches Museum und welche Leiche?«

»Ich brauche Ihre Unterstützung. Und zwar sofort. Im *Museum der Moderne* … oben im zweiten Stock. Ein toter Mann. Er liegt in einem Abstellraum.«

»Und was erwarten Sie von mir?« Peck sah zu Sophia hinüber und hob die Schultern.

»Ihre Unterstützung. Und Ihre Hilfe.« Die Stimme des Mannes bekam einen flehenden Unterton.

»Wissen die im Museum Bescheid? Dass da eine Leiche liegt.«

»Ich bin abgehauen.«

»Und wo sind Sie zurzeit?«

»Im Mirabellgarten.«

»Kommen Sie her«, sagte Peck, als ihm auffiel, dass Sophia versuchte, ihm mit pantomimischen Bewegungen ihres Zeigefingers eine Botschaft zukommen zu lassen. ›Aber nicht hier‹, übersetzte er ihre hektischen Bewegungen.

»Aber nicht hier«, sagte er ins Telefon. »Wir treffen uns in meinem Büro.«

Als ob der Mann darauf vorbereitet wäre, leierte er Pecks Büroadresse herunter: »Innsbrucker Bundesstraße 31 und im Internet steht noch *Seriosität & Durchblick* dabei. Ist das okay?«

»Natürlich ist das okay«, brummte Peck. »Gehen Sie vom Schloss Mirabell direkt Richtung Schwarzstraße und nehmen Sie den Müllner Steg über die Salzach. In einer halben Stunde müssten Sie das bis zum Büro schaffen. Wenn Sie schnell gehen, zehn Minuten weniger.«

»Schönen Sonntag noch«, sagte Sophia und sah auf die Uhr. »Du musst los, sonst ist der neue Kunde vor dir in deinem Büro.« Sie nahm die Fernsehzeitung vom Tisch, legte sich rücklings auf die Couch und winkte ihm freundlich zu.

Eine Viertelstunde später parkte Peck sein Auto vor dem BILLA-Markt, der vor einem Jahr im Erdgeschoß unter seinem Büro eingezogen war. Es regnete immer noch, zwischen den abgestellten Autos drehte sich wirbelnd der Wind und zerrte an seiner Hose.

In seinem Büro war es kalt und ungemütlich. Aber ein Büro hat auch nicht die Aufgabe, Gemütlichkeit auszustrahlen. Kaum hatte er seine dicke Jacke in den Schrank gehängt, als die Glocke den Besucher ankündigte. Er betätigte den Türöffner, und wenige Augenblicke später trat ein etwa dreißigjähriger Mann ein, der nach Schweiß und Alkohol roch.

Sein Haar glänzte nass und hing unordentlich in die Stirn. Die dunkelblaue Jeans war dreckverschmiert, die Schuhe vom Schlamm verkrustet.

»Sie sehen nicht gut aus«, sagte Peck und deutete auf den Besuchersessel. »Was möchten Sie trinken? Ich habe Wasser und Bier.«

»Bier«, sagte der Mann und versuchte ein Lächeln.

»Ich habe Ihren Namen nicht verstanden«, sagte Peck.

Verunsichert schaute der Mann nach links und rechts, so als er hätte er sich verlaufen. Das Gesicht war mit einem Mehrtagebart verziert und an seinem Hals gewahrte Peck ein Tattoo, das wie eine Schlange aussah.

»Ich habe meinen Namen auch nicht gesagt.« Er sah zu Peck hoch und versuchte noch einmal ein Lächeln. »Ich heiße Jürgen Wittmann.«

»Sind Sie Salzburger?«

Er schüttelte den Kopf. »Ich wohne im Moment hier. Ursprünglich komme ich aus Traunstein. In Bayern.«

Peck ging zu dem kleinen Kühlschrank, der in das IKEA-Regal mit den Aktenordnern integriert war, öffnete im Gehen die Bierflasche und stellte sie vor den Mann auf den Schreibtisch. Wittmann nickte ihm dankbar zu und trank die halbe Flasche leer.

»Jetzt erzählen Sie von der Leiche im Museum.«

Wittmann fingerte sein Taschentuch aus der Hosentasche hervor und fuhr sich einmal hastig über die Stirn. Stockend begann er zu erzählen, dass er sich auf die Bilder von Edward Hopper gefreut und wie er kurz darauf die Leiche gefunden hatte.

»Die Leiche … männlich oder weiblich?«

»Grauer Anzug. Eindeutig ein Mann. Er lag auf dem Bauch. Sein Gesicht konnte ich zuerst nicht sehen. Dann habe ich ihn umgedreht …«

Peck unterbrach ihn mit einem lauten Stöhnen und verdrehte die Augen. »Sie haben also Fingerabdrücke hinterlassen.«

»Habe ich nicht.«

»Eine Leiche dreht sich nicht von alleine um.«

»Ich schaue mir auch Krimis im Fernsehen an. Es dürften keine Fingerabdrücke zu finden sein. Ich habe mir den Ärmel von meinem Pulli über die Hand gezogen.« Er streckte den Arm vor und zeigte es.

»Haben Sie sonst irgendwas angerührt?«

»Nein.«

»Kennen Sie den Mann?«

»Natürlich nicht. Woher auch?«

»Der Mann … jung oder alt?«

»Glatze. Vielleicht fünfzig Jahre. Schwer zu schätzen bei einem Toten.«

»Haben Sie in das Sakko des Mannes gegriffen? Oder nach seiner Geldtasche gesucht?«

Er schüttelte vehement den Kopf, dass seine nassen Haare noch mehr in Unordnung gerieten. »Es war alles voller Blut. Ich sah eine Wunde vorne auf der Brust und seine Kehle war durchgeschnitten.«

»Waren viele Leute im Museum?«

Kopfschütteln. »Oben bei den Hopper-Bildern war ich fast alleine. Es war schon spät. Eine Dreiviertelstunde später hat das Museum zugemacht.«

»Haben Sie mit jemandem geredet?«

»Nur mit der Frau an der Kassa. Bevor ich nach oben ging. Aber da waren noch zwei Frauen. Besucherinnen. Eine vor mir, die andere hinter mir.«

»Was erwarten Sie eigentlich von mir? Was soll ich Ihrer Meinung nach tun?«

»Ich weiß es nicht. Jedenfalls habe ich Angst, dass man mich beschuldigt. Finden Sie den Mörder. Das wäre doch eine gute Idee.«

»Auf die Idee wird die Polizei kommen, sobald jemand die Leiche in dem Abstellraum entdeckt. Die werden eine Fahndung nach dem Mörder einleiten. Und Sie sind abgehauen.«

»Ich bin nicht der Mörder.«

Peck sah auf die Uhr. »Die Frage ist, ob die Putzkolonne heute noch im Museum aufkreuzt. Wahrscheinlich erst morgen.« Er überlegte kurz. »Morgen ist Montag. Da hat das Museum geschlossen. Ich schätze, die finden Ihre Leiche erst morgen. Spätestens übermorgen.«

»Das ist nicht meine Leiche«, sagte Wittmann.

»Wie sind Sie eigentlich auf mich gekommen? Wo haben Sie meine Telefonnummer her?«

»Sagte ich schon. Internet. *Seriosität & Durchblick* ... Sie wissen schon.«

Peck lehnte sich zurück und überlegte. »Also, Sie gehen ins Museum und sehen sich ein paar Bilder von diesem …«

»Hopper«, sagte Wittmann. »Edward Hopper. 1882 bis 1967.«

»Sind Sie Kunstprofessor an einem Gymnasium?«

Er schüttelte den Kopf. »Ich male.« Kurzes Lächeln. »Nebenerwerbskünstler.«

»Was hatten Sie in dem Abstellraum zu suchen?«

»Ich war auf der Suche nach einer Toilette.«

»Sie haben nirgendwo etwas angerührt, sagen Sie. Keine Fingerabdrücke. Was ist mit der Türklinke?«

»Natürlich … die habe ich angefasst.«

»Sie hätten sie auch abwischen können. Wie in den Fernsehkrimis, die Sie sich anschauen.«

»Türklinke abwischen … daran habe ich nicht gedacht.«

»Na bravo!«, sagte Peck. »Jetzt gibt es zwei Möglichkeiten. Wenn Sie Glück haben, startet morgen oder übermorgen die Putzkolonne damit, den Türgriff des Abstellraums zu säubern oder Ihr Fingerabdruck ist so verwischt, dass er nicht verwertet werden kann.«

»Und wenn ich Pech habe?«

»Das ist die zweite Möglichkeit. Dann landen die Abdrücke im Zentralregister und werden europaweit abgeglichen.« Peck richtete den Zeigefinger auf die Brust des Mannes. »Sind Sie vorbestraft? Hatten Sie schon mal mit der Polizei zu tun?«

Wittmann wiegte den Kopf hin und her. »Nein«, sagte er dann.

»Das Museum hat wahrscheinlich hundert Videokameras. Ihr Besuch bei Edward Hopper ist mit Sicherheit ausgezeichnet dokumentiert.«

»Darauf habe ich geachtet. Am Ende des Flures führt eine Nottreppe ins Erdgeschoß, der ich gefolgt bin. Und aus einer der Toiletten bin ich durch das Fenster ins Freie gestiegen.« Er sah an sich herunter. »Deshalb bin ich auch so verdreckt.«

»Dieser Abstellraum mit der Leiche … wo befindet sich der genau?«

»Am Ausgang des Saales mit den Hopper-Bildern, direkt neben dem Treppenabgang.«

»Und dort hat Sie keiner gesehen?«

»Ich war alleine. In diesem Moment jedenfalls.«

»Wollen wir's hoffen.«

Wittmann trank die Bierflasche leer. »Wie geht's jetzt weiter?«

»Darüber denke ich schon die ganze Zeit nach«, sagte Peck.

»Und? Mit welchem Ergebnis?«

»Ich hab noch keines. Nehmen wir mal an, die Spurensicherung findet Fingerabdrücke oder Ihre DNA da oben im Museum und nehmen wir weiter an, es gelingt der Polizei, einen Zusammenhang mit einem gewissen Jürgen Wittmann herzustellen. Wissen Sie, was dann passiert? Dann kommen nicht nur Sie in Teufels Küche, sondern auch ich.« Peck beugte sich vor und sah dem Mann in die Augen. »Sie wandern wegen Mordverdacht ins Kittchen und ich verliere meine Lizenz als Berufsdetektiv. Wissen Sie, was das Beste für Sie ist? Sie gehen zur Polizei, erzählen, dass Sie eine Leiche gefunden haben. Punkt.«

»Sie sollen den Mörder finden«, sagte Wittmann leise und schlug beide Hände vors Gesicht.

»Wenn Sie es nicht waren, kann es Ihnen egal sein, ob sich die Kripo oder ich auf Mördersuche begeben.«

Er hob den Kopf.

»Ich bin durchs Klofenster getürmt. Das werden die als Schuldeingeständnis auslegen.«

»Ihre Klugheit kommt zu spät. Das hätten Sie sich vorher überlegen müssen. Erzählen Sie der Polizei von Ihrer nervlichen Zerrüttung und dass Sie im Kurzschluss gehandelt haben und getürmt sind. Aber jetzt sind Sie zur Vernunft gekommen und melden den Fund einer Leiche in einem Abstellraum neben den Hopper-Bildern.«

»Sie verstehen mich nicht.« Wittmann schüttelte den Kopf. »Ich habe ein Problem.«

»Verraten Sie es mir«, sagte Peck.

»Ich habe schon mal jemanden getötet.«

*

Peck blieb noch eine Weile an seinem Schreibtisch sitzen und horchte in sich hinein. Er hatte sich die Adresse und die Handynummer geben lassen, dann hatte sich Wittmann mit den Worten »Ich tauche unter« verabschiedet.

Was sollte er nun tun? Es war stickig im Büro und es roch unangenehm nach Schweiß. Peck öffnete das Fenster und warf einen Blick auf die zu jeder Tageszeit stark befahrene Innsbrucker Bundesstraße. Der Regen hatte aufgehört, der nasse Asphalt glänzte im Licht der Straßenlaternen und die vorbeifahrenden Autos zogen zischende Wasserfontänen hinter sich her.

Nachdem er das Fenster geschlossen hatte, fasste er einen Entschluss und rief Sophia an, die sofort abhob.

»Bitte warte nicht auf mich. Wir sind mitten im Gespräch und es haben sich neue Erkenntnisse ergeben.«

»Welche neuen Erkenntnisse?«

»Sophia, bitte … ich erklär dir das alles später.«

»Du erklärst mir das später, okay. Du solltest nur wissen, dass ich gerade das Gefühl habe, dass du mich anlügst. Und du weißt, mein Gefühl trügt nie. Schönen Abend noch.«

Mein Gefühl trügt nie und schönen Abend noch. Natürlich durchschaute sie ihn. Mühelos sogar. Sophia wusste immer, wenn er auch nur etwas die Wahrheit verbog. Und wahrscheinlich hatte sie immer noch das Telefon in der Hand und die Augenbrauen hochgezogen. Sie zog immer die Brauen hoch, wenn er nicht die Wahrheit sagte. Oder nicht die ganze.

Peck fasste den Entschluss, nicht zu Sophia zurückzukehren, sondern in seiner Wohnung auf der anderen Seite der Salzach zu übernachten. Sophia würde ihn nur mit tausend Fragen und Bedenken überschütten. Und beiden wollte er aus dem Weg gehen.

Mit leicht nach vorne gebeugtem Oberkörper und geplagt von Rückenschmerzen war Peck die Stiege bis in den fünften Stock hoch gekrochen, weil der Lift außer Betrieb war. Wieder einmal. Offenbar stand ein Ende der Schönwetterperiode bevor, was die Wiederkehr seiner Kreuzschmerzen begünstigte. In den letzten Jahren war sein Rücken zuverlässiger geworden als jede Wetterstation.

Johannes-Filzer-Straße 46 war ein fünfstöckiger Wohnblock im Salzburger Stadtteil Aigen, eine von den vielen lärmenden Kindern abgesehen ruhige Wohngegend. Seit seiner Partnerschaft mit Sophia nutzte er seine Wohnung immer seltener und nur noch, um gelesene Bücher in seine Bibliothek zurückzubringen und gegen neuen Lesestoff zu tauschen.

Zwei Dinge dominierten in seiner Wohnung: Alte, dunkelbraun glänzende Möbel und Unmengen von Büchern, gestapelt auf Sideboards und Tischen sowie in den vollgequetschten Wandregalen. Die raumhohen Büchergestelle an beiden Wänden hatten den Flur zu einem schmalen, dunklen Büchertunnel werden lassen, der von der Eingangstür ins Wohnzimmer führte.

Neben weiteren Bücherregalen war das Wohnzimmer durch eine braune Ledercouch und einen Lehnstuhl geprägt, seinem Lieblingsplatz mit Leselicht und Tisch für die in unregelmäßigen Abständen wechselnden Büchertürme, Rotwein oder seinen Whisky. Direkt neben seinem Leseplatz lagerten jene Bücher griffbereit im Regal sowie am Fußboden, die er besonders mochte und immer wieder zur Hand nahm: Kafka, Joseph Roth, Wittgenstein und Carl Barks.

Zielgerichtet marschierte er zu seinem Kleiderschrank im Schlafzimmer. Für jeden Auftrag braucht man die richtige Arbeitskleidung. Er holte Handschuhe und einen schwarzen Pulli aus der Schublade und hoffte, dass ihn dieser gemeinsam mit seiner schwarzen Hose im Dunkeln weitgehend unsichtbar machte. Ein kritischer Blick in den Spiegel bestätigte ihm, dass man in schwarzer Kleidung tatsächlich schlanker wirkte. Vor einigen Tagen war er auf die unsinnige Idee gekommen, Sophia mit ein paar tänzelnden Schritten zu beweisen, dass er abgenommen hatte, was sie mit den Worten kommentierte: »Schwarz ist bei weitem nicht dunkel genug, um dich schlank erscheinen zu lassen.«

Die Uhr zeigte schon ein Uhr vorbei, als er am Müllner Hügel in die Augustinergasse einbog und in engen Schleifen an der Stadtpfarrkirche vorbei auf den Mönchsberg fuhr. Es war kein Auto unterwegs. Alles ruhig.

Kurz nach der Zufahrt zum *Hotel Mönchstein* fand er, genügend weit von anderen Gebäuden entfernt, eine abgelegene Parkbucht. Peck stellte seinen Wagen ab, zog die Baseballkappe tief ins Gesicht und folgte einem schmalen, von Sträuchern und Unkraut überwucherten Weg, der in südlicher Richtung verlief. Genau auf das Museum zu. Er stieg über den wackeligen Holzzaun eines Grundstücks, knickte zwei oder drei morsche Latten um und stolperte nach wenigen Metern auf die Böschung zu, wo er in dem undurchdringlichen Dickicht eine geeignete Stelle für den Abstieg zum Museum suchte. Er überlegte, die Taschenlampe zu benutzen, verwarf es aber sofort wieder. Das Licht hinter den kahlen Büschen und entlaubten Bäumen hätte ihn sofort verraten. Soweit er erkennen konnte, befand er sich jetzt direkt über dem Museumsgebäude, wo der Boden durch den Regen besonders feucht und matschig war. Die nasse Erde schmatzte unter Pecks Schuhen, Zweige schlugen ihm ins Gesicht. Je weiter er den Hang nach unten kroch, desto stärker roch es nach nassem Laub und vermoderter Erde. Ein unachtsamer Schritt, plötzlich gab sein rechtes Bein nach. Er hing in der Luft, drehte sich um die eigene Achse und rutschte einige Meter nach unten. Verzweifelt versuchte er, mit den Fersen Halt zu finden und die Fahrt zu bremsen. Noch einmal krachte er mit dem Rücken gegen einen Baumstrunk, dann gelang es ihm, seine Rutschfahrt zu beenden. Keuchend richtete er sich auf, hielt den Atem an und horchte. Stille. Nur das Rauschen der Bäume und weit entfernt das leise Brummen eines Flugzeugs.

Angestrengt starrte er in die Dunkelheit.

Wie ein klobiger Klotz erhob sich die Rückseite des Museums. Ein Stück entfernt erkannte er zwei kleinere Nebengebäude. Hinter ihm rauschte der Wald. Schwer atmend lehnte sich Peck einige Sekunden mit dem Rücken gegen einen Baum, dann schlich er langsam an der Mauer entlang. Hoffentlich war da keine Alarmanlage, oder ein Bewegungsmelder. Doch es blieb alles ruhig und dunkel. Neben einer schmalen Tür war ein Fenster gekippt, das Peck mit wenigen Handgriffen öffnen konnte. Er sah auf die Uhr. Zwei Uhr vorbei. Irgendwo auf einem der benachbarten Grundstücke bellte ein Hund.

Der Gang, den er wenig später durch eine massive Metalltür betrat, hatte einen teuer aussehenden Marmorboden. Auf einer Seite stand eine Reihe bedrohlich aussehender Skulpturen, von denen er in der Dunkelheit keine Einzelheiten erkennen konnte. Hier begann wohl der offizielle Teil des Museums. *Oben im zweiten Stock*, hatte Wittmann gesagt. Über die breite Treppe erreichte er das zweite Obergeschoß, in dem es deutlich wärmer war. Gib einer Überwachungskamera keine Chance, dachte er und zog den Schirm seiner Kappe so tief wie möglich ins Gesicht. Während er den Flur entlangging, überlegte er, ob die Leiche noch in dem Abstellraum lag oder sie in der Zwischenzeit von einem der Museumsangestellten entdeckt worden war. Er schob den Gedanken beiseite. Wenn man den Toten gefunden hätte, wäre es nicht totenstill im Museum. Dann würden sich Hundertschaften Polizei hier aufhalten.

Am Ausgang des Bildersaales, hatte sich Peck gemerkt, direkt neben dem Treppenabgang. Dort fand er die Tür mit der Aufschrift NUR FÜR PERSONAL.

Er atmete tief ein und drückte die Klinke nach unten. Der Gestank war so schlimm, dass sein Magen augenblicklich zu rebellieren begann. Leise schloss er die Tür und suchte den Lichtschalter.

Mein Gott! Obwohl er auf die Leiche vorbereitet war, traf ihn der Schock wie ein Keulenschlag. Es war alles so, wie es Wittmann beschrieben hatte. Der Tote lag auf dem Rücken und starrte mit offenen Augen zur Decke. Unter seinem Körper hatte sich eine schwarz eingetrocknete Blutlache gebildet. Das grelle Licht der nackten Glühbirne fiel auf das blutverschmierte Gesicht. Die durchgeschnittene Kehle des Mannes klaffte wie ein riesiger Mund, der zu einem tödlichen Grinsen verzerrt war. Auch der Brustkorb wies zwei Wunden auf und auf dem Hemd zeichneten sich die Einstichstellen als unregelmäßige Flecken ab. Der Mörder hatte durch das Hemd auf den Mann eingestochen. Mindestens zweimal. Brutal und rücksichtslos. Wahrscheinlich starb der Mann an der durchgeschnittenen Kehle. Das würde die Obduktion ergeben.

Peck lehnte sich gegen den Türstock und zwang sich, die schreckliche Szenerie zu betrachten. Er hatte schon einige Leichen zu Gesicht bekommen, aber hier überkam ihn das Gefühl, als ob seine Professionalität, die ihn normalerweise in solchen Momenten wie eine Rüstung schützte, von ihm abgefallen war. Er bot seine ganze Willenskraft auf und ging vor der grausam zugerichteten Leiche in die Knie. Er schlug das Jackett zurück und studierte das eingenähte Etikett. PEEK & CLOPPENBURG stand da. Allerweltsfirma, Konfektionsware, die man in allen Fußgängerzonen Europas kaufen kann. Die Innentaschen der Jacke waren genauso leer wie die Hosentaschen. Nichts. Kein Ausweis, kein Telefon, keine Geldtasche und keine Autoschlüssel. Er berührte den linken und danach den rechten Arm. Rigor mortis. Die Leichenstarre hatte den Körper noch voll im Griff. Soweit Peck wusste, löste sich die Leichenstarre je nach Temperatur erst zwanzig bis fünfzig Stunden nach dem Tod.

Peck holte sein Handy aus der Tasche und machte ein Foto vom Gesicht des Toten. Er richtete sich auf und schaute auf das Display des Handys. Das Foto war nicht besonders gelungen. Also schoss er noch eines.

Obwohl es im Raum kühl war, brach ihm der Schweiß aus und wie auf einer lauten Trommel begann es, in seinen Schläfen zu klopfen. Ich muss raus hier, dachte er.

In dem Wandregal fand er einen Putzlappen und ein Reinigungsmittel in einer Sprühflasche. Er drehte das Licht ab und öffnete Zentimeter für Zentimeter die Tür. Jetzt ist die Komplizenschaft komplett, dachte er, nachdem er beide Türklinken gesäubert hatte. Es war ihm nicht wohl bei dem Gedanken.

Im Erdgeschoß standen einige lebensgroße Skulpturen in eigentümlich verrenkter Haltung. Möglichst geräuschlos schlich Peck den dunklen Korridor entlang. Nur durch zwei kleine Oberlichter fiel etwas Licht einer Straßenlaterne in den Raum. Da war ein Geräusch. Jemand steckte von draußen den Schlüssel ins Schloss. Pecks Herzschlag stockte. Das Quietschen der Tür drang an sein Ohr und dann leise Schritte, die näher kamen. Eine auf den Boden gerichtete Taschenlampe leuchtete am Ende des Ganges auf.

In Panik zog sich Peck hinter die nächstgelegene Skulptur zurück. Das Problem war nur, dass die metallene Figur einen Mann darstellte, der extrem schlank war und eigenartig verkrümmt am Boden kniete. Augenblicklich kniete sich Peck dahinter und hoffte, dass ihn das Kunstwerk genügend verdeckte. Sein Herz schlug laut und er wagte nicht zu atmen. Während er wie blödsinnig auf dem kalten Boden kniete und sein Rücken bereits Schmerzwellen aussendete, hörte er, wie die Gestalt näher kam und, eine Taschenlampe hin und herschwenkend, nicht nur den Gang, sondern auch jeden verborgenen Winkel zwischen den links und rechts aufgestellten Skulpturen ausleuchtete. Ein älterer, kleinwüchsiger Mann näherte sich mit schlurfenden Schritten. Verzweifelt drückte Peck den Kopf nach unten. In diesem Moment schalteten sich mit einem stakkatohaften Trommelwirbel die Leuchtstoffröhren an der Decke ein und tauchten den Flur in gleißendes Licht. Neugierig lugte Peck nach vorn. Der Mann war tatsächlich nicht größer als ein Meter sechzig. Unter dem wadenlangen Mantel trug er einen gestreiften Pyjama.

Peck spähte auf die Uhr. Halb drei. Wahrscheinlich war das der Nachtwächter, der seine Pflichtrunde durch die Hallen des Museums erledigte. Plötzlich gab der Mann ein Schnauben von sich. Peck hielt den Atem an. Doch nichts geschah. Mit eigenartig steifen Schritten setzte der Mann seinen Rundgang fort. Peck sandte ein Stoßgebet zum Himmel, als die Beleuchtung erlosch und er hörte, wie der Mann das Tor von außen versperrte.

Auf dem Rudolfskai war um diese Zeit so gut wie kein Auto unterwegs. Peck fror und er hatte Hunger. Er dachte an seine kalte Wohnung und als die Gedanken beim Kühlschrank ankamen, den er als erschreckend leer in Erinnerung hatte, fasste er am Rudolfsplatz den Entschluss, nicht auf die Karolinenbrücke, sondern geradeaus Richtung Alpenstraße zu fahren, wo er bei der Wein & Co-Filiale nach links abbog.

Sophias Haus war dunkel. Kein Wunder um diese Zeit. An der Haustür zog er die Schuhe aus und schlich leise ins Haus. An der Tür zum Wohnzimmer blieb er stehen und lauschte. Nichts.

Um Sophia nicht aufzuwecken, ging er nicht ins Schlafzimmer, sondern holte aus der Truhe im Vorhaus eine Decke und legte sich auf die Couch, wo er binnen Sekunden fest eingeschlafen war.

Der überraschende Schrei Sophias weckte ihn. »Guten Morgen«, sagte er verschlafen.

Es war helllichter Tag. Mit verschränkten Armen sah Sophia kopfschüttelnd auf ihn herunter. »Meine Mutter hat mich immer vor Männern gewarnt, die ohne Ankündigung plötzlich auf meiner Wohnzimmercouch liegen.«

»Ich bin unschuldig«, sagte Peck. »Und ich kann dir alles erklären. Gib mir nur etwas Zeit zum Aufwachen.«

Ich rieche Kaffee, also bin ich, dachte er, als er aus dem Bad kam. Auf dem kurzen Weg in die Küche beschloss er,

Sophia die Wahrheit über seinen nächtlichen Streifzug zu erzählen.

Nach dem ersten Kaffee war nicht nur seine Work-Coffee-Balance wieder im Lot, er hatte auch einen ausführlichen Bericht seiner nächtlichen Erlebnisse im Museum abgeliefert. Dass er die Leiche fotografiert hatte, verriet er nicht.

»Einbruch in ein öffentliches Gebäude«, sagte Sophia. »Ich bin keine Expertin, aber auch ohne dass du etwas geklaut hast, sind das einige Monate Gefängnis. Möglicherweise noch schwerer wiegt die Säuberung der Türklinken.«

»Mach nicht so ein Drama daraus.«

Sie sah ihn mit hochgezogenen Augenbrauen an. »Wenn das raus kommt, habe ich vergessen, wer du bist.« Sie sah auf die Uhr. »Ich muss los. Was hast du vor?«

»Um neun treffe ich mich mit Funke.«

»Ich werde mich heute früher als gewöhnlich aus dem Buchgeschäft verabschieden und fahre zu Carla nach Sendltal.«

»Ich erinnere mich«, sagte Peck. »Dort wohnt auch dein ehemaliger Liebhaber.«

»Lange vorbei, mein Schatz«, sagte sie und gab ihm einen Kuss.

*

Um zum *Café Bazar* zu kommen, konnte Peck entweder durch den Volksgarten und die mittelalterliche Steingasse marschieren oder der Salzach folgen. Er entschied sich für den Weg am Fluss entlang, der ihm eher als die enge, dunkle Steingasse das Gefühl vermittelte, durchatmen zu können. Wie auf einer Uferpromenade in einem Seebad. Außerdem hatte er von hier aus die Festung Hohensalzburg stets im Blick, die heute etwas im Dunst verschwommen aussah. Jedes Mal, wenn er den beeindruckenden Festungsbau beobachtete, sah er anders aus, einmal hoch und schlank mit zahlreichen Türmchen, mal wuchtig und breit. Hing das nur davon ab, aus welcher Richtung und von welchem Standort er die Festung beobachtete? Oder war es seine Gemütslage, die das Aussehen des Bauwerks auf geheimnisvolle Weise beeinflusste? Heute war das Bild der Festung fragil und durchsichtig, mit grazilen Aufbauten und Zinnen, fast zerbrechlich und wie auf unsicheres Fundament gebaut.

Es war einer jener sonnigen Herbsttage, an denen Salzburgs Stadtzentrum bereits am Vormittag mit Touristen überfüllt war und sich gutgelaunte Menschenmassen durch die Altstadt schoben.

Peck spazierte über den Makartsteg, der seit kurzem nach einem gewissen Marko Feingold benannt war. Er hatte noch nicht die Zeit gefunden, sich zu erkundigen, wer genau Marko Feingold war. Vor einigen Monaten standen großformatige Plakate auf der Fußgängerbrücke mit dem Foto des Mannes und wohlformulierten Worten, mit denen sich die Stadt Salzburg verpflichtete, das Wirken unseres jüdischen Mitbruders Marko in Ehren zu halten. Vor allem eine kurze Textpassage war Peck in Erinnerung geblieben, in der von den Erlebnissen in der NS-Diktatur sowie dem Überleben des Mannes in der wohl dunkelsten Epoche Salzburgs die Rede war. Wie schön doch die Stadt formulieren kann, dachte Peck und dabei fiel ihm der Schriftsteller Otto Pflanzl ein, der sein ganzes Leben nicht müde wurde, Hitler zu preisen und dessen Grab sich friedlich in die Arkaden des Friedhofs St. Peter einreihte, nicht weit entfernt von der Grabstätte Josef Thoraks, der heute noch als Hitlers Lieblingsbildhauer bekannt ist.

Peck schüttelte seine Gänsehaut ab und blieb mitten auf der Brücke stehen. Die Sonne beschien die vor ihm liegende Szenerie, die grüne Salzach, den Turm des Alten Rathauses, darüber die Festung Hohensalzburg, weiter links die Staatsbrücke, auf der sich die Autos in beiden Richtungen stauten, und rechts der Untersberg als nördlichster Ausläufer der Berchtesgadener Alpen an der Grenze zwischen Bayern und Salzburg. Eine Gruppe japanischer Touristen marschierte diszipliniert über die schmale Fußgängerbrücke, die älteren mit Mundschutz und Sonnenschirm gegen alle Umwelteinflüsse geschützt, die jüngeren wischten auf ihren Mobiltelefonen herum oder fotografierten lachend in alle Richtungen.

Nachdem Peck rechts abgebogen war, erreichte er nach einigen Schritten die um diese Zeit feierliche Stille des *Café Bazar*. Der Kellner servierte ihm auf leisen Sohlen den Kaffee und dazu ein Glas Wasser, während Peck in den Salzburger Nachrichten blätterte, um sich zu vergewissern, dass Österreich noch der Mittelpunkt der Welt war.

Ein Blick auf die Uhr, die in der Mitte des Kaffeehauses von der Decke hing, sagte ihm, dass Funke bereits fünf Minuten überfällig war. Von Zeit zu Zeit sah er über den Rand der Zeitung zum Eingang und beobachtete die Eintretenden.

Ein Mann in einem langen Ledermantel mit Pelzkragen kam herein. War das vielleicht …? Das teigige Gesicht mit den leicht vorstehenden Augen, die ihm etwas Froschartiges gaben. Dann fiel es ihm ein. Das war Albert, der in der Schule einige Jahre neben ihm gesessen war. Albert, den sie immer den Frosch gerufen hatten. Ihre Blicke trafen sich und Peck bemerkte, wie der andere die Stirn runzelte. Wahrscheinlich dachte jetzt auch Albert darüber nach, von wem er gerade angestarrt wurde. Sollte Peck hinübergehen? Er könnte dem anderen mit den Worten »Hallo, Albert« die Hand auf die Schulter legen. Aber was sollte er mit ihm reden? Je länger er den Mann aus der Ferne beobachtete, desto mehr unangenehme Details fielen ihm ein, zum Beispiel dass Albert ein furchtbarer Gschaftlhuber war. Eine Minute später betrat Funke das Café, blieb einen Moment mit suchendem Blick am Eingang stehen, bis er Peck entdeckte. Stöhnend ließ er sich Peck gegenüber auf den Stuhl fallen.

»Föhnig ist es heute. Wie geht's dir, mein Freund? Tut mir übrigens leid …« Er sah auf die Uhr. »Ich kam heute einfach nicht aus den Federn. Deshalb bin ich etwas spät dran.«

Ohne einen Blick in die Karte zu werfen, bestellte er beim Kellner einen Caffè Latte mit einem Croissant, Butter und hausgemachter Marmelade.

»Jetzt fällt es mir erst auf«, sagte Funke und betrachtete Peck mit gerunzelter Stirn. »Du bist grau im Gesicht und du siehst müde aus. Hast du Sorgen mit einem deiner Aufträge?«

»Ich war heute Nacht aktiv und bin müde.«

»Ich werde dich jetzt nicht fragen, mit wem du aktiv warst, aber in deinem Alter rate ich dir dringend, die Nachtaktivität den Fledermäusen und Fröschen zu überlassen. Die beherrschen das besser.«

Das Wort Frosch erinnerte Peck an den Gschaftlhuber Albert. Er sah hinüber, doch an dem Tisch saß jetzt eine Frau mit einem kleinen Mädchen. Albert war verschwunden.

»Ich brauche deine Hilfe«, sagte Peck.

»Nur zu.«

»Ich möchte wissen, ob in Salzburg oder in der näheren Umgebung ein Mann als vermisst gemeldet wurde.«

»Ein Mann? Fehlt dir einer?«

»Ein ungefähr fünfzigjähriger Mann.«

»Welcher Mann?«

»Er hat eine Glatze.«

»Glatze macht das Ganze natürlich viel einfacher.« Funke stopfte sich das letzte Stück Croissant in den noch halb vollen Mund und sagte: »Ich bin süchtig nach einer Erklärung.«

Peck gab dem Kellner ein Zeichen und bestellte zwei Achtel Grünen Veltliner.

»Das wirst du jetzt brauchen.« Er erzählte von dem gestrigen Besuch Jürgen Wittmanns und seinem nächtlichen Abenteuer im Museum.

Je länger der Bericht dauerte, desto aufmerksamer hörte sein Gegenüber zu. Als Peck bei der Leiche angelangt war, griff Funke nach dem Weinglas und leerte es in einem Zug. »Das heißt, du hast keine Ahnung, wer der Tote ist.«

Peck nickte.

»Und der ihn gefunden hat … wie heißt er?«

»Wittmann.«

»Vertraust du ihm? Was ist das für ein Typ? Hat er vielleicht …?«

Peck zuckte mit den Schultern. »Ich habe keinerlei Beweise für seine Unschuld. Ich frage mich nur, welches Ziel jemand verfolgt, der zuerst einen Mord begeht und dann im Internet nach der Adresse eines Privatdetektivs sucht, dem er am Sonntagabend von der Leiche erzählt.«

Funke schüttelte den Kopf. »Und welches Ziel verfolgst du, einem pensionierten LKA-Beamten von einer Leiche zu erzählen, die angeblich in einem Abstellraum des *Museums der Moderne* liegt?«

»Nicht angeblich. Ich habe den Toten gesehen. Blutüberströmt.« Er fuhr sich mit dem Zeigefinger quer über die

Kehle. »Der Mann war noch nicht lange tot. Die Leichenstarre war voll ausgeprägt. Irgendjemand hat den Mann in
den Abstellraum gezogen oder gestoßen und wahrscheinlich da drin erstochen. Und dann die Taschen des Toten
ausgeräumt. Verstehst du jetzt? Irgendwem muss der
Mensch doch abgehen? Wahrscheinlich hat er eine Frau
und Kinder. Da muss sich doch jemand wundern, warum
er nicht nach Hause kommt.«

»Womöglich war er ein Tourist. Aus München zum Beispiel, um das Museum zu besuchen. Vielleicht ist er Junggeselle und keiner kräht nach ihm.«

Peck schrieb den Namen Jürgen Wittmann auf einen
Zettel und schob ihn über den Tisch. »Seinen Hauptwohn-
sitz hat er in Traunstein. Sagte er mir. Angeblich lebt er
vorübergehend in Salzburg. In Liefering. Versuche etwas
über ihn herauszufinden. Er dürfte übrigens nicht ganz
unbescholten sein.«

»Woher weißt du das?«

»Er hat so eine Bemerkung gemacht.«

»Das *Museum der Moderne* hat heute geschlossen. Wie jeden Montag. Ich habe keine Ahnung, wann die Putzko-
lonnen kommen. Entweder heute oder spätestens morgen
Vormittag stolpert jemand über den Toten.«

In Gedanken versunken spielte Funke mit dem Papier,
auf das Peck den Namen Wittmanns notiert hatte. »Weißt
du eigentlich, dass dein Besuch der Museumsleiche für
dich in einer Katastrophe enden kann?«

»Daran habe nicht nur ich, sondern auch Sophia gedacht.« Peck überlegte, ob er Funke von der Säuberung
der Türklinke erzählen sollte, ließ es aber sein.

»Hast du auch daran gedacht, dass im Museum jede
Menge Überwachungskameras montiert sind und du deine
Karriere als Berufsdetektiv aufs Spiel setzt? Wenn die vom

LKA dahinterkommen, bist du deine Detektivlizenz los. Und das auf deine alten Tage.«

»Ich bin nicht in meinen alten Tagen«, sagte Peck laut. »Du bist ein alter Knacker und siehst offenbar Gespenster, wo keine sind.«

Funke wendete ihm den Kopf zu und blinzelte traurig mit den Augen. »Das mit dem alten Knacker solltest du nicht zu mir sagen. Wir sollten netter zu uns sein. Wenn es schon die anderen nicht sind.«

»Darauf trinken wir noch einen«, sagte Peck.

*

Sophia verließ die Stadt auf der Wolfgangsee Straße in östlicher Richtung und fuhr bei Hinterschroffenau auf die L107, eine der unbekannteren Straßen im Salzburger Umland. Sie freute sich auf ihr Treffen mit Carla, die in Sendltal wohnte, einem kleinen Dorf, das abgelegen in den Ausläufern der Salzkammergut-Berge lag. Was hatte sie über diesen Teil des Salzburger Landes in der Schule gelernt? Wenig. Jedenfalls war in ihrem Gedächtnis nur die nebelhafte Erkenntnis geblieben, dass der Flachgau der nördlichste Salzburger Bezirk war und im Süden an den Tennengau grenzt.

Der Himmel hatte sich mit weißgrauen Wolken gefüllt und die Temperatur war spürbar gesunken. Nach zehn Minuten durchquerte sie die kleine Gemeinde Ebenau.

Nebel hing über den Wiesen und Feldern und die Sicht reichte kaum hundert Meter weit, als sich Sophia mit ihrem C-Klasse-Mercedes der Ortschaft Sendltal näherte. In Serpentinen ging es bergauf und rumpelnd fuhr der Wagen durch tiefe Pfützen. Wasser und Schotter prasselten gegen den Unterboden des Autos.

Carla hatte ihr gut beschrieben, wo ihr kleines Häuschen zu finden war. Wenige Minuten später parkte sie zielsicher auf dem kleinen Platz neben der Kirche. *Von dort sind es nur hundert Meter bis zu mir,* hatte Carla gesagt.

Sophias Schuhe knirschten auf dem schmalen Weg, der zum Haus führte, wo sie Carla auf den Steinstufen vor ihrer Tür erwartete.

»Ich hab dein Auto gehört. Herzlich willkommen. Komm aufs Land, wo sanfte Schafe und die frommen Lämmer sind.« Sie lachte über ihren Scherz, trat einen Schritt zurück und zeigte mit ausgestrecktem Arm ins Haus. »Komm rein.« Carla deutete auf die Couch.

Bevor sie Platz nahm, sah sich Sophia um. Das Wohnzimmer war zweckmäßig und langweilig eingerichtet. Hinter einer der Türen, die in einen Nebenraum führten, war ein lautes Kratzen zu hören.

»Das ist Baldo«, sagte Carla und öffnete die Tür, worauf ein mittelgroßer Boxerhund hereingestürmt kam, der mit gesenktem Kopf an Sophias Hand schnüffelte, bald aber das Interesse an ihr verlor. »Lass uns allein, Baldo«, sagte Carla in barschem Ton, worauf sich der Hund mehrmals um die eigene Achse drehte, bevor er sich auf dem hochflorigen Teppich niederließ, seine Schnauze auf die Pfoten legte, sie aber nach wie vor aufmerksam beobachtete.

»Gemütlich hast du es. Ein braver Hund, aber viel zu wenig Bücher. Seit wann wohnst du hier?«

Carla setzte sich auf einen der Holzstühle beim Tisch. »Meinst du Sendltal oder diese Wohnung?«

»Beides.«

»Wie du vielleicht noch weißt, bin ich in Elsbethen geboren und aufgewachsen. Mein Vater war Oberleutnant in der Rainerkaserne Glasenbach, die es heut nicht mehr gibt.«

»Und wer hat dich von Elsbethen hierher entführt?«

»Johannes, mein Ex-Mann, der Schuft.«

»Wann hast du dich scheiden lassen?«

»Ein Jahr her. Johannes war mittel gebildet, mittel intelligent und mittel langweilig. Dann kam ich dahinter, dass er ein Weiberer war, der mich auf seinen Dienstreisen ständig betrogen hat.«

»Was war er von Beruf?«

»Lehrer an einem Gymnasium. Mathematiker. Logisch und langweilig war er. Auch im Bett. Er hat mich behandelt wie eine Sinusfunktion. Der Depp hätte eine mathematische Formel heiraten sollen.« Carla sprang ruckartig auf. »Ich habe ein schlechtes Gewissen. Eigentlich wollte ich dich zum Essen einladen, doch genau heute hat mich mein Chef zu Überstunden verdonnert.« Sie verzog bedauernd ihr Gesicht. »Ich hatte keine Zeit, um fürs Essen einzukaufen.«

»Ich hab aber Hunger«, sagte Sophia.

Carla deutete mit dem Kopf zum Fenster. »Der Kirchenwirt ist nur hundert Meter entfernt.«

Sophia erhob sich. »Hundert Meter schaffen wir. Was machen wir mit deinem Hund? Kommt der mit?«

Carla schüttelte den Kopf. »Der hat schon genug gefressen heute. Außerdem mag der Kirchenwirt Hunde nicht besonders.«

Als sie das Wohnzimmer verließen, hob Baldo kurz den Kopf und Sophia kam es vor, als ob sie der Hund mit traurigem Blick ansah.

Carla tauchte als Erste in die Dämmerung des Lokals ein, wobei sie sich offenbar bemühte, möglichst lässig zu wirken. Es war laut in der Gaststube, einige Männer standen vorne an der Schank und debattierten, an einem der Tische neben dem Kachelofen saß ein Ehepaar, das nach Urlauber auf der Durchreise aussah, vor einer riesigen Schüssel Kasnocken.

Sophia griff nach der speckigen Speisekarte und sah auf die Uhr. »Es ist schon spät. Da darf eine gesunde Frau Hunger haben.«

Carla lächelte. »Dann bist du hier beim Kirchenwirt richtig.«

Lautes Stimmengewirr und Rauchschwaden umgaben sie, es war heiß in der Gaststube und das Bier floss offenbar in Strömen.

»Kannst dich noch an die Zeit erinnern«, sagte Carla, »als es von den Männern nicht gern gesehen wurde, dass wir Frauen alleine im Gasthaus waren?«

»Männer sind blöd«, sagte Sophia, die erst jetzt bemerkte, dass die strohblonde Kellnerin neben ihr stand und ungeduldig auf und ab wippte. »Möchten Sie was?«

»Danke für Ihre höfliche Nachfrage.« Sophia bestellte Schwammerlgulasch mit Semmelknödel.

»Das ist die flotte Loni«, flüsterte Carla und deutete mit dem Kinn zu der Kellnerin.

»Ausgschamb, nennen sie die Frauen aus dem Dorf. Mit ihrem Dekolleté und den Hüftschwüngen macht das Weib alle Männer verrückt.«

»Männer sind blöd«, sagte Sophia.

Im Hintergrund grölten Burschen ein Lied. »Oan Zipf hin und oan Zipf her, s'Kopftuch binden is recht schwer.«

»Zu deiner Bemerkung von vorhin«, sagte Carla. »Das ist noch gar nicht so lang her, da haben die Herren der Schöpfung blöd geredet, wenn hier in Sendltal eine Frau alleine im Wirtshaus gesessen ist. Sowas schickt sich nicht! Und keine Frau wollte ins Gerede kommen im Dorf.«

»Züchtig brav so wia sis g'hert wird das Brauchtum heit no g'ehrt«, grölten die Stimmen im Hintergrund.

Lautes Gelächter drang vom Nebentisch zu ihnen herüber. Ein junger Mann mit hochrotem Gesicht wandte sich zu Sophia um und grinste sie so lange an, bis sie ihm die Zunge zeigte, worauf sein Grinsen verschwand und er den Kopf wegdrehte.

»Ich kannte mal einen Mann, der kam hier aus Sendltal«, sagte Sophia. »Ludwig Mohn hieß der.«

Carla lachte laut auf. »Luky nennt ihn jeder im Dorf. Er ist der Kramer … *Gemischtwarenhandlung Mohn* steht über seinem Geschäft. Mit dem warst du mal zusammen?«

Sophia schüttelte den Kopf. »Ich war nicht mit ihm zusammen. Er hat sich um mich bemüht. Alles in Ehren.«

Carla wiederholte ihr glucksendes Lachen. »Alles in Ehren. Er hat dich angebaggert. Er ist übrigens immer noch Junggeselle, der Luky.«

»Hallo Carla«, sagte eine ältere Frau, die an ihrem Tisch vorbeikam. »Ist bei euch alles in Ordnung?«

»Sophia, darf ich dich mit Erni, der Kirchenwirtin, bekannt machen.« Carla deutete auf Sophia. »Und das ist Sophia, eine gute Freundin und Chefin einer Buchhandlung in Salzburg.«

Die Wirtin wischte ihre Hand an der Schürze ab und reichte sie Sophia.

»Das Schwammerlgulasch war herrlich«, sagte Sophia und deutete eine Verbeugung an.

»Das freut mich.« Die Wirtin trat einen Schritt näher an den Tisch heran und drehte sich kurz um, ob auch keiner mithörte. »Schon gehört? Der alte Rummel soll verschwunden sein.«

»Meinst du den Volkmar? Seit wann ist er weg?«, fragte Carla.

Erni hob beide Schultern in die Höhe. »Ich habe es vor einer Stunde gehört. Er soll irgendwo auf Dienstreise gewesen sein und gestern ist er nicht zurückgekommen. Ich weiß es von der Beatrix, seiner Haushälterin.«

»Soweit ich weiß, ist der Rummel ein Hallodri.« Carla machte eine wegwerfende Handbewegung. »Vielleicht ist er bei einer Frau picken geblieben.«

»Na ja«, sagte die Wirtin, wischte mit ihrem Tuch einmal um den Tisch herum und verschwand.

»Dorftratsch«, sagte Carla.

Der junge Mann mit hochrotem Gesicht wandte sich wieder zu ihrem Tisch um und grüßte Carla und Sophia freundlich zu.

»Wer ist denn das?«, fragte Sophia und dämpfte ihre Stimme.

Carla nickte verständnisvoll. »Das ist der Herr Gemeindesekretär. Ein aufdringlicher Schürzenjäger und einer jener Männer, die stets bereit sind, einem die Welt zu erklären. Seit ich alleine lebe, gibt er keine Ruhe. Dabei ist der Kerl verheiratet und hat zwei kleine Kinder.«

»Es gefällt mir hier.«

»Beim Kirchenwirt?«

»Ich meine den Ort. Sendltal hat Charme.«

»Du hast recht. Sendltal ist ein Dorf mit Charme. Aber furchtbar langweilig. So als ob die Zeit still steht. Das Leben fließt dahin, wie ein kraftloses Bachgerinsel. Dabei verändert sich alles. Auf der einen Seite gibt es noch die alten Bauernhöfe, die zum Teil um ihre Existenz kämpfen, auf der anderen Seite ziehen immer mehr Leute aus Salzburg hierher. Leute mit Geld, verstehst du? Die jungen Leute verlassen unser Dorf und suchen sich Jobs in Salzburg. Nur einige Reiche wandern in der Gegenrichtung aus der Stadt hierher. Und das kannst du in Sendltal besichtigen. Sie bauen protzige Häuser, die nicht zum Dorf passen, und erzählen überall herum, wie billig bei uns das Leben ist.«

Sophia schüttelte den Kopf. »Na ja … wenn ich nicht von meinen Eltern ein Haus geerbt hätte … leisten könnte ich mir heute keines. Salzburg ist das teuerste Pflaster in ganz Österreich, sowohl was die Mieten als auch die Grundstückspreise betrifft.«

Es entstand eine kurze Gesprächspause, dann sagte Carla: »Wie geht es übrigens deinem Paul? Ist er als Detektiv gut beschäftigt?«

»Er könnte ein oder zwei neue Aufträge gut gebrauchen.«

»Wegen des Geldes?«

Sophia verzog ihr Gesicht. »Es geht nicht ums Geld. Ein Auftrag würde ihm guttun.«

»Weil dein Paul dann zufriedener wäre?«

Sophia grinste und hob ihr Bierglas. »Weil er dann beschäftigt wäre und mir weniger auf die Nerven ginge.«

Im Hintergrund sangen die Männer: »Auf da Alm bin i gsessn, ganz alloa auf an Stoa, und so wohl is ma gwesn, wia neamb in da Gmoa.«

*

Sophia legte das Besteck auf den Tisch schob den halb leeren Teller beiseite.

»Hast du heute keinen Hunger, mein Schatz?«, fragte Peck.

»Erstens bin ich müde, zweitens hat Carla mich zu einem zweiten Semmelknödel genötigt. Wir waren beim Kirchenwirt und seitdem spannt meine Jeans. Sie selbst hat nur veganes Zeug zu sich genommen.«

»Meine Hose spannt seit Jahren und ich rede nicht darüber. Männer sind hier viel belastbarer.«

»Männer und belastbar.« Sophia rollte die Augen. »Wie macht sich eigentlich mein Cousin Braunschweiger?«

»Ich habe das Gefühl, dass es demnächst mehr zu tun gibt. Dann wird auch Braunschweiger wieder voll in Aktion kommen.«

»Bist du überhaupt zufrieden mit ihm? Immerhin ist er mein Verwandter.«

»Zufrieden? Na ja … bis auf die Tatsache, dass er ein etwas eigenartiges intellektuelles Strickmuster hat.«

»Stört dich das?«

»Mir ist so einer lieber als ein Super-Intelligenter, dessen Denkweise ich schon im Voraus kenne und genau weiß, wie er reagiert. Das wäre langweilig. Flachdenker sind interessanter, verstehst du? Ab einem bestimmten Dummheitsgrad sind sie zwar unberechenbar, aber viel unterhaltsamer.«

»Ist das dein Ernst?«

»Natürlich.«

»Ich glaube, dass ihn seine Bildungsferne stört. Jedenfalls war Braunschweiger vor zwei oder drei Tagen bei mir in der Buchhandlung und hat sich ein Buch gekauft. ›Latein für alle Lebenslagen‹. Er will sich bilden. Und Latein, sagt er, ist die Sprache der Gebildeten. Du wirst noch deine Freude an ihm haben.«

»Mir soll's recht sein«, sagte Peck.

»Sag mal …« Sie schaute an ihm vorbei. An ihrem Blick sah er, dass sie über etwas nachdachte. »Wie geht es eigentlich deinem Sohn Peter?«

Bei dieser Frage beschlich ihn spontan ein schlechtes Gewissen. Zögernd hob er die Schultern.

»Keine Ahnung.«

»Wann hast du zuletzt mit ihm gesprochen?«

Er dachte einen Moment nach. »Vor drei Wochen vielleicht.«

»Das geht nicht.«

»Was geht nicht?«

»Ich telefoniere mit meiner Tochter jeden zweiten Tag.«

Es entstand eine kurze Pause. »Ich glaube, ich habe Angst, mit ihm zu reden.«

»Du bist der Vater!«

»Außerdem könnte er mich anrufen.«

»Du bist der Vater.«

»Ich bin der Vater«, murmelte Peck.

»Arbeitet er noch bei dieser IT-Firma in München?«

»Ich hoffe es.«

»Geht es ihm gut?«

»Ich bin nicht sicher.«

»Hat er zu trinken aufgehört?«

»Ich hoffe es.«

»Nimmt er Drogen?«

»Können wir nicht über was anderes reden?«

»Ruf ihn an. Vielleicht braucht er dich.«

»Mach ich.« Wieder entstand eine Pause. Dann sagte er: »Erzähl mir, wie es deiner Freundin Carla geht.«

»So schiebt man unangenehme Themen zur Seite. Das beherrscht du.«

»Erzähle mir von deiner Reise nach Sendltal. Hast du auch deinen früheren Liebhaber getroffen?«

Sophia lächelte. »Pah! Früherer Liebhaber. Dass ich nicht lache. Der Mann, den du meinst, heißt Ludwig Mohn und betreibt einen Gemischtwarenhandel im Dorf. Und nein, ich habe ihn nicht gesehen. Schon zwanzig Jahre nicht.«

»Und sonst hast du mir nichts zu berichten aus der ländlichen Welt? Liegt Sendltal eigentlich im Flach- oder schon im Tennengau?«

»Keine Ahnung. Irgendwo in between. Auf jeden Fall herrscht Aufregung in dem Dorf. Zumindest war es beim Kirchenwirt so.«

»Weil du zwei Semmelknödel verdrückt hast?«

»Ein Mann wird vermisst. Die Wirtin hat es Carla und mir erzählt. Angeblich soll er von einer Dienstreise nicht zurückgekommen sein.«

»Was weißt du sonst noch über den Vermissten?«

»Nichts. Nicht mehr der Jüngste soll er sein und Carla hat ihn einen Hallodri genannt.«

»Sie kennt den Mann also?«

»Ja.«

»Hat der Hallodri auch einen Namen?«

Sophia zuckte mit den Achseln. »Den Vornamen hab ich mir gemerkt. Volkmar. Warum fragst du?«

Peck schob seine Teetasse von links nach rechts und dann mit der anderen Hand wieder zurück. »In einem Salzburger Museum liegt eine unbekannte männliche Leiche und in einem fünfunddreißig Kilometer entfernten Dorf wird ein bekannter Hallodri vermisst.«

»Du glaubst …?«

»Ich weiß nicht, was ich glaube. Aber es könnte der Mann im Museum sein, glaube ich.«

»Du klingst überzeugend.«

Peck dachte an die Fotografie der Leiche, die auf seinem Handy gespeichert war. Sollte er Sophia davon erzählen? Er wälzte den Gedanken eine Zeit lang im Kopf herum, dann sagte er: »Ich habe das Gesicht des Toten fotografiert.«

»Du hast was? Du machst Bilder von einer Leiche? Ist das in Ordnung?«

»Da die Leiche schon tot war, ist das in Ordnung. Außerdem dient es der Aufklärung.«

»Welcher Aufklärung?«

»Hör zu, wir machen jetzt Folgendes.« Peck kramte sein Handy aus der Tasche, worauf ihm Sophia abwehrend beide Hände entgegenstreckte. »Geh weg damit! Ich will den Toten nicht sehen.«

»Musst du auch nicht. Deine Freundin Carla ist hoffentlich nicht so zart besaitet. Maile ihr die Fotografie zu. Ich möchte nur wissen, ob das der Mann ist, den sie in Sendltal vermissen. Und jetzt kommt noch etwas Wichtiges: Ruf sie an, sobald sie das Foto hat und schärfe ihr ein, dass sie niemandem das Bild zeigen darf. Und sie soll keinem Menschen davon erzählen, dass diese Fotografie überhaupt existiert. Kann deine Freundin den Mund halten oder ist sie eine Tratschtante?«

»Frauen reden nur das Allernötigste, das müsstest du doch wissen.«

Ohne das Foto anzusehen, leitete es Sophia an Carla weiter, rief sie an, was ein etwas längeres Gespräch wurde, an dessen Ende auch Sophia hörbar aufatmete.

»Sie hat es verstanden.«

»Was hat sie verstanden?«, fragte Peck.

»Dass sie den Mund halten soll.« Sophia gähnte. »Ich habe zu viel gegessen und ich bin müde.«

»Und was bedeutet das?«

»Ich gehe in die Badewanne.«

Zuerst war ein geträllertes Lied zu hören, dann vernahm er ihre Stimme aus dem Badezimmer: »Ich habe ein Problem!«

Peck stellte sich zur Tür »Was ist, mein Schatz?«

»Komm rein!«

Er klopfte an, öffnete und konnte kaum etwas sehen, da das Badezimmer von Dampfschwaden vernebelt war.

»Warum klopfst du an?«

»Hab ich gelernt. Man klopft an, wenn man zu einer nackten Dame ins Zimmer geht. Welches Problem hast du?«

»Ich habe zu kurze Arme«, sagte sie lächelnd.

»Zu kurz wofür?«

»Um mir den Rücken zu waschen.«

»Wie lösen wir das Problem?«

»Stell dich nicht so an. Zieh dich aus und komm rein.«

So etwas hatte Peck schon lange nicht mehr getan. »Gestatten?«, fragte er höflich und wunderte sich, dass der Wasserspiegel in der Wanne enorm gestiegen war.

Peck beugte sich vor und küsste sie auf die nasse Schulter.

»Was machen wir jetzt?«, fragte sie.

»Ich habe eine Idee. Wir spielen hohe Wellen.«

»Meinst du, das Spiel gefällt mir?«

»Ich wette«, sagte Peck.

Sollte er die Route über Nonntal nehmen oder die Salzach entlang? Es war viel Verkehr in der Altstadt, sagte der Radiosprecher, und so fuhr er die Sinnhubstraße stadtauswärts, auf der er in der Nähe des Altersheims den Almkanal überquerte. Peck hatte konzentriert die Nachrichten verfolgt. Kein Hinweis auf einen Toten im Museum. Hatte man die Leiche noch nicht entdeckt?

Zehn Minuten später erreichte er die Müllner Kirche, wo er links abbog und der ihm bestens bekannten Route folgte, die sich in Serpentinen den Berg hinaufwand. Richtung *Museum der Moderne.*

Er sprang auf die Bremse. Hundert Meter weiter sah er die rotierenden Blaulichter eines Polizeiwagens, der mitten auf der Straße stand und ihm den Weg versperrte. Ein Polizist stand an das Auto gelehnt und sah aus, als ob er nichts zu tun hatte. Das Blaulicht des Polizeiwagens spiegelte sich in hektischen Reflexionen in den Fenstern des gegenüber stehenden Hauses.

Peck kurbelte das Fenster herunter. Der Polizist, ein junger Bursche, kam näher und hielt ihm die Handfläche entgegen. Halt!

»Ich habe im Museum zu tun«, sagte Peck.

»Geht jetzt nicht. Vielleicht später.«

»Was ist denn los?«

»Da ist irgendwas passiert«, sagte der Polizist. »Ich darf Sie nicht vorbeilassen. Später vielleicht.«

»Später vielleicht«, wiederholte Peck und wendete den Wagen auf der schmalen Straße.

Eine Viertelstunde später erreichte er die Raika-Garage beim Mozarteum, wo er sein Auto abstellte. Es war ein Fehler gewesen, mit dem Wagen in die Stadt zu fahren, überlegte er, als er aus der Garagentiefe direkt neben der Salzach ans Tageslicht kam und in die Sonne blinzelte. Er flanierte den Elisabethkai entlang und bog auf die Staatsbrücke ein. In der Getreidegasse stauten sich die Touristen, die sich gegenseitig vor dem *SPAR*-Supermarkt fotografierten, der vor einigen Jahren in Mozarts Geburtshaus eröffnet wurde.

Eines der Durchhäuser führte ihn zum Grünmarkt, wo er auf den dort stehenden Würstelstand stieß. Er sah den Dampf aus dem heißen Kessel aufsteigen und roch den verführerischen Duft der sich darin drängenden Köstlichkeiten. Warum heißen die *Wiener* in Österreich *Frankfurter* und die *Frankfurter* in Frankfurt *Wiener*? Die Deutschen unterscheiden sich von den Österreichern durch ihre gemeinsame Sprache, sagte einmal ein Kabarettist aus Wien. Dreißig Jahre arbeiten und reden in Deutschland hatte Pecks österreichische Aussprache etwas germanisiert; doch seit einigen Jahren fand er Wort für Wort wieder zurück zu seinen sprachlichen Wurzeln.

Um dem deutsch-österreichischen Sprachgewirr aus dem Weg zu gehen, entschied sich Peck für eine Burenwurst. Mit süßem Senf. Weder vernünftig noch kalorienarm.

Als er fünf Minuten später in die Dämmerung der Buchhandlung trat, war Sophia gerade in ein lebhaftes Beratungsgespräch mit einem älteren Mann verstrickt. Wortlos ging Peck in den Hintergrund des Raumes, dorthin, wo nicht nur die antiquarischen Bücher standen, sondern auch die Espressomaschine und sein alter Ledersessel.

Peck liebte Bücher, und es gab für ihn keine anziehendere Umgebung als Buchgeschäfte und keine romantischere als Antiquariate. Solange er zurückdenken konnte, hatte er den Geruch von Buchhandlungen geliebt, eine Mischung aus Papier, Leder und Staub. Von seinem Lehnstuhl aus beobachtete er Sophia, die vorn am Fenster mit dem Kunden verhandelte. Sie redete mit dem ganzen Körper, zeigte auf das Buch, das sie in der Hand hielt und turnte zwei Stufen auf die Bibliotheksleiter, die an einem der wandhohen Bücherregale lehnte. Es war ständig Bewegung in ihr und ihre schulterlangen braunen Haare flogen in einem Bogen um ihr Gesicht. Peck war sehr zufrieden mit dem, was er von seinem Platz aus sah.

Nur ihr Kunde schien nicht recht zufrieden zu sein, jedenfalls schüttelte er den Kopf und rannte aus dem Geschäft.

»Oh«, sagte Sophia zur Begrüßung. »Ein Privatdetektiv in meiner bescheidenen Buchhandlung. Ich hoffe, dass du auch etwas kaufst.«

»War das ein grantiger Kunde?«, fragte Peck und gab ihr einen Kuss.

»Du riechst nach Wurst«, sagte sie. »Ich vermute Burenwurst. Fettig und zweitklassig.«

»Ich bin erstklassig. Was war nun mit dem Kunden?«

»Nervig. Demnächst führe ich in meinem Geschäft eine Beratungspauschale ein. Ich habe nichts gegen lästige Kunden, wenn sie hinterher bei mir kaufen. Aber ich mag Mitmenschen nicht, die sich von mir ausführlich beraten lassen und hinterher ihre Bücher bei Amazon kaufen.«

»Ich war am Mönchsberg. Auf halber Höhe. Weiter kam ich nicht.«

»Polizei?«

Er nickte. »Sie haben offenbar die Leiche gefunden.«

Sophia deutete auf die Tür im Hintergrund, hinter der sich ihr Büro befand. »Nachricht aus Sendltal.«

»Carla?«

»Ich habe ihr Mail vorhin gelesen. Sie hat dein Foto der Leiche sofort erkannt. Der Tote ist Volkmar Rummel. Unternehmer und einundfünfzig Jahre alt.«

*

Um halb zehn Uhr betrat Peck sein Büro. Sein Schreibtisch sah genauso aus, wie er ihn vor zwei Tagen hinterlassen hatte. Unaufgeräumt. Das Wort Chaos drängte sich ihm auf. Auf dem Weg zur Wasserleitung machte er am Abreißkalender Halt und las den Spruch des Tages: *Eine Lösung habe ich nicht, aber ich bewundere das Problem.*

Er schaltete den Rechner ein, und während der hochfuhr, sah er noch einmal auf den Spruch am Wandkalender.

Volkmar Rummel heißt der Tote im Museum. Sagt Carla. Er gab den Namen in Google ein und landete auf der Webseite der Möbeltischlerei Rummel in Sendltal mit der Fotografie einer ganz in Weiß gehaltenen Einbauküche. Mit allen Schikanen, wie man großgedruckt unter dem Bild lesen konnte.

SCHÖNER WOHNEN MIT MASSANFERTIGUNG AUS UNSERER WERKSTATT.
Handgearbeitete Meisterstücke. Höchste Qualität.
Kompromisslose Funktionalität.
Seit 80 Jahren steht der Name Rummel für Individualität und Liebe zum Holz.

Er blätterte sich durch einige bunte Darstellungen zur Geschichte des Unternehmens und fand den Hinweis auf einen Showroom, der vor einem Jahr in der Halleiner Davisstraße eröffnet wurde.

Ein paar Seiten weiter stieß er auf das Foto des Seniorchefs. Volkmar Rummel. Einundfünfzig Jahre alt, sagte Carla. Auf der Fotografie stand er stolz lächelnd neben einigen Firmenfahrzeugen, die alle seinen Namen trugen, umringt von einem Dutzend Firmenmitarbeitern. Wie der Papst vor seinen Kardinälen.

Der Mann auf dem Foto trug einen blauen Anzug und war an allen Stellen des Körpers gut gepolstert. Die wenigen Haare waren straff nach hinten gebürstet und man konnte vermuten, dass er während der letzten Jahre immer größere Teile seiner Haarpracht im Abfluss der Dusche anstatt auf seinem Kopf entdeckt hatte.

Um die fünfzig. Man sah dem Mann sein Alter an. Peck legte das Bild daneben, das er im Museum geschossen hatte. Kein Zweifel, die Ähnlichkeit mit dem Gesicht der Leiche war nicht zu übersehen.

Eine halbe Stunde später fuhr er auf die Tauernautobahn Richtung Süden. In Hallein überquerte er die Bahngleise und bog nach dem Kreisverkehr links in die Davisstraße ab. Der Showroom der Fa. Rummel befand sich in einem ebenerdigen Haus in der Nähe der HTBLA. An einem der Fenster hing ein handgeschriebenes Schild:

Vorübergehend geschlossen.

Peck fuhr die Salzachtalstraße entlang und aus irgendeinem Grund liefen seine Gedanken zu Tante Hermine, die hier in einem Mehrfamilienhaus gewohnt hatte. Zwischen der Eisenbahn und der Salzach, wie sie immer betonte. Sie war damals schon über achtzig Jahre alt gewesen und Peck hatte sie als Kind gerne besucht, einerseits wegen des Schokokuchens, andererseits wegen der Fünf-Schilling-Münze, die sie ihm immer in die Hand drückte. Das war viel Geld, erinnerte er sich. Davon bekam man fünf Bensdorp-Schokoladen. Allerdings nur die kleinen, dünnen. Peck erinnerte sich auch an Worte, die Tante Hermine regelmäßig verwendete und die heute kein Mensch mehr kennt. Kramuri zum Beispiel. Das war das interessante Durcheinander in einer der Schubladen. Krimskrams eben. Zum Gehsteig sagte sie Trottoir und zur Mülltonne Koloniakübel. Tante Hermine war Witwe und regelmäßig schimpfte sie über ihren Verflossenen, den Peck nie kennengelernt hatte. Ein Filou und ein Schürzenjäger soll er angeblich gewesen sein und da er die Worte nicht kannte, fragte Peck seine Mutter, was ein Filou ist, die jedoch stets Ausflüchte suchte und ihm eine konkrete Antwort schuldig blieb. Erst viel später kam er dahinter, dass ein durchschnittlicher Filou deutlich mehr Interessen verfolgte als ein Schürzenjäger.

Peck ließ die Keltenstadt hinter sich und überquerte auf einer schmalen Brücke die Autobahn. Kurz nach Hallein Richtung Norden wurde es ländlich. Wälder, Wiesen und abgeerntete Felder. Ungestörter Friede. Als er an Adnet vorbeifuhr, drang der blecherne Klang einer Kirchenglocke an sein Ohr. Kurze Zeit später erreichte er das alte Kraftwerk am Wiestalstausee. Hinter Höhenwart bog er ab und nahm die Straße, die ihn nach vielen Windungen hinauf nach Sendltal führte. Nach einigen niedrigen Gebäuden lag der Marktplatz vor ihm, wo er den Wagen ausrollen ließ und vor der Kirche abstellte.

Kaum hatte er die Autotür geöffnet, als ein Sonnenstrahl durch die dunkle Wolkendecke brach und den vor ihm liegenden Kirchturm beleuchtete, als hätte jemand die Absicht, ihm zu zeigen, dass er hier in Sendltal Antworten auf all seine Fragen finden würde.

Während seines Rundumblicks überlegte er, wann er das

letzte Mal hier war. Viel hat sich nicht verändert. Links und rechts auf dem fast kreisrunden Marktplatz lag das dorfübliche Zweigespann, bestehend aus Kirche und Kirchenwirt, die nach Norden führende Straße war von weiß getünchten Steinhäusern gesäumt. Auf der Glastür des Postamts, das sich links neben der Kirche befand, klebte ein weißer Zettel: *Dauerhaft geschlossen.*

Zum übernächsten Gebäude nach dem Gasthaus, bei dem der Putz großflächig von den Mauern fiel, führte ein breiter gepflasterter Weg. GEMISCHTWARENHANDLUNG MOHN stand über dem Eingang. Das muss Sophias früherer Verehrer sein. Wahrscheinlich war der Mann genauso heruntergekommen wie sein Haus. Hinter dem Gebäude führte eine schmale Gasse weg, die, so konnte man einem verwitterten Blechschild entnehmen, den Namen Waldweg trug. Dort würde er Carlas Haus finden, hatte ihm Sophia erklärt.

Das Gebäude war etwas vom Gehweg zurückgesetzt. Der Kies knirschte unter seinen Füßen, als er auf das Haus zuging. Eine weiß lackierte Bank stand neben der Tür und daneben ein irdener Topf mit einer immergrünen Pflanze darin, die er nicht kannte. Bevor er läutete, blieb er stehen und musterte das niedrige Haus, das sicher hundert Jahre alt war, dessen efeuumranktes Gemäuer aber in einem erstaunlich guten Zustand war. Einige uralte Bäume standen hinten dem Gebäude und Peck fragte sich, wohin der schmale Weg führte, der hinter dem Haus verschwand.

Das Erste, was Peck hörte, nachdem er die Klingel gedrückt hatte, war lautes Hundegebell. Dann stand Carla lachend in der Tür. »Der Tee ist schon fertig«, sagte sie. »Herzlich willkommen. Den Hund habe ich weggesperrt. Geradeaus geht's ins Wohnzimmer.«

»Ich mag Hunde«, sagte Peck.

Nichts sagt mehr über einen Menschen aus als die Bücher, die er im Schrank stehen hat. Mit schief gehaltenem Kopf ging er langsam das Bücherregal entlang und versuchte, die Titel zu lesen. Neben der Couch stand ein Ohrensessel mit Leselampe und einem kleinen Tisch, auf dem ein aufgeschlagenes Buch lag. Er drehte das Buch um. ›Astrologie für den Alltag: Individuelle Sterndeutung für jeden Tag‹. Um Gottes willen, fuhr es ihm durch den Kopf und er legte das Buch erschrocken auf den Tisch zurück. Spätestens jetzt hätte ihm Sophia Neugierde und schlechtes Benehmen vorgeworfen.

»Entschuldigung«, murmelte er und setzte sich mit schlechtem Gewissen auf die Couch. »Interessantes Buch«, fügte er hinzu, um zumindest etwas Höflichkeit loszuwerden.

»Glaubst du an Astrologie?«, fragte sie.

Peck schüttelte den Kopf. »Ich bin Skorpion. Die sind von Haus aus skeptisch.«

»Wann haben wir uns eigentlich zuletzt gesehen?«

»Das war bei Sophia in der Buchhandlung«, sagte Peck. »Ist aber schon ein paar Jahre her.«

»Ich habe mich gefreut, dass mich Sophia besucht hat.«

Carla war etwa in Sophias Alter, aber zum Unterschied zu ihr eine höchst unattraktive Frau und Peck hatte das Gefühl, dass sie alles tat, um unvorteilhaft zu wirken. Die Haare trug sie struppig, sie schminkte sich nicht und ihr Mund war schmallippig und zusammengekniffen.

Als sie mit der Teekanne aus der Küche zurückkam, wurde sie von ihrem Boxerhund begleitet, der sich schwanzwedelnd auf Peck stürzte und ihn kurz anbellte.

»Baldo will gestreichelt werden«, sagte Carla.

Peck fuhr dem Hund über den Kopf, kraulte ihn zwischen den Ohren und fuhr ihm mit der Hand durch das

Fell, wofür sich Baldo mit einem langen treuherzigen Blick bedankte und sich vor ihn auf den Teppich legte.

»Welche Ehre«, sagte Carla. »Der Hund legt sich zu deinen Füßen, nicht zu mir.« Vielleicht mag er Astrologie nicht, dachte Peck, sagte es aber nicht.

»Ursprünglich habe ich ihn als Schutzhund abgerichtet«, sagte sie, »aber mit seinem freundlichen Verhalten ist er dafür völlig ungeeignet.« Sie goss Tee ein und schob ihm die Zuckerdose hin. »Der Tee ist übrigens zu hundert Prozent vegan.«

»Verstehe ich nicht«, sagte Peck. »Tee enthält doch selten Rindfleisch.«

»Du bist in der veganen Welt nicht zu Hause, stimmt's? Es gibt viele Teesorten, die für tierliebende Menschen ungeeignet sind.«

»Ich liebe Tiere«, sagte Peck und streichelte den Hund.

»Jeder Tee kann tierische Allergene enthalten. Mein Gott, wie hält Sophia das nur aus mit dir?«

»Sophia hält es gut aus mit mir. Könnten wir jetzt das Thema wechseln?« Peck zog sein Handy aus der Tasche und wischte darauf herum, bis er das Foto von Volkmar Rummel inmitten seiner Angestellten gefunden hatte. »Das Bild habe ich von seiner Firmenwebseite.«

Carla nickte und kratzte sich an der Nase. »Da war er noch sehr lebendig. Sein Tod hat das ganze Dorf durcheinandergewirbelt. Ich habe die Beatrix getroffen, die Volkmar den Haushalt führt, seit er geschieden ist. Die hat mir erzählt, dass in Volkmars Firma alles stillsteht. Jeder fragt sich, wie geht es mit mir weiter, und keiner arbeitet.«

»Er hat doch zwei Söhne.«

»Der ältere, das ist der Horst, der studiert irgendwo und irgendwas und Konrad, der jüngere Sohn, hat, so sagt man, nicht das geistige Rüstzeug, um die Firma zu übernehmen.«

»Ist es in der Zwischenzeit bekannt geworden, dass der alte Rummel tot ist?«

Carla richtete ihren Oberkörper auf und zeigte mit dem Daumen auf sich. »Von mir hat keiner was erfahren.«

»Das ist sehr wichtig«, sagte Peck und wiederholte den Satz. »Die Leiche wurde offenbar erst heute gefunden. Ich habe in der Früh die Polizeiautos gesehen. Viel Blaulicht beim Museum. Und ich bin sicher, dass sie keine Ahnung haben, wer der Tote ist.«

»Wie bist du dann zu dem grauslichen Foto gekommen, das mir Sophia zugemailt hat?«

Peck legte den Zeigefinger auf die Lippen und dämpfte die Stimme. »Das ist ein Teil unseres Geheimnisses, von dem niemand erfahren darf.«

Sie schüttelte den Kopf. »Verstehe ich nicht.«

»Macht nichts.«

»Okay«, sagte sie in etwas beleidigtem Ton. »Was alle Leute im Dorf wissen, ist, dass er vermisst wird und dass er weggefahren sein soll. Beruflich, nach Salzburg angeblich.«

»Was war er für ein Mensch?«

»Was meinst du?«

»War er beliebt? Immerhin gehörte er zu den geldigen Menschen im Dorf. Wie sind ihm die Leute begegnet? Im Gasthaus zum Beispiel. Wie war er als Chef in seiner Firma?«

»Na ja.« Sie kratzte sich nachdenklich an der Nase. »So richtig gemocht hat ihn eigentlich keiner. Auch in der Firma nicht.«

»Er ist geschieden, habe ich gehört.«

»Er soll eine Freundin gehabt haben in Salzburg. Oder zwei sogar, erzählen manche.«

»Gleichzeig oder hintereinander?«

Sie zuckte mit den Schultern. »Keine Ahnung. So lange wohne ich noch nicht hier. Ich kenne auch nicht alle Leute hier im Ort.«

»Wer kennt die Dorfbewohner am besten? Kannst du mir einen Namen nennen?«

»Der Bockerer. Der kennt alle.«

»Wer ist das?«

»Früher Lehrer, heute Faktotum. Seinen Vornamen kenne ich gar nicht, weil ihn alle Bockerer nennen. Er ist schon über achtzig Jahre alt, aber noch ganz rührig im Kopf. Wie gesagt, als es noch eine Schule gab in Sendltal, da war er der Lehrer. Jeder hier im Dorf war irgendwann bei ihm in der Klasse.«

»Wo finde ich den Herrn Lehrer?«

Sie blätterte in einem Notizbüchlein, das auf der Kredenz lag. »Das ist seine Telefonnummer. Ruf vorher an. Er ist viel unterwegs. Im Dorf und speziell beim Kirchenwirt.«

Peck bedankte sich für den Tee.

»Ich bringe dich raus.« Carla schob ihn zur Tür und zeigte nach rechts. »Lass dein Auto bei mir stehen. Es ist nicht weit. Geh den Waldweg weiter und da vorne bei der großen Linde ist sein Haus. Er wohnt allein dort. Aber ruf ihn vorher an.«

»Danke dir. Und nochmal zur Erinnerung: Erzähl keinem Menschen, dass die Leiche im Salzburger Museum Volkmar Rummel heißt.«

»Das hab ich verstanden«, sagte sie. »Ich bin ja nicht blöd. Obwohl ...« Wieder kratzte sie sich an der Nase, eine Geste, die sie wohl öfter machte, wenn sie nachdachte. »Ich wollte es dir vorhin schon sagen.«

Peck stoppte und drehte sich noch einmal zu Carla um. »Was denn?«

»Ich habe das Gefühl, dass es im Dorf Leute gibt, die wissen, dass der Tote Volkmar Rummel ist. Und zwar schon seit gestern.«

»Gestern war Montag. Das ist unmöglich. Wer?« Peck trat wieder einen Schritt näher. »Von wem kommt das? Wer hat das gesagt?«

Schulterzucken. »Keine Ahnung. Gerüchte. Wie es in einem Dorf eben zugeht. Klatsch, Tratsch und Spekulationen. Aber meist steckt die Wahrheit drin.«

*

Peck beschloss, sich mit einem Rundgang einen Überblick über das Dorf zu verschaffen und alte Erinnerungen aufzufrischen. Außerdem konnte er an der frischen Luft besser nachdenken. Eine Zeit lang folgte er einem steilen Weg nach oben und nahm sich vor, Sophia am Abend mit der Nachricht zu beeindrucken, dass er den Ausflug nach Sendltal nicht nur für ein Gespräch mit Carla, sondern auch für eine kräfteraubende Wanderung genutzt hatte. Es war ein schöner Herbsttag. Die Sonne blitzte immer wieder zwischen den Wolken hindurch und vom Süden her wehte eine warme Brise. Der grasbewachsene Pfad machte eine Kurve steil nach oben. Genug gewandert, sagte er sich. Nur nicht ins Schnaufen kommen.

Gemächlich drehte er sich um die eigene Achse und betrachtete noch einmal das Panorama. Von seinem Standpunkt aus hatte er eine gute Sicht auf das Dorf und die westlichen Ausläufer des Sendltals. Im Nordwesten war gerade noch ein Stück des Wiestalstausees zu erkennen. Mit etwas Mühe konnte er sogar das kleine Haus Carlas ausmachen. Dahinter müsste sich irgendwo das Zuhause von Michael Bockerer befinden, der ihm bei seinem Telefonat versprochen hatte, zu Hause zu bleiben und auf Peck zu warten.

Er ist schon über achtzig Jahre alt, hatte Carla gesagt. Und so sah Bockerer auch aus. Ein kleiner, kahlköpfiger Mann mit tausend Falten im Gesicht, das Peck vorkam, als hätte er es schon einmal in einem Hollywoodfilm gesehen.

Als er vor Peck stand, richtete er sich auf und drückte die Brust heraus. »Machen Sie Ihre Schuhe sauber und kommen Sie rein.«

Peck bekam einen Platz auf der Couch zugewiesen, die neben anderen Polstermöbeln in der Mitte des überraschend großen Wohnzimmers stand, das einen einfachen, aber sauberen Eindruck machte. Von der Decke hing ein Kronleuchter mit sechs kerzenförmigen Glühbirnen, in der Ecke stand eine große Pendeluhr, zwei große Fenster boten einen wenig attraktiven Ausblick auf die Straße und die Rückfront eines grau gestrichenen Mehrfamilienhauses.

»Carla hat mich Ihnen als Quelle des gesammelten Dorfwissens empfohlen.«

»Carla hat Sie angerufen?«

»Natürlich.« Lächelnd schlurfte der alte Mann zur Anrichte, auf der zwei Flaschen Bier bereitstanden. Bockerer sprach langsam und mit einer Fistelstimme, sodass die Gefahr bestand, dass man ihn nicht ernst nahm. Zumindest nicht nach dem ersten Eindruck.

»Sie waren Lehrer, sagte mir Carla …«

»Ich war Lehrer.« Bockerer malte mit der Hand, die immer noch die Bierflasche umklammerte, einen Kreis in die Luft. »Alle hier im Dorf haben bei mir Lesen und Schreiben gelernt. Das Bildungsniveau des gesamten Ortes stammt von mir.« Er beendete den Kreis mit einer wegwerfenden Bewegung. »Aber das ist alles Jahre her. Und früher war alles besser. Und früher gab es so etwas nicht, was man heute täglich in *Zeit im Bild* zu sehen bekommt.«

»Genau.« Peck nickte zustimmend. »Und früher gab es jeden Winter Schnee.«

»Sie machen sich lustig über mich«, sagte Bockerer. »Ich hoffe, Sie mögen Bier.«

»Danke«, sagte Peck und wollte schon hinzusetzen: Kalt wäre mir das Bier noch lieber.

Unerwartet klatschte Bockerer in die Hände. »Also, was wollen Sie von mir? Sie sind Detektiv, sagte mir Carla.«

»Ich arbeite mit der Polizei zusammen.« Je öfter Peck diese Lüge wiederholte, desto leichter ging sie ihm über die Lippen. »Volkmar Rummel wird vermisst. Bevor nun die Polizei ihren gesamten Apparat anwirft, um den Abgängigen zu suchen, habe ich die Aufgabe, einige Vorinformationen vor Ort einzuholen.«

»Vorinformationen?« Bockerer zog seine Stirne in Falten und Peck befürchtete schon, dass der Alte seine Flunkerei durchschaute.

Peck nickte. »Prä-Analytik nennen wir Fachleute das. Kommt immer dann zum Tragen, wenn eine erwachsene Person als abgängig gemeldet wird. Schließlich, sagt sich die Polizei, hat jeder, der volljährig ist, das Recht, sich aufzuhalten, wo er will. Viele Menschen verschwinden und zwei Tage später tauchen sie wieder auf. Deshalb meine Vorerhebung. Sie kennen die Menschen im Dorf. Hatte der Vermisste viele Freunde? Und wenn ja, wen?«

»Freunde? Nicht viel. Richtige Freunde sogar wenig.«

»Wer sind die wenigen?«

»Da muss ich nicht lange nachdenken.« Bockerer trank seine Bierflasche leer und stellte sie auf den Tisch vor ihm. »Da fällt mir zuerst der Karl ein. Karl Gstöttenmayr, das ist unser Bürgermeister. Dann noch der Luky, unser Greißler.

Ludwig Mohn heißt der mit ganzem Namen. Die haben sich immer gut verstanden. Wie es bei Volkmar im Berufsumfeld aussieht, kann ich natürlich nicht sagen. Höchstens …« Ein Grinsen zog über sein Gesicht. »Die Christa Kuhn könnte ich als Freundin noch bieten. Volkmar und Frau Kuhn hatten zum Teil sehr engen Kontakt, erzählt man im Dorf.«

Peck deutete mit dem Zeigefinger Richtung Fußboden. »Diese Kuhn … wohnt die hier in Sendltal?«

»Sie ist die Frau von unserem Gemeindearzt. Dr. Herbert Kuhn. Dessen Freundschaft mit dem verschwundenen Rummel ist vor einiger Zeit abrupt zu Ende gegangen.«

»Warum?«

»Sagte ich doch schon. Weil die Frau vom Arzt einen sehr engen Kontakt zu Volkmar Rummel hatte. Ein Pantscherl soll das gewesen sein, munkeln die Dorfbewohner. Und unser Doktor mochte das nicht und hat dem Volkmar die Freundschaft entzogen.«

»Womit wir bei der Frage wären: Hat Rummel Feinde?«

»Warum fragen Sie das eigentlich alles? Sie tun so, als ob er tot wäre.«

»Ich möchte möglichst viele Informationen über den verschwundenen Mann haben, weil ich mir den Kopf zerbreche, wo sich der Rummel aufhalten könnte. Bei Verwandten vielleicht. Halten Sie das für möglich?«

»Keine Ahnung. Am besten, Sie rufen Rummels Söhne an. Mit seiner Verwandtschaft habe ich nie was zu tun gehabt.«

»Aber seine Söhne kennen Sie.«

»Ich hatte beide in der Schule. Horst und Konrad. Horst ist der Ältere. Er studiert BWL. An der FH in Salzburg, glaube ich. Konrad ist IQ-mäßig eine Etage darunter. Was der beruflich macht, weiß ich nicht.«

Peck gab dem Mann seine Visitenkarte. »Falls Ihnen noch etwas einfallen sollte.«

Über die von einer braunen Wiese gesäumte Gasse erreichte er den Dorfplatz. Mit gemischten Gefühlen betrachtete Peck das Schild GEMISCHTWARENHANDLUNG MOHN, das er bereits kannte. Ein Tante-Emma-Laden. Nur dass er nicht Emma gehörte, sondern Ludwig Mohn, den Sophia Luky genannt hatte. Luky, der Greißler. Ob das zwischen ihm und Sophia eine platonische Freundschaft war? Oder ein ausgewachsenes Pantscherl? Er rief sich zur Ordnung. Viele Jahre her, hatte Sophia gesagt. Also keine eifersuchtsähnlichen Anwandlungen. Dennoch war er neugierig, wie Luky aussah. Ein hässlicher Mensch wahrscheinlich. Und sicher dumm wie ein Feldweg. Außerdem war es seine detektivische Pflicht, mit Luky zu reden, schließlich war er mit Volkmar Rummel befreundet. Zumindest haben sie sich gut verstanden, hatte der alte Bockerer behauptet.

Vor dem Laden standen einige Autos. Am eisernen Fahrradständer war ein schokoladenbrauner Terrier angebunden, der ununterbrochen kläffte. Zwei Frauen mit prall gefüllten Einkaufstaschen kamen aus dem Laden, andere drängten sich hinein.

Die Geruchsmischung aus Lavendel, Honig, Kernseife und eingelegten Gurken versetzte ihn augenblicklich in seine Kindheit zurück. Eine scheppernde Glocke kündigte ihn an, doch keiner kümmerte sich um ihn. Zwei Männer in blauem Arbeitsanzug, eine Frau in dick gefüttertem Anorak standen wartend vor dem Verkaufstresen, hinter dem ein etwa fünfzigjähriger Mann gerade einen kleinen Buben bediente, indem er bunte Süßigkeiten aus einem Glasbehälter in ein Papierstanitzel steckte.

Von der Tür aus beobachtete Peck den Mann hinter der Theke, der übertrieben freundlich zu dem Buben sagte: »Und ein Bonbon gratis dazu.«

Bonbons, dachte Peck. Früher hatten sie Zuckerl dazu gesagt. Plötzlich hatte er keine Lust mehr, mit dem Mann zu reden. Schon gar nicht vor all den Leuten im Geschäft. Später vielleicht, sagte er sich und ließ die Glocke wieder scheppern, als er die Tür öffnete.

Peck fühlte sich etwas müde, als er auf dem Dorfplatz stand. Mattigkeit war bei ihm stets mit intensivem Hungergefühl verknüpft.

Die dämmrige karge Gaststube war zur Hälfte gefüllt. Neugierig drehten einige ihre Köpfe zu ihm her. Die vier Männer, die am Stammtisch saßen, dämpften ihre Stimme und unterbrachen ihr Kartenspiel.

Peck nahm an einem der Tische Platz, direkt neben einem Fenster, das klein und schmutzig war. Ein karierter dicker Vorhang hing davor, sodass der Platz nicht heller war als einer der anderen Tische in der Mitte der Gaststube. Peck setzte ein unbekümmertes Gesicht auf und sah sich um. Die Männer, die an den Tischen saßen, waren vermutlich Arbeiter oder Bauern, die jetzt im Spätherbst weniger auf ihren Feldern zu tun hatten.

Hinter der Theke wischte ein unförmig dicker Mann an einigen Gläsern herum und ließ Peck nicht aus den Augen. An der Schank vor ihm standen zwei Männer, ins Gespräch vertieft. Der eine, ein hochaufgeschossener, hagerer Typ in einem Trachtenanzug, redete eifrig auf den anderen ein und gestikulierte dabei mit den Händen.

Die Bedienung, eine gut gebaute Blondine, beäugte Peck eine Weile von der Schank aus, dann band sie sich eine Schürze um und zupfte an ihrer Frisur. Hüftschwingend umrundete sie ein paar Tische und trat zu Peck.

»Was darf's sein?«

Er bestellte eine Halbe Bier und nahm überrascht zur Kenntnis, dass eine Minute später nicht die Blonde das Bier brachte, sondern der dicke Mann, der ihn vorhin beobachtet hatte und sich als Wirt vorstellte.

»Machen Sie Urlaub bei uns?«

Es wurde still in der Gaststube. Einige drehten ihre Köpfe. Peck ortete einige misstrauische oder sogar feindselige Blicke. Alle warteten gespannt auf Pecks Antwort.

»Auf der Durchreise«, sagte Peck, nickte dem Wirt zu und nahm einen zweiten großen Schluck aus dem Bierglas. Der Wirt nahm gegenüber Platz. »Darf ich mich kurz setzen?« Wie zwei schwere Scheibenwischer bewegten sich seine Unterarme über die Tischplatte und die Schwielen seiner Hände machten ein Geräusch wie Schmirgelpapier. Auf dem linken Handrücken hatte er ein Hirschgeweih tätowiert und auf der anderen Hand klebte ein Heftpflaster, dessen Ränder sich hochrollten.

»Einer der Honoratioren aus dem Dorf ist abgängig, habe ich gehört.« Peck sagte es langsam, Wort für Wort und ließ dabei den Wirt nicht aus den Augen. »Ich meine den Chef der Möbelfirma. Ich habe auch gehört, es soll Gerüchte geben im Dorf, wo der Herr Rummel abgeblieben ist.«

»Von Gerüchten weiß ich nichts.« Der Wirt verzog das Gesicht, als hätte er in eine Zitrone gebissen. »Aber ich weiß, dass Sie die gleichen Fragen schon an den Bockerer, unseren pensionierten Lehrer, gestellt haben.«

»Die Kommunikation läuft gut im Dorf«, sagte Peck. »Ich bin tief beeindruckt.«

Der Wirt zuckte mit den Schultern, hob den Arm und deutete zur Schank. »Sehen Sie den baumlangen Kerl da drüben? Das ist unser Bürgermeister. Gstöttenmayr heißt er.« Er stand auf und winkte Peck zu. »Kommen Sie. Gehen wir rüber zu ihm. Er möchte ohnehin mit Ihnen reden.«

»Ich wollte eigentlich was zum Essen bestellen.«

»Das können Sie später immer noch tun. Kommen Sie endlich!«

Kommen Sie endlich. Betont aufrecht und mit gemessenen Schritten durchquerte Peck die Gaststube und streckte dem Bürgermeister die Hand entgegen, die dieser zögernd ergriff.

»Sie marschieren in unserem Dorf herum und stellen Fragen. Was wollen Sie bei uns?«

»Mit Fragen kommt man durch die ganze Welt.« Peck versuchte ein Lächeln, während er angestrengt überlegte, was er als Nächstes sagen sollte. Bürgermeister sollte man nicht belügen. Wenigstens nicht zur Gänze. »Ich leite ein Detektivbüro in Salzburg und ich frage mich, wo Volkmar Rummel abgeblieben ist.«

»Warum fragen Sie sich das?«

»Ich bin ein extrem neugieriger Mensch.«

»Soweit ich informiert bin ...«, sagte der Bürgermeister und stellte sich auf die Zehenspitzen, sodass er jetzt fast zwei Köpfe größer war als Peck. »... ist ein Detektiv nur dann neugierig, wenn er dazu beauftragt wurde. In wessen Auftrag sind Sie neugierig?«

Peck mochte das nicht, zu einem anderen Mann aufschauen zu müssen. »Im Auftrag der Familie«, sagte er leise und betete innerlich, dass der Riese nicht die Frage aufwarf, wer genau sein Auftraggeber war. »Sie kennen den Rummel gut, Herr Gstöttenmayr, wo könnte er sich aufhalten?«

»Wir wissen nichts.«

Peck fragte sich, ob das *Wir* alle Bewohner im Dorf einschloss oder als *Pluralis Majestatis* gemeint war. Er deutete auf den dicken Wirt, der neben dem Bürgermeister stand und der Unterredung mit offenem Mund folgte. »Ich habe Ihren Gastronom schon auf Hinweise angesprochen, die mir zugetragen wurden.

»Hinweise!« Seine Stimme ging nach oben. »Welche Hinweise?«

»Es soll Leute im Dorf geben, die angeblich Kenntnis davon haben, wo sich Volkmar Rummel aufhält.«

Windmühlenartig begann Gstöttenmayr mit den Armen zu rudern. »Davon weiß ich nichts. Seine beiden Söhne sind unterwegs nach Sendltal. Erst vor zwei Stunden habe ich mit Beatrix geredet. Beatrix Ragginger, Rummels Haushälterin. Die weiß jedenfalls von nichts. Hinweise, sagen Sie. Von wem haben Sie die bekommen?«

»Es war alles sehr vage«, sagte Peck. »Leider sehr unkonkret.«

»Unkonkrete Detektive wollen wir hier nicht. Sie bringen nur Unruhe zu uns ins Dorf. Am besten, Sie fahren jetzt nach Salzburg zurück. Wenn es etwas Wichtiges zu tun gibt, wird das die Polizei erledigen. Ich habe mit Horst telefoniert. Das ist der ältere Sohn Volkmars. Er wird eine Vermisstenanzeige erstatten.«

Der Bürgermeister entzog Peck den Blick und drehte sich zu der Blondine um, die hinter der Theke stand. »Gib mir noch ein Bier, Loni.«

Mit dem Gefühl, nicht sehr viel erreicht zu haben, stand Peck auf dem Gehsteig vor dem Gasthaus. Er zog sein Handy aus der Tasche und rief Braunschweiger an, der nach dem dritten Läuten abhob.

»Wo sind Sie, Braunschweiger?«

»Hallo, Chef. Bei mir zu Hause. Es ist Feierabend.«

»Feierabend ist später, Braunschweiger. Ich bin in einer

Dreiviertelstunde im Büro. Würde es Ihnen etwas ausmachen, dass wir uns dort treffen?«

»Eigentlich ziemlich schon.« Braunschweigers Stimme war leise geworden. »Heute kommt *Tatort* im Fernsehen. Sie sagen, ich muss mich weiterbilden, um ein echter Profi zu werden. Als Detektiv, meine ich. Außerdem beginnt es schon dunkel zu werden.«

»In genau einer Dreiviertelstunde«, sagte Peck. »Wenn Sie früher dort sind, werfen Sie schon mal die Espressomaschine an.«

»Oh«, entfuhr es Braunschweiger. »Labor omnia vincit.«

*

Peck traf im Büro ein paar Minuten zu spät ein und wurde von Braunschweiger mit »Potius sero quam numquam« begrüßt.

»Ich weiß«, sagte Peck. »Sie haben sich bei Sophia ein lateinisches Sprüchebuch gekauft. Warum eigentlich?«

»Exercitatio artem parat«, sagte Braunschweiger. »Mit solchen Sprüchen auf den Lippen erscheint man gleich klüger.«

»Klüger? Wozu?«

»Ich bin auf der Suche nach einer Frau, Chef. Und Frauen mögen gebildete Männer. Außerdem ist Latein Logik pur. Wie für einen Detektiv gemacht.«

»Ab jetzt reden wir Klartext, Braunschweiger. Und zwar auf Deutsch.«

Peck ging zur Espressomaschine und setzte sich mit der gefüllten Tasse Braunschweiger gegenüber, der ihn über den Rand seiner Brille erwartungsvoll ansah.

»Kennen Sie Sendltal?«

»Nie gehört.«

»Sie werden es kennenlernen, Braunschweiger. Hören Sie jetzt gut zu.« Peck fasste noch einmal seine Begegnung mit Jürgen Wittmann zusammen, dann berichtete er ausführlich von seinen Gesprächen mit Carla, dem alten Bockerer und Gstöttenmayr, dem baumlangen Bürgermeister. »Passen Sie auf, wenn Sie ins Gasthaus gehen. Der Wirt ist ein Freund des Bürgermeisters. Und der Bürgermeister mag Detektive nicht.«

»Ich bitte um eine klare Aufgabenstellung, Chef.«

»Sie werden ein paar Tage in Sendltal verbringen, Braunschweiger.«

»JWD also.«

»Was ist das?«

»Ich habe einen Onkel in Berlin. Der sagt das immer. JWD. Janz weit draußen. In der Pampa also. Und was mache ich dort?«

»Als ich heute aus Sendltal weg bin, war das Faktum, dass der Tote im Museum Volkmar Rummel heißt, noch nicht überall durchgedrungen. Das könnte sich aber bald ändern. Wahrscheinlich morgen schon. Und jetzt geben Sie acht: In Sendltal soll jemand schon am Montag herumerzählt haben, dass der Volkmar Rummel tot ist. Verstehen Sie das Problem, Braunschweiger?«

»Sie werden es mir gleich erläutern, Chef.«

»Am Montag ist das Museum geschlossen. Die Leiche wurde erst am Dienstag in dem Abstellraum gefunden. Wahrscheinlich von einem Museumsangestellten. Also frage ich Sie: Wer kann es am Montag bereits gewusst haben?«

»Sie, Chef.«

»Und außer mir?«

»Chef, die Beschäftigung mit der lateinischen Logik hat meinen Geist geschärft. Wer außer Ihnen kann es gewusst und in dem Dorf herumerzählt haben? Es gibt zwei Möglichkeiten: Jürgen Wittmann oder der Mörder.« Braunschweiger machte ein stolzes Gesicht. »Und eine weitere Variante gibt es noch dazu: Jürgen Wittmann ist der Mörder und hat es irgendjemandem in Sendltal verraten.«

»Gut geschlussfolgert, Braunschweiger.«

»Haben Sie zu diesem Jürgen Wittmann Vertrauen?«

»Diese Frage habe ich mir selbst schon hundert Mal gestellt. Ich weiß es nicht. Eher ja.«

»Ich habe immer noch keine klare Aufgabenstellung, Chef.«

»Finden Sie heraus, wer im Dorf schon am Montag wusste, dass Volkmar Rummel tot ist. Reden Sie mit den Leuten, aber vorsichtig. Mischen Sie sich unter das einfache Volk.«

»Aber der Bürgermeister mag Detektive nicht.«

»Dafür habe ich mir eine Lösung überlegt. Sie treten in Sendltal als Maler in Erscheinung.«

»Maler und Anstreicher?«

»Kunstmaler.«

»Wozu soll das gut sein?«

»Sendltal ist ein Dorf. Dort kennt jeder jeden. Also fällt jeder Neuankömmling sofort auf, insbesondere wenn er dumme Fragen stellt.«

»Ich stelle keine dummen Fragen, Chef.«

»Das war beispielhaft gemeint. Verstehen Sie, unser Konzept ist folgendes: Sie tarnen sich als Maler und im Zuge Ihrer künstlerischen Tätigkeit werden Sie mit vielen Personen in Kontakt kommen.«

»Und wenn nicht?«

»Dann suchen Sie den Kontakt. Die Menschen in Sendltal werden stolz sein, einen großen Künstler kennenzulernen. Sie müssen nur die Fragen, die Sie den Leuten stellen – ich meine Fragen zu unserem Mordfall – vorsichtig formulieren, diplomatisch also, dass niemand Verdacht schöpft. Verstehen Sie?«

»Wenn Sie mich so fragen … annäherungsweise. Nur ein Problem ist noch offen, Chef.«

»Sprechen Sie.«

»Ich habe keine Ahnung von Malerei.«

»Das geht vielen Künstlern so. Kaufen Sie sich ein Fachbuch über Ölmalerei und alle Utensilien, die dazu nötig sind. Verstehen Sie?«

»Fast. Was sind Utensilien?«

»Die bekommen Sie in einem Fachgeschäft für angehende Künstler. Und besuchen Sie Carla in Sendltal. Sie ist eine Freundin Ihrer Cousine Sophia. Carla mag gebildete Männer. Bei der kommen Sie mit Ihren lateinischen Sprüchen gut an.«

*

Sein Weg nach Hause führte Braunschweiger am Bahnhof vorbei. Da hat die Buchhandlung sicher noch geöffnet, dachte er. Am Südtiroler Platz bog er rechts ab und stellte sein Auto in der Contipark-Tiefgarage ab.

Die Verkäuferin war gerade mit einer älteren Kundin beschäftigt. Also versuchte er, sich selbst in der unübersichtlichen Büchervielfalt zurechtzufinden. Mit langsamen Schritten ging er an den Taschenbüchern vorbei, als sein Blick auf das Regal daneben fiel, in dessen oberster Reihe die Aktmagazine steckten, direkt neben Kicker und Auto Bild. Leider waren die Hefte mit den nackten Tatsachen zugriffssicher in Plastikfolie eingeschweißt. Playboy, Penthouse, Coupé, Hustler. Bei den meisten Magazinen hatten die Titel-Nymphen blondes Haar, nur bei der Playboy-Dame loderten die schulterlangen Haare feuerrot. Braunschweiger überlegte, eines der Hefte zu kaufen. Vielleicht das mit der feuerroten Frau. Das würde ihn vor der morgen anbrechenden dörflichen Langeweile bewahren. Nein, sagte er sich. So ein unmoralisches Schundheft war seiner nicht würdig. Plötzlich stand die Verkäuferin neben ihm. Er hatte ihr Näherkommen nicht bemerkt. Lächelnd zeigte sie auf den Playboy, den er immer noch in der Hand hielt. »Kann ich Ihnen irgendwie helfen?«

Braunschweiger spürte, wie er rot anlief. Mit einer zackigen Bewegung steckte er das Heft mit der feuerroten Titelheldin zurück, während er versuchte, seine Fassung wiederzugewinnen. »Ich suche etwas durch und durch Seriöses«, sagte er mit belegter Stimme. »Ein Sachbuch über Ölmalerei. Ich möchte mich künstlerisch weiterbilden.«

»*Malen nach Zahlen* vielleicht«, sagte das Mädchen. »Das wird gern genommen. Oder ein Sachbuch von Wilhelm Busch. *Maler Klecksel*. Übersichtlich und didaktisch hervorragend ausgestaltet.«

»Etwas Seriöses soll es sein.«

»Wilhelm Busch ist seriös.« Die Verkäuferin griff nach einer Broschüre und hielt sie Braunschweiger hin. »*Malen für Debütanten*. Ein sehr gutes Buch. Ich habe auch damit gearbeitet und heute beherrsche ich die Ölmalerei wie Leonardo.«

Unschlüssig blätterte Braunschweiger in dem Büchlein.

»Haben Sie dazu noch eine Frage?«

Er drehte ihr den Kopf zu und nickte. »Wer ist Leonardo? Und was ist ein Debütant?«

»Na ja«, sagte sie. »Lassen Sie es mich so erklären …«

Braunschweiger lag träge auf dem Sofa im Wohnzimmer und blätterte in dem dünnen Buch über die Kunst des Malens. Besonders interessierte ihn das dritte Kapitel, das sich der Technik des Farbauftrags widmete. Morgen würde er sich in einem Fachgeschäft um die restlichen Dinge kümmern, die er für sein Künstlertum in der Praxis brauchte. Wie hatte sein Chef das genannt? Irgendetwas mit Silie. Dann fiel es ihm ein. Utensilien. Das Wort gefiel ihm. Er schrieb es als Überschrift auf einen Zettel und listete darunter alle Zutaten auf, die in dem Buch für Debütanten aufgeführt waren: Leinwand, Staffelei, Pinsel und Ölfarben.

Stolz betrachtete er seine Einkaufsliste. Bei den Worten Pinsel und Leinwand spürte er förmlich die Kraft der hehren Kunst durch seine Adern fließen. Vor seinen Augen erschien verschwommen eine junge Frau. Er schüttelte den Kopf und blinzelte einige Male, bis der Nebel verschwand. Die Frau mit den feuerroten Haaren, die ihn anlächelte, kannte er vom Titelbild eines Playboy-Magazins. »Ich bin für heute dein Modell«, sagte sie. Wie wonnig war es doch, Künstler zu sein. Während er die Frau genau beobachtete, griff er nach seinem Pinsel und tauchte ihn in eine der Farben. Sie hatte einen kräftigen, wohlproportionierten Körper, bei dem alles an der richtigen Stelle saß. Mit zögernden Schritten ging sie zu der Couch und legte sich der Länge nach hin, sodass Braunschweiger gezwungen war, die Leinwand um neunzig Grad zu drehen. Den liegenden Frauenkörper konnte man nur im Querformat auf der Leinwand unterbringen. Entspannt lag die Rothaarige auf der rechten Seite, die Beine fast geschlossen und leicht angewinkelt. Sie stützte ihren Kopf auf den Unterarm und flüsterte: »Mir ist langweilig. Komm zu mir.«

»Veni vidi vici«, konnte Braunschweiger gerade noch antworten, dann bemerkte er, dass er aus dem Traum erwachte.

Das Thermometer im Auto zeigte dreizehn Grad. Ein eintönig grauer Himmel hing über Salzburg. Braunschweiger mochte die Jahreszeit nicht. Es wurde kälter, die Blätter wurden welk und fielen von den Bäumen und selbst die jungen Frauen versteckten ihre anmutigen Figuren hinter dicken, unförmigen Mänteln. Der Einkauf beim Künstlerbedarf Ivo Haas nahe der bayerischen Grenze war erfolgreich, wenn auch nicht billig gewesen. Braunschweiger musste lächeln. Alles Utensilien für seinen neuen Job, den er in Sendltal auszuüben gedachte. Braunschweiger schaltete das Radio an. Im Verkehrsfunk war von einem Unfall mit Stau auf der Straße Richtung Fuschlsee die Rede, sodass er die Aigner Straße nahm und in Elsbethen auf die Schwaitl Landesstraße abbog, die am Südhang des Rauchenbichls bergauf führte. Dort musste er zwar die Geschwindigkeit reduzieren, aber es waren kaum Autos unterwegs und so genoss er die Fahrt durch den Wald an den Gasthöfen *Schwaitlalm* und *Ramsau* vorbei und erreichte zwanzig Minuten später Sendltal. Schon aus der Ferne konnte er in der Mitte der Ortschaft den runden, mit Bäumen umsäumten Dorfplatz ausmachen und die kleine Kirche mit dem Zwiebelturm. Auf der gegenüberliegenden Seite zog sich ein bewaldeter Hügel entlang, der den Ort Richtung Westen abschirmte.

In Schrittgeschwindigkeit fuhr Braunschweiger in das Dorf und parkte seinen Wagen in einer der engen Wohnstraßen, die ins Zentrum führten. Es war ruhig. Keine spielenden Kinder und nur ab und zu ein Auto.

Er folgte einem schmalen Durchgang zwischen zwei Gebäuden und kam auf eine Straße, die sich nach einigen Häusern verbreitete und den Blick auf die ansteigenden Hügel dahinter freigab. Von rechts führte eine mit Kopfstein gepflasterte Gasse ins Dorf, die an einem kleinen Platz endete, eher nur eine Erweiterung der schmalen Straße, auf der man vor vielen Jahren eine Linde gepflanzt hatte, deren schwere Äste knapp über den Boden reichten.

Er überquerte die Fahrbahn, als er an einem der kleinen Häuser ein Schild entdeckte:

Zimmer zu vermieten. Bei Hoppenstädt läuten.

Braunschweiger ging einmal um das einstöckige Gebäude herum, um sich ein Bild zu verschaffen. Das Haus war fast quadratisch, mit einem grauen Walmdach. Auf der Rückseite kam er in einen kleinen, rechteckigen Hof für die Mülltonnen. Alles sehr sauber.

ADELHEID HOPPENSTÄDT stand auf dem Schild unterhalb der Türklingel. Braunschweiger läutete und nach langen Sekunden öffnete eine grauhaarige Frau die Tür. »Was ist los?«

Braunschweiger trat einen Schritt zurück und deutete auf das Schild am Fenster. »Ich suche ein Zimmer.«

Frau Hoppenstädt war keine überaus freundliche Dame. Jedenfalls kam sie Braunschweiger sehr viel älter als freundlich vor. Irgendwie erinnerte sie ihn an Bette Davis in dem Hollywoodstreifen ›Was geschah wirklich mit Baby Jane?‹. Nur ihr Auftreten war etwas barscher.

»Kann ich das Zimmer sehen?«

»Kommen Sie rein«, sagte die Frau und deutete mit dem Kopf, ihr zu folgen. »Das Zimmer ist im ersten Stock. Wie lange wollen Sie denn bleiben? Wo ist Ihr Gepäck?«

»Das hole ich später.«

»Sie können Ihr Auto direkt vor dem Haus parken. Das ist für Sie kostenlos.«

»Wie teuer ist das Zimmer?«

Frau Hoppenstädt musterte ihn von oben bis unten. »Hundert Euro«, sagte sie dann, und als Braunschweiger nicht protestierte, schob sie nach: »Frühstück ist extra.«

Es war ein winziges Zimmer, das sicher seit den 1950er-Jahren nicht mehr renoviert worden war. Links neben der Türe befanden sich ein kleines Waschbecken und darüber ein fast blinder Spiegel. Bei dem grauen Resopalschrank neben der Zimmertüre hing die Türe schief herunter und ließ sich nicht schließen. Die vergilbten Vorhänge waren genauso zerknittert wie die Bettdecke.

Zehn Minuten später stieg er mit Koffer und Malutensilien schwer bepackt die steile Stiege nach oben, wo er von Frau Hoppenstädt erwartet wurde. Sie nahm ihm den Koffer ab, während er die Staffelei neben dem Fenster deponierte.

»Ha!«, rief Frau Hoppenstädt und zeigte auf die Staffelei. »Das Ding kenne ich. Mein verstorbener Mann, Gott hab' ihn selig, hat auch gemalt. Röhrender Hirsch und so.«

»Ars longa, vita brevis«, sagte Braunschweiger. »Meist male ich abstrakt gegenständlich«, sagte Braunschweiger und erinnerte sich an die klugen Sätze, die er gestern in dem Buch für Debütanten gelesen hatte. »Ich bevorzuge kräftige Landschaftsbilder, die ich in meiner eigenen Bildsprache expressionistisch darstelle.« Braunschweiger war stolz auf sein künstlerisches Wissen. »Meine Stärke ist das Ausbrechen aus Konventionen.«

»Ich weiß nicht, ob Sie das wissen«, sagte Frau Hoppenstädt. »Wir haben schon eine Künstlerin hier im Dorf. Christa heißt sie. Christa Kuhn, die Frau von unserem

Arzt. Sie malt. Öl glaube ich. Eine echte Berühmtheit. Sie hat schon in Hallein ausgestellt. Ich kenne Christa gut. Die wird sich freuen, dass jetzt mit Ihnen ein Kollege eingetroffen ist, der ähnlich fühlt und denkt wie sie und mit dem sie sich auf künstlerischer Ebene austauschen kann.« Sie sah Braunschweiger erwartungsvoll an. »Habe ich das richtig ausgedrückt?«

»Das haben Sie sehr richtig ausgedrückt«, sagte Braunschweiger.

Wie hatte Peck gesagt? Wir müssen schneller werden. Also ließ er keine Zeit verstreichen, griff nach der zusammengefalteten Staffelei, dem Malkoffer mit Pinsel und Farben und verließ das Haus. Zuerst sollte er Carla besuchen, hatte ihm sein Chef geraten und hinzugefügt, dass Carla gebildeten Männern sehr zugetan sein soll.

»Aha«, sagte Carla zur Begrüßung, als sie Braunschweiger die Tür öffnete. »Gestern war der Boss da, heute kommt der Kofferträger.«

»Das ist kein Koffer«, sagte Braunschweiger, »das ist eine Staffelei.«

»Vergessen Sie's.« Sie winkte ab. »Nur so eine Redewendung. Kommen Sie rein. Wir haben schon auf Sie gewartet.«

»Wir … haben Sie Besuch?«

»Wir, das sind Baldo und ich.«

Sich nach allen Seiten umsehend, betrat Braunschweiger das Wohnzimmer, als der Boxerhund Anlauf nahm, zuerst an Braunschweigers Händen schleckte und dann an ihm hochsprang. »Wie schön«, sagte Carla, »er mag Sie.« Sie deutete auf die Couch. »Setzen Sie sich. Ich habe leider nicht viel Zeit, weil ich mit Baldo zum Tierarzt muss. Der Hund hat Würmer.«

»Cave canem«, sagte Braunschweiger und stellte seine Malutensilien auf den Fußboden.

Carla sah auf die Uhr. »Aber für eine Tasse Kaffee reicht die Zeit noch.«

Würmer hat der Hund, dachte Braunschweiger und betrachtete seine Hände, als sähe er sie zum ersten Mal.

»Kaffee also?« Ohne eine Antwort verschwand sie in der Küche und kam mit einer Tasse Kaffee wieder.

»Ich werde Sie nicht lange stören«, sagte Braunschweiger. »Mein Chef hat nur gemeint, ich soll Sie etwas fragen.«

Sie setzte sich und schlug die Beine übereinander. »Fragen Sie.«

»Die Frage, die mich und meinen Chef umtreibt, ist, wie es möglich sein kann, dass jemand hier im Dorf schon am Montag gewusst hat, dass der Tote dieser Möbelfabrikant ist.« Braunschweiger blätterte in seinem Notizbuch. »Volkmar Rummel heißt der. Peck sagte, das hätten Sie ihm mitgeteilt.«

»Das stimmt, irgendjemand hat das rumerzählt.«

Carla redete mit fantasievollen Bewegungen ihrer Arme, die wie zwei Schwäne ihre Worte begleiteten.

Braunschweiger beugte sich vor und fragte leise: »Wer war das? Das ist die Frage, die wir beantworten müssen. Wer hat das rumerzählt?«

»Ich glaube, das habe ich vergessen.«

»Kannten Sie den Herrn Rummel?«

»Wer kennt den nicht? Er ist reich und geschieden. Einige Frauen im Dorf haben ihn deshalb zu ihrem Beuteschema erklärt.«

»Er soll zwei Kinder haben.«

»Konrad und Horst. Die kenne ich auch.«

»Seine geschiedene Frau … wohnt die hier im Ort?«

Sie schüttelte den Kopf.

»In Salzburg. Glaube ich. Soweit ich weiß, hat sie wieder geheiratet.«

»Kennen Sie ihre Adresse?«

Wieder Kopfschütteln. »Ich möchte auch etwas wissen«, sagte sie. »Wie kam Ihr Chef zu dem Foto von Volkmars Leiche? Wenn ich Paul nicht schon länger kennen würde und er nicht mit meiner Freundin Sophia liiert wäre, würde ich das der Polizei erzählen.«

»Errare humanum est.« Verdrossen schüttelte er seinen Kopf. »Paul Peck ist mein Chef. Also ist er über jeden Zweifel erhaben. Ich hoffe, Sie haben niemandem erzählt, dass wir mehr wissen als die Polizei.«

»Ich bin verschwiegen wie ein Grab.« Sie presste die flache Hand auf ihre Brust, wie eine Angeklagte, die dabei war, ihre Unschuld zu beteuern. Plötzlich stieß sie einen spitzen Schrei aus und streckte ihren Zeigefinger in die Luft, worauf der Hund den Kopf hob. »Es könnte Loni gewesen sein. Von der habe ich gehört, dass Rummel tot sein soll.«

»Welche Loni?«

»Manchmal kehren Erinnerungen zurück«, sagte sie. »Plötzlich kommen sie an die Oberfläche.« Sie stieß ihm ihren Zeigefinger zwischen die Rippen. »Genau. Ich war beim Kirchenwirt und Loni hat es mir erzählt. Sehr geheimnisvoll hat sie getan.«

»Wenn Sie mir jetzt noch verraten, wer diese Frau ist.«

»Loni heißt sie. Ich kenne nicht mal ihren Familiennamen. Die blonde Bedienung beim Sepp. Und bevor Sie fragen, Sepp heißt mit ganzem Namen Josef Kaiser und ist der Wirt da drüben.«

Sie begleitete Braunschweiger ins Vorhaus und sah interessiert zu, wie er sich die Staffelei auf den Rücken schnallte.

»Waren Sie schon immer Maler?«

Er schüttelte den Kopf. »Mich hat erst vor kurzem die Leidenschaft zur Kunst gepackt.«

»Leidenschaft?«

»Wenn ich auf meiner Palette die Farben mische, vergesse ich die Welt.«

»Und wohin führt Sie jetzt Ihre Leidenschaft?«

»Dictum – factum.« Braunschweiger deutete Richtung Tür. »Ist Ihnen schon einmal aufgefallen, wie schön geformt der Turm ihrer Dorfkirche ist? Den werde ich heute auf die Leinwand bringen.« Gut gelaunt klopfte er auf den Malkasten.

»Unseren Kirchturm?« Erstaunt hob Carla die Augenbrauen.

»Ja. Spätbarock. Kurvig. Wie eine schöne Frau.«

»Spätbarocke Kurven«, wiederholte sie und schwenkte drohend den Zeigefinger. »Sie sind ja ein Hallodri.«

*

Zuerst sucht sich der Maler den idealen Standort, von dem aus er die beste Sicht auf das Objekt seines künstlerischen Interesses hat. Diesen Satz aus dem Lehrbuch hatte sich Braunschweiger gemerkt.

Es war ein warmer Herbsttag geworden, ein tiefes Blau wölbte sich über den Marktplatz. Nachdem er einige Male scheinbar ziellos auf der Straße hin- und hergewandert war, entschied er sich für den Platz neben dem Friseurgeschäft, von wo aus er sowohl das imposante Dach der Kirche als auch den barocken Turm mit der goldfarbenen Uhr gut im Blick hatte. Nach einigen Versuchen gelang es Braunschweiger, die Staffelei auseinanderzuklappen, in deren Mitte er einen dicken Holzstock entdeckte, der sich zu einem dreibeinigen Hocker verwandeln ließ. Er rückte alles in die Mitte des Gehsteigs, holte die hölzerne Palette und die Schatulle mit den Farbtuben aus dem kleinen Koffer und begann sein künstlerisches Werk. Ohne lange zu überlegen, zeichnete er mit mutigen Bleistiftstrichen die Umrisse des Kirchturms auf die Leinwand, trat von Zeit zu Zeit ein paar Schritte zurück und prüfte professionell die Perspektive, wobei er ein Auge zusammenkniff und den Daumen gegen den erhobenen Bleistift drückte. Erst als er mit dem bisher entstandenen Werk zufrieden war, drückte er die weiße Farbe für die Mauer der Kirche aus der Tube und strich sie auf der Palette glatt. Hemmungslos startete er mit dem ersten Farbauftrag.

Der Postbus blieb vor der Kirche stehen und öffnete mit lautem Zischen die Türen. Unter den Aussteigenden waren einige Schüler, die laut rufend auf Braunschweiger zuliefen. Jeder Künstler freut sich über die Anteilnahme der Bevölkerung. Braunschweiger lächelte allen zu, die bei ihm stehen blieben, um die kühnen Farbstriche zu bewundern, mit denen er den Kirchturm auf die Leinwand bannte. Nicht nur die Schüler verfolgten mehr oder weniger aufmerksam das Entstehen eines Kunstwerks, auch zahlreiche ältere Frauen und Männer erfreuten Braunschweiger mit mehr oder weniger sachkundigen Kommentaren. Weniger erfreut war er über die streunenden Hunde, von denen einige drauf und dran waren, die hölzerne Staffelei mit einem Baum zu verwechseln.

Nach einiger Zeit verloren die Umstehenden ihr Interesse und ließen ihn mit seiner Kunst alleine. Die Sonne war hinter einem der Hausdächer verschwunden und ein frischer Wind fegte über den Platz, als er das forsche Klappern von Stöckelschuhen auf dem Gehsteig neben sich vernahm. Eine Frau steuerte zielsicher auf ihn zu. Sie war klein und zierlich und kam Braunschweiger in Anbetracht der Tageszeit übertrieben aufgedonnert vor. Zu den Stilettos trug sie einen engen Rock und einen silbrig glänzenden Pulli, der ihr zwei Nummern zu klein war. Ihre dunklen Haare waren wie ein Korb auf dem Kopf geflochten. Mit ausgebreiteten Armen blieb sie vor Braunschweiger stehen, der sie verwirrt anstarrte.

»Ich weiß es von Adelheid« sagte sie. »Sie sind ein Künstlerkollege.«

Es dämmerte ihm, wer die Frau war. »Mit Adelheid meinen Sie Frau Hoppenstädt. Sie sind wahrscheinlich Christa und haben bereits in Hallein ausgestellt. Frau Hoppenstädt hat mir das verraten.«

»Was halten Sie davon, wenn Sie Ihre Arbeit unterbrechen.« Sie warf einen prüfenden Blick zum Himmel. »Es sieht ohnehin nach Regen aus. Mein Atelier ist da drüben. Kommen Sie. Dort ist der rechte Ort zum Fachsimpeln. Außerdem habe ich dort zwei Flaschen eingekühlt. Prosecco und einen Freixenet.«

»Ihr Vorschlag kommt zur rechten Zeit. Es wird ohnehin schon kühl.« Braunschweiger wischte seinen Pinsel sauber und setzte sorgfältig den Deckel auf die Schatulle.

»Ich heiße Christa«, sagte sie und streckte ihm die Hand hin.

»Braunschweiger«, murmelte er.

»Geben Sie her«, sagte sie. »Ich halte Ihr Bild, während Sie das Stativ zusammenklappen.« Mit ausgestreckten Armen hielt sie es vor sich und betrachtete es. »Gefällt mir ausgezeichnet. Bildkomposition, Farbgebung und Malduktus … alles professionell.«

»Das ist eine große Ehre«, sagte Braunschweiger und dachte an den Freixenet. Hoffentlich hat sie auch ein Bier eingekühlt. Warum trinken Frauen lieber Sekt, während

Männer Bier bevorzugen? Das Ergebnis einer Studie kam Braunschweiger in Erinnerung, nach der Männer sparsamer und kostenbewusster als Frauen sind. Schließlich ist Bier deutlich billiger als Sekt oder Champagner.

Sie lief rasch vor ihm her, sodass Braunschweiger, bepackt mit Malkoffer und Stativ, Schwierigkeiten hatte, ihr zu folgen. In den immergrünen Sträuchern vor ihrem Haus lärmte ein Vogel, einer hopste durch den Vorgarten, einen Wurm im Schnabel. Der Vogel war schwarz mit einem glänzenden Gefieder. Als Braunschweiger auf ihn zuging, flog er davon.

Christas Atelier war mehr eine Scheune und es war auch nicht wärmer als draußen. Überall an den Wänden hingen Bilder und mindestens ebenso viele waren auf dem Boden nebeneinander und hintereinander an die Wand gelehnt. Auf zwei Tischen standen halb gefüllte Marmeladengläser mit irgendeiner stinkenden Flüssigkeit, der Holzboden war mit Farbflecken übersät.

Braunschweiger sah sich die Bilder genauer an. Na ja, dachte er. An der linken Wand hingen einige Landschaftsbilder. Röhrender Hirsch auf Waldlichtung, äsende Rehe im Neuschnee vor dräuendem Felsmassiv und schroffes Gebirge ohne Rehe und Hirsche. Ein hochformatiges Gemälde unterhalb des röhrenden Hirsches zeigte eine nackte Blondine, die dem Betrachter lächelnd ihre mächtige Brust entgegenstreckt. Stolz und selbstbewusst.

»Gefällt's Ihnen, Herr Kollege?«

»Besser als der Hirsch.«

»Lüstling«, sagte sie. »Hier geht es um Kunst, nicht um Erotik.«

Verschämt deutete Braunschweiger mit dem Zeigefinger auf die Frau mit den blonden Haaren. »Hat Ihnen da jemand aus dem Dorf Modell gesessen?«

»Sie sind nicht nur Künstler, sondern auch ein Hallodri.«

Hallodri … das war schon das zweite Mal, dass ihn eine Frau so genannt hatte.

»Die Antwort lautet: Ja«, sagte sie. »Ihnen als Kollegen kann ist es verraten. Die Blondine ist Loni, die Kellnerin beim Kaiser Sepp.«

»Interessant«, sagte Braunschweiger.

»Der Kirchenwirt.« Mit ausgestrecktem Arm zeigte sie in irgendeine Richtung. »Vorne am Dorfplatz.«

Da gehe ich heute noch hin, dachte Braunschweiger.

Christa Kuhn stand breitbeinig im Zimmer und deutete auf die gegenüberliegende Wand, von der ebenfalls jeder Zentimeter mit Bildern behängt war. »Das sind meine letzten Werke und ich bin froh, dass ich damit zu meinem eigentlichen Stil gefunden habe. In der letzten Zeit habe ich mich völlig von den Landschaftsbildern abgewandt. Das hier ist Teil eines Triptychons. Ein bisschen orientiere ich mich an Mark Rothko, einem amerikanischen Maler, den man den König der Farbfeldmalerei nennt.«

Den Namen hatte er noch nie gehört. Braunschweiger trat zwei Schritte zurück und betrachtete beeindruckt die großformatigen Kunstwerke, die nur aus verschiedenfarbigen Flächen bestanden.

»Sehr interessant«, sagte er, hielt den Kopf schräg und fixierte das Bild, in dem die Farben Rot und Grün dominierten.

»Ziel ist dabei, auf Licht und Schatten zugunsten einer Flächigkeit zu verzichten, um die Farbwirkung des Gemäldes hervorzuheben.«

»Das kann ich als Künstler gut nachempfinden«, sagte Braunschweiger.

»Endlich einer, der mich versteht.« Sie zeigte auf das oberste Bild an der Wand. »Sehen Sie. Meine Malerei zählt zum abstrakten Expressionismus. Die Farbe wird dabei pur und ohne Ablenkung in Szene gesetzt, wobei beim Betrachter eine surreale Wahrnehmung ausgelöst wird.«

»Wie recht Sie haben«, sagte er. »Und dieses Gemälde?« Er zeigte auf ein Bild, das an der schmalen Wand neben der Tür hing und die nächtliche Szene in einer Bar darstellte, in der drei Menschen an der Theke sitzen, die sich anscheinend nichts zu sagen haben. »Das Bild kenne ich.«

»*Nighthawks* heißt das Gemälde. Von Edward Hopper. Leider ist das nur ein Poster.«

»Ich glaube, das Bild hängt zurzeit in einem Salzburger Museum.«

»Es ist ein Unglücksbild«, sagte Christa Kuhn. »Es bringt den Tod.«

»Ein Bild bringt den Tod. Wie soll das gehen?«

»Die Leiche, die im Museum gefunden wurde … ich weiß es seit heute …« Sie verbarg ihr Gesicht in beiden Händen. »Volkmar ist ein Freund. Und ich habe ihm geraten, nein … ich habe ihn fast bestürmt, sich das Bild anzusehen. Und jetzt mache ich mir Vorwürfe.« Wieder legte sie beide Hände auf ihr Gesicht. »Er war hier im Atelier und ich habe ihm von der Hopper-Ausstellung erzählt, die nur in der *Tate Gallery* und in Salzburg gezeigt wird.«

»Volkmar … meinen Sie Herrn Rummel?«

Sie nickte. »Ein Freund. Und ich habe ihn in den Tod geschickt.«

»Quatsch. Sie haben ihn maximal ins Museum geschickt. Da trifft Sie keine Schuld.«

Sie schenkte ihm ein Lächeln und legte ihre Hand auf seinen Arm. »Ihre Worte tun mir gut.«

»Ihr Mann ist Arzt, habe ich gehört.«

Sie wischte sich mit dem Taschentuch über die Augen und putzte sich die Nase.

»Auch mein Mann war früher mit Volkmar befreundet. So ein großes Unglück.«

»Warum ist die Freundschaft zu Ende gegangen?«

»Weil …« Sie unterbrach sich, als wolle sie nicht etwas ausplaudern, was ihn nichts anging. »Hören Sie, Herr Kollege, als Maler stellen Sie eigentlich ganz eigenartige Fragen.«

Als Braunschweiger Christas Atelier verließ, saß der schwarze Vogel auf dem Gehsteig und starrte ihn an. Als hätte er auf ihn gewartet. Er begann laut zu schreien und aus dem Gebüsch kam ein zweiter Vogel herausgehopst. Wie zur Unterstützung. Vögel leben paarweise, hatte Braunschweiger irgendwo gelesen, sie halten zusammen und bleiben sich sogar ihr ganzes Leben lang treu. Vögel wissen, wie es geht.

*

Schon beim Eintreten fiel Braunschweiger die blonde Kellnerin auf, die hinter der Schank stand und mit einem Kopfnicken in seine Richtung reagierte, als er die Gaststube betrat. Das muss Loni sein, dachte er. Die Männer an einem der Tische drehten ihm kurz den Kopf zu und setzten ihre Unterhaltung fort. Braunschweiger versuchte ein möglichst gleichgültiges Gesicht zu machen und setzte sich an einen der Tische am Fenster.

Wie auf einem Catwalk durchquerte die Blonde das Gastzimmer und steuerte auf ihn zu. Loni, dachte Braunschweiger grinsend, ich weiß genau, wie du unter deinem T-Shirt aussiehst.

»Guten Tag, Herr Künstler!« Sie rief es laut aus einiger Entfernung, sodass sich die Köpfe der Kartenspieler wieder umdrehten.

»Woher wissen Sie, wer ich bin?«

»Ich habe Sie gesehen. Mit Pinsel und Leinwand, draußen auf der Straße. Ich wollte schon zu Ihnen hingehen, aber da standen schon einige Leute bei Ihnen. Leider habe ich Ihr Bild noch nicht zu Gesicht bekommen.«

»Wenn ich das nächste Mal hierherkomme, nehme ich es mit, auch wenn es noch nicht fertig ist.« Er setzte sein Strahlemann-Lächeln auf. »Nur für Sie.«

»Ich habe viel für die Kunst übrig. Und auch für die Künstler. Was möchten Sie trinken?«

Er bestellte eine Halbe Bier, die sie in Windeseile gemeinsam mit der Speisekarte brachte.

»Sie haben viel für die Kunst übrig …« Braunschweiger sah zu ihr hoch und deutete auf den anderen Stuhl. »Setzen Sie sich doch.«

Sie zögerte etwas, blickte über ihre Schulter und nahm dann ihm gegenüber Platz. »Der Sepp mag es nicht, wenn ich bei den Gästen sitze. Er ist mein Chef.«

»Wenn der Gast ein Künstler ist, gilt das nicht.« Braunschweiger lachte. »Ich habe gerade eine andere Künstlerin kennengelernt. Christa heißt die.«

»Die Kuhn.« Sie verzog das Gesicht. »Die Frau vom Dorfarzt. Ich mag sie nicht. Außerdem ist sie keine Künstlerin. Sie hat ein schlechtes Porträt von mir gemalt. Keine Ähnlichkeit mit meinem Profil. Nur komische Farbflecke nebeneinander.«

»Sie heißen Loni, stimmt's?«

Sie zupfte an ihrem Rock und nickte. »Und wie darf ich Sie nennen?«

»Die meisten nennen mich Meister Braunschweiger. Sie dürfen mich Braunschweiger nennen.

»Oh ja!« Sie lachte und schüttelte den Kopf. Ihre langen, blonden Haare rutschten ihr ins Gesicht und sie strich sie hinter die Ohren zurück.

Braunschweiger erhob sich und deutete auf den großen Pfeil an der Wand, auf dem die Buchstaben *WC* zu lesen waren.

»Ich bin in fünf Minuten wieder da«, murmelte er.

Der Weg zur Toilette führte durch einen langen dunklen Gang, in dem er auf einen antiquierten Spielautomaten stieß. *Weltraummonster greifen an* konnte er auf der Maschine entziffern und *Einwurf ein Euro*. Weltraummonster hatte er immer schon gemocht. Der Spielautomat war von einer dicken Staubschicht bedeckt. Ob das Ding überhaupt noch funktionierte? Kaum hatte er eine Münze eingeworfen, erwachte die Maschine mit schrillen Tönen und blitzenden Lichtern zum Leben. Kurz danach erschienen mit gefährlichem Brummen die ersten Raumschiffe am oberen Rand des Bildschirms. Braunschweiger liebte solche Spiele, war er doch immer schon ein Meister in der Koordination von Händen und Augen gewesen. Nur hier lief alles mörderisch rasant ab. Die Aufgabe bestand ganz offensichtlich darin, die plötzlich auftauchenden Weltraummonster abzuschießen. Braunschweiger empfand das als zutiefst fair, schließlich handelte es sich bei den über den Bildschirm huschenden Aliens um Feinde der Menschheit. Die gehören vernichtet. Doch das war schwieriger als gedacht, er musste nicht nur pausenlos Schüsse abgeben, sondern auch den Granaten der Monster ausweichen. Und wie er rasch herausfand, war die Kollision mit einem der Aliens tödlich.

Game over erschien am Bildschirm. Sollte er nochmal einen Euro investieren? Er dachte an die blonde Kellnerin und wandte sich von dem Automaten ab.

Loni hatte die Zeit überbrückt, indem sie mit einem Tuch über die ohnehin sauberen Tische wischte und die Tischtücher zurechtzupfte.

»Ich habe noch eine Frage«, sagte Braunschweiger. »Die Frau Kuhn, in deren Atelier ich gerade war, erzählte mir von dem reichen Firmenbesitzer, dessen Leiche in Salzburg gefunden wurde.«

»Er soll ermordet worden sein.« Wieder sah sie ängstlich nach hinten, ob auch keiner mithörte.

»Morti natus est«, sagte Braunschweiger.

»Sie können Latein.« Immer wieder strich sie sich die Haare aus dem Gesicht. »Ich mag gebildete Männer.«

»Dieser Volkmar Rummel … wie gut kannten Sie ihn?«

»Wer kannte den nicht? Er war stinkreich. Schade um ihn.«

»Mögen Sie eher gebildete oder reiche Männer?«

»Reiche. Die sind lustiger. Volkmar war ein besonders Lustiger.«

»Wann ist das eigentlich passiert? Das mit dem Mord meine ich.«

»Keine Ahnung. Irgendwann am Wochenende. Woher soll ich das wissen?«

»Ich interessiere mich nicht nur für die lateinische Sprache, sondern auch für logische Zusammenhänge. Verstehen Sie? Malerei ist meine Berufung, Logik ist mein Hobby.«

»Verstehe ich nicht.«

»Logik heißt … wann haben Sie erfahren, dass der Tote im Museum der lustige Volkmar ist?«

»Das ist Logik?«

»Genau. Wann und wer … das sind die zwei Fragen der Logik. Wann haben Sie gewusst, dass Volkmar Rummel tot ist, und wer hat Ihnen das gesagt?«

»Es hat mir keiner gesagt. Das weiß ich bestimmt. Ich habe es zufällig irgendwo gehört. Aufgeschnappt, verstehen Sie?« Sie massierte sich die Stirn, was sie wohl immer tat, wenn sie angestrengt nachdachte. »Aber wann das war?« Ruckartig beendete sie die Hirnmassage. »Montag Früh war das! Jetzt fällt's mir ein.«

»Montag Früh«, wiederholte er. »Sind Sie sicher?«

»Ganz sicher.«

»Das ist hochinteressant.«

»Warum?«

»Wegen der Logik. Und jetzt noch der zweite Teil der Logik, nämlich das *Wer*.«

»Wer mir das erzählt hat? Keine Ahnung. Irgendwo aufgeschnappt.«

Braunschweiger suchte Augenkontakt zu ihr. Sagte sie die Wahrheit? Nein. Sie kann sich genau erinnern, wer ihr das gesagt hat, dachte er, will es aber nicht verraten.

Er stemmte sich aus dem Sessel hoch. »Ich werde sicher einige Tage in Sendltal sein. Hier gibt es viele attraktive Motive für meine Gemälde. Also werden wir uns noch einige Male über den Weg laufen.«

»Vielleicht nicht nur laufen.« Sie schob die Schultern zurück und stellte sich in Positur. »Wenn Sie zum Beispiel ein Modell mit einer guten Figur suchen … rein künstlerisch natürlich … ich würde mit mir reden lassen.«

»Alles für die Kunst.«

Ein großgewachsener Mann marschierte lautstark quer durch die Gaststube und blieb vor Braunschweiger stehen. Loni trat zwei Schritte zurück.

»Wir haben viel für die Kultur übrig in Sendltal, Herr Kunstmaler. Kommen Sie mich mal besuchen. Das Gemeindeamt ist gleich hinter der Kirche. Oder noch besser: Ich melde mich bei Ihnen. Wenn ich Zeit habe.« Der Mann winkte ihm wohlwollend zu und verschwand durch die Tür.

Braunschweiger sah Loni fragend an.

»Das war Gstöttenmayr, unser Bürgermeister. Eine große Ehre ist das für Sie. Dass er mit Ihnen so redet, meine ich. Normalerweise ist er nicht so freundlich.«

Es war bereits später Nachmittag und mit der beginnenden Dunkelheit legte sich Stille über das Dorf. Braunschweiger hatte den Eindruck, dass hier am Land die Dämmerung schneller hereinbrach als in der Stadt. Gerade schien noch die Sonne und kurz danach war es dunkel.

Um Frau Hoppenstädt nicht zu begegnen, schlich Braunschweiger leise die Stiege in den ersten Stock. Zeit für Reporting, sagte er sich. Er verstaute seine Malutensilien und setzte sich an den kleinen Tisch am Fenster. Die Lampe strahlte hell auf das Notizheft, dem er seine Erkenntnisse anvertraute. Draußen war es inzwischen dunkel geworden. Es war schon sieben Uhr vorbei und er überlegte, was er heute alles erfahren hatte. Er legte die Notizzettel, die er während der letzten Stunden beschrieben hatte, nebeneinander, ordnete sie und übertrug das Ganze fein säuberlich in das Heft. Die wichtigste Einsicht kam von Loni.

Mit einem guten Gefühl griff er zu seinem Handy und rief seinen Chef an. »Dass ich hier im Dorf als Maler auftrete, öffnet mir Türen, Chef. Das war eine gute Idee von Ihnen. Sogar der Bürgermeister möchte sich mit mir unterhalten. Ich habe auch herausgefunden, wer Rummel in das Museum zu dieser Ausstellung geschickt hat. Und noch etwas: Es bestätigt sich, dass irgendjemand hier im Dorf schon am Montag gewusst hat, dass der Tote Volkmar Rummel ist. Und noch etwas Chef, ich habe meiner Logik folgend das Ganze noch einmal durchdacht.«

Mitten in der Nacht, so schien es ihm, klingelte sein Telefon. Das ist ein Traum, sagte er sich und wollte sich schon auf die andere Seite drehen, als Sophia ihn anrempelte und lauter als notwendig zu ihm herüberrief: »Dein Handy!«

Peck war zu schlaftrunken, um einen klaren Blick auf das Display zu werfen.

»Stör ich?«

Er erkannte die Stimme seines Sohnes Peter und war augenblicklich hellwach. Peck warf einen Blick zu Sophia, die ihren Kopf zwischen Polster und Bettdecke vergraben hatte.

»Nein«, sagte Peck. »Du störst nicht.« Er kroch aus dem Bett und schlafwandelte barfuß in die Küche.

»Jetzt bin ich hörbereit. Bist du noch da?«

»Natürlich bin ich noch da.« Peters Stimme hatte einen seltsam verzerrten Klang, wie bei einem Kassettenrekorder, der etwas zu langsam lief.

»Du klingst eigenartig. Wie geht es dir?«

»Ich bin im Stress.«

»Erklär mir deinen Stress.«

Peter schwieg eine Weile.

»Ist alles in Ordnung mit dir?« Peck begann, sich Sorgen zu machen. »Hast du getrunken?«

»Natürlich habe ich getrunken.«

»Alkohol ist nie eine Lösung.«

»Mein Herr Vater, der Moralapostel. Ich kann mich noch an Zeiten erinnern, da hast du auch ganz schön gebechert.«

»Wo kann ich dir helfen?«

Wieder eine kurze Pause.

»Weißt du, was ich gerade denke? Du fragst mich, ob du mir helfen kannst, und in Wirklichkeit ist es dir scheißegal.«

»Es ist mir nicht egal, Peter. Wir sollten uns treffen.«

»Wozu? Damit du mich fragen kannst, warum es mir beschissen geht? Also, hör zu. Erstens hab ich meinen Job verloren und zweitens liege ich im Bett. Krank. Verstehst du?«

»Job verloren? Warum das?«

»Gekündigt. Ganz einfach. Gestern. Aus heiterem Himmel.«

»Aber warum? Du hast doch gute Arbeit gemacht.«

»Gute Arbeit gemacht … Mein Chef sagt: Es wird umorganisiert, und sie können mich nicht mehr brauchen. Außerdem mag mich mein Boss nicht.«

»Wir gehen zu einem Anwalt. Das brauchst du dir nicht gefallen lassen.«

»Keine Chance. Sagt auch der Betriebsrat. Betriebsbedingte Kündigung … da bist du so gut wie chancenlos.«

Peck erinnerte sich an ähnliche Fälle in seiner früheren Firma. So ganz unrecht hatte sein Sohn nicht.

»Wie krank bist du? Ich meine, welche Krankheit …?«

»Alles, was es gibt. Schwächegefühl, Gliederschmerzen, Magenkrämpfe, Brechreiz. Meine Blutwerte sind genauso beschissen, wie ich mich fühle.«

»Wer kümmert sich um dich?«

»Jackie.«

»Wer ist Jackie?«

»Ein Mädchen … eine junge Frau … egal. Sie bekocht mich.«

»Du klingst nicht wirklich gut am Telefon.«

»Ich klinge wahrscheinlich so, wie es mir geht.«

»Nimmst du Medikamente?«

»Willst du wissen, ob mir der Arzt was verschrieben hat oder ob ich tablettenabhängig bin?«

»Bist du es?«

»Ich bin nur etwas beduselt.«

»Was hast du genommen?«

Peter lachte. »Wodka.«

»Hast du mit Monika gesprochen?«

»Worüber sollte ich mit ihr reden? Wir sind geschieden. Seit fast einem Jahr. Schon vergessen?«

»Natürlich habe ich deine Scheidung nicht vergessen. Aber es könnte ja sein …«

»Ist es aber nicht«, unterbrach ihn sein Sohn.

»Wir sollten uns treffen.«

»Das hast du schon gesagt. Dann tu es doch. Wäre ganz was Neues, dass du dich um deinen Sohn kümmerst.«

»Komm zu mir.«

»Wann?«

»Jederzeit. Meine Wohnung in der Johannes-Filzer-Straße steht dir zur Verfügung. Komm.«

»Weißt du, dass du Opa immer ähnlicher wirst?«

»Meinem Vater?«

»Deinem Vater. Kein Wort verstanden, aber sofort und ohne nachzudenken irgendeine Meinung vertreten. Du bist wie immer: Kleinlich und rechthaberisch. Und mit beidem ist mir nicht gedient.«

Darauf fiel Peck keine Antwort ein. Eine längere Pause entstand. Er hätte jetzt sagen sollen: ›Du bist mein Sohn und ich liebe dich. Ich denke oft an dich und ich mache mir Sorgen. Ich verspreche dir, dass ich dich ab jetzt öfters anrufe, …‹

Aber er sagte es nicht. Sie tauschten noch einige Nettigkeiten aus und Peck hatte den Eindruck, dass Peter während des Telefonats weiter trank. Auf jeden Fall begann seine Stimme immer stärker zu zittern und er hatte zunehmend Schwierigkeiten, manche Worte auszusprechen. Schließlich legte Peter auf und Peck warf sein Handy wütend auf den Tisch. »Scheiße!«, rief er.

Plötzlich hörte er ein Geräusch. Sophia stand in der Tür. Sie ging barfuß zum Kühlschrank, holte sich ein Glas Milch und setzte sich zu ihm.

»Was ist los? Du warst laut am Telefon.«

»Hab ich dich geweckt? Es war Peter.«

»Und?«

»Es geht ihm beschissen.«

»Wenn du solche Worte verwendest, geht es ihm wirklich beschissen.«

»Es war ein Hilferuf. Seine Firma hat ihn gekündigt und er liegt krank im Bett. Sagt er.«

»Hat er dich um Hilfe gebeten?«

»Nicht direkt. Im Gegenteil, er war aggressiv und abweisend.«

»Dein Sohn hat sich verändert. Ich erinnere mich gut an mein letztes Gespräch mit ihm.«

»Wie verändert?«

»Männer merken nie etwas. Nicht einmal bei den eigenen Kindern. Sein Wesen hat sich verändert. Seine Stimmung schwankt, er ist unruhig und wirkt, als ob er dauernd unter Druck stünde.«

»Er war eindeutig betrunken am Telefon.«

»Ich wette, er nimmt Drogen.«

Peck hob den Kopf. »Drogen? Nie und nimmer. Peter ist mein Sohn und nicht irgendein verkommener Junkie.«

»Unter meinen Kunden sind Heerscharen von Akademikern, die kiffen und Koks durch die Nase ziehen. Die sind stadtbekannt. Aber alle keine verkommenen Junkies.«

»Peter ist mein Sohn, verdammt!«

»Verschließ deine Augen nicht. Ich weiß, wovon ich rede. Er braucht deine Hilfe.«

»Ich frage mich, was ich falsch gemacht habe.«

»Nichts.« Sophia nahm einen großen Schluck aus ihrem Milchglas. »Es ist nicht deine Schuld. Hat er Kontakt zu seiner geschiedenen Frau? Wie hieß sie … Monika.«

Peck schüttelte den Kopf. »Ich hab ihn das gefragt. Irgendein Mädchen kümmert sich um ihn, während er krank ist. Oder eine Frau.«

»Wie geht's jetzt weiter?«»Ich habe ihm angeboten, bei mir zu wohnen.«

»Und? Kommt er?«

»Ich weiß es nicht.«

»Weißt du, was ich befürchte? Ich fürchte, das Problem ist größer als du denkst.«

»Ich warte jetzt ein oder zwei Tage, dann fahre ich hin zu ihm.«

Sophia nickte. »Das wäre gut.«

Peck stand auf. »Magst du vor mir ins Bad?«

»Was hast du heute vor?«

»Ich rede nochmals mit Jürgen Wittmann.«

»Und was macht Braunschweiger?«

»Wir wissen jetzt, wer Volkmar Rummel den Tipp gegeben hat, sich die Hopper-Bilder im Museum anzusehen. Die Frau vom Arzt in Sendltal.«

»Hat er das herausgefunden?«

»Ja.«

»Hast du ihn gelobt?«

»Ja.«

»Hat er sich über dein Lob gefreut?«

»Wie ein Volksschüler, der soeben vom Lehrer den Auftrag bekam, ihm zu helfen, die Schulhefte nach Hause zu tragen.«

»Und was macht Braunschweiger sonst noch?«
»Er malt.«

*

Peck betrachtete Jürgen Wittmann nicht nur als Auftraggeber, sondern als wichtigen Zeugen. Und einen Zeugen, insbesondere einen verdächtigen, sollte man immer zwei Mal verhören und prüfen, ob die Aussagen zusammenpassen.

Jürgen Wittmann wohnte in einem Wohnblock der Salzachsiedlung in Liefering. Es war zwar viel renoviert worden während der letzten Jahre, aber die Straße wie die Gebäude machten immer noch einen tristen, heruntergekommenen Eindruck. *L-Town,* las Peck vor einigen Tagen in der Zeitung als Insider-Kürzel für Liefering.

Der Weg führte an einem der Salzachseen vorbei, die aus den Schottergruben für den Bau der nahen Autobahn entstanden sind und im Sommer ein beliebter Badeort waren. Er erinnerte sich aber auch daran, dass einige der früheren Schottergruben nicht nur mit Wasser, sondern über Jahrzehnte hinweg mit Hausmüll gefüllt wurden und man gelegentlich noch heute über die Altlasten dieser ehemaligen Mülldeponien in der Zeitung lesen kann.

Der gewaltige Häuserblock, in dem Jürgen Wittmann wohnte, war ein vierstöckiges, monströses Ungetüm mit unansehnlicher, schmutziggrauer Fassade und vielen Fenstern, einige davon mit schiefhängenden Jalousien oder ganz ohne Vorhänge. Peck parkte nicht vor dem Haus, sondern einige Nebenstraßen entfernt und ging in Gedanken versunken zu Jürgen Wittmanns Wohnblock. In der Straße standen einige rostfleckige Autos, die so ähnlich aussahen wie sein eigenes.

Vor dem Eingang des Hauses Nr. 23 gab es kaum einen Vorgarten, nur Unkraut und Gerümpel. Im Stiegenhaus roch es nach Essen und abgestandener Luft. In einer der Wohnungen konnte er ein kleines Kind weinen hören.

Peck klopfte und Jürgen Wittmann kam an die Wohnungstür geschlurft. »Wenn ich gewusst hätte, dass Sie hierherkommen, hätte ich Ihnen meine Adresse nicht gegeben. Kommen Sie halt rein.«

In der Wohnung roch es nach Farbe, Terpentin und Leberkäse.

»Sie sind unverschämt und undankbar«, sagte Peck und zog seine warme Jacke aus. »Schon vergessen, wie fertig Sie an dem Sonntagabend waren, an dem Sie nicht mehr weiterwussten? Und jetzt spielen Sie den großen Uhu.« Peck verspürte große Lust, dem Mann zu erzählen, dass er dessen Fingerabdrücke an der Türklinke im Museum abgewischt hatte, ließ es aber bleiben. Er sagte nur: »Eigentlich sollte ich Sie der Polizei übergeben.«

Jürgen Wittmann drückte beide Hände auf die Brust. »Sorry. Ich habe einen Scherz versucht. Er ging schief.«

»Ihre Scherze mag ich nicht.«

»Die Polizei weiß ja nun, wer der Tote ist, den ich im Museum gefunden habe. Ich verfolge die Nachrichten in den Zeitungen.«

Die Wohnung Wittmanns bestand nur aus einem mittelgroßen Zimmer mit einer Kochnische. In der Ecke beim Fenster stand eine Staffelei mit einem halbfertigen Gemälde. Von seinem Platz aus konnte Peck drei rote, alte Zapfsäulen erkennen, die in Reih und Glied nebeneinander standen. In der Mitte des Bildes, halb verdeckt von einer der Säulen, machte sich gerade ein Mann, offenbar der Tankwart, zu schaffen.

»Edward Hopper«, sagte Peck und deutete hin.

»Das Gemälde heißt *Gas*. Im Sinne von Benzin. Eines meiner Lieblingsbilder. Es hängt in einem New Yorker Museum. Wegen dieses und einiger anderer Bilder war ich vorigen Sonntag im Museum. Ich mag Hopper. Deshalb kopiere ich ihn auch. Ich studiere sein Licht. Hopper ist ein Meister von Licht und Dunkelheit. Warum sind Sie eigentlich gekommen?«, fragte er übergangslos.

»Weil ich Zweifel habe. Immer wenn ich an Ihre Geschichte denke, überlege ich, ob nicht Sie es waren, der den Mann im Museum getötet hat.«

Wittmann blieb überraschend ruhig.

»Spielen wir die Geschichte weiter. Sie wussten genau, wer der Mann war und dass er in Sendltal zu Hause ist. Sie haben ihn bis ins Museum verfolgt und dort ermordet. Haben Sie aus eigenem Antrieb gehandelt oder hat Sie jemand beauftragt? Jemand aus Sendltal?«

»Sie haben einen Vogel. Stimmt's?«

»Ich bin noch nicht fertig«, sagte Peck. »Die Version mit dem Auftragsmord gefällt mir immer besser. Sie ermorden den Mann im Museum und geben noch am Sonntag oder spätestens Montag die Erfolgsmeldung weiter? An wen? An Ihren Auftraggeber? Ist der oder die in Sendltal zu Hause?«

»Sie haben einen Vogel. Ich weiß nicht einmal, wo Sendltal liegt.«

»Ich glaube Ihnen nicht. Und auf Ihren Auftrag pfeife ich.«

*

Es war einer jener sonnigen Herbsttage im Salzburger Land, die von Jahr zu Jahr seltener zu werden schienen. Der Himmel war blau und wolkenlos, das Land leuchtete. Goldener Oktober.

Bevor Braunschweiger das Zimmer bei Frau Hoppenstädt verließ, schob er sein Notizheft zwischen Leintuch und Matratze, um es vor dem Zugriff Fremder zu schützen.

»Manchmal habe ich das Gefühl, dass ich schon am Vormittag ein Bier brauche«, sagte Braunschweiger zu Loni, als er die Gaststube betrat.

»Ist das gut? Ich meine, für die Gesundheit … Alkohol schon am Vormittag?«

»Das ist so bei uns Künstlern.«

Sie brachte ihm das schäumende Bierglas. »Ergo bibamus«, sagte er.

»Ergo was? Ist das Latein?«

»Wir Künstler sind gebildet.« Braunschweiger nahm einen großen Schluck und wischte mit dem Handrücken über den Mund. »Morgen beginne ich ein neues Bild. Eine Allegorie soll es werden.«

»Das ist schön«, sagte Loni. »Was ist das?«

Braunschweiger war sich nicht ganz sicher, was das Wort bedeutete. »Die Hauptsache auf dem Gemälde soll der Körper einer Frau sein. Am besten eine hübsche Frau.«

»Nur hübsch? Reicht das?«»Nicht nur. Sie muss auch anpassungsfähig sein und vor allem eine gute Figur haben. Und ein paar Stunden Zeit. Kennen Sie jemanden, der das machen könnte?«

»Na ja«, sagte sie, schnappte sich eine Haarlocke und wickelte sie um ihren Finger. »Ich hab es schon einmal angedeutet. Das kriegen wir hin.« Lächelnd deutete sie mit dem Daumen auf ihre Brust.

In diesem Moment erinnerte sich Braunschweiger an seinen Auftrag. Genug über Malerei geredet. »Ich denke immer noch an den Mord in dem Salzburger Museum«, sagte er in harmlosem Tonfall. »So eine Gewalttat reißt ein grausames Loch in eine Familie. Mir tut die Ehefrau leid.« Braunschweiger setzte eine mitleidsvolle Miene auf.

»Die Ehefrau braucht Ihnen nicht leid zu tun«, sagte Loni. »Der Rummel ist geschieden und seine Ex wohnt mit einem neuen Mann in Salzburg. Karin heißt sie.«

»Wo in Salzburg wohnt diese Karin?«

»Keine Ahnung. Seit sie aus Sendltal weg ist, habe ich nichts mehr gehört von ihr.«

»Ich erinnere mich an das gestrige Gespräch, in dem Sie mir sagten, dass Sie bereits am Montag erfahren haben, dass es sich bei dem Toten um Volkmar Rummel handelt. Von irgendwem aufgeschnappt haben Sie es, sagten Sie mir. Ist Ihnen eingefallen, wo das Aufschnappen geschehen ist? Wer es gesagt hat? Und zu wem?«

»Wer hat es gesagt?« Sie schüttelte den Kopf. »Sorry, nein. Ich glaube, es war ein Mann. Mehr weiß ich nicht. Aber ich habe die Frage nicht vergessen.« Sie beugte sich vor. »Vielleicht besuchen Sie mich später nochmal. Ich mache immer wieder die Erfahrung, dass mein Gedächtnis am Abend besser ist als am helllichten Tag.«

»Kennen Sie zufällig einen Jürgen Wittmann oder haben Sie den Namen schon einmal gehört?«

»Wie heißt der?«

»Jürgen Wittmann.«

Sie schüttelte den Kopf. »Kenne ich nicht. Wer ist das?«

»Nicht so wichtig. Noch eine Frage zu dem Toten im Museum. Er soll zwei Söhne haben. Stimmt das?«

»Ihren Jürgen kenne ich nicht, aber mit Volkmars Söhnen kann ich dienen. Warten Sie einen Moment.« Sie verschwand und kam eine Minute später mit einer Fotografie zurück, die sie vor ihn auf den Tisch legte.

Braunschweiger warf Loni einen fragenden Blick zu, dann beugte er sich über das Foto, auf dem fünf junge

Menschen nebeneinanderstanden. Drei Männer und zwei Frauen blickten lachend in die Kamera, als ob sie gerade einen guten Witz gehört hätten. Die Zweite von links kannte Braunschweiger gut, das war Loni, die direkt neben ihm stand, ihn frech ansah und mit den Hüften wippte. Die anderen waren ihm gänzlich fremd.

»Wer sind die anderen auf dem Bild?«

»Der ganz links ist Jakob hier aus Sendltal, das Mädchen rechts neben mir ist Marie Thurner. Die wohnt jetzt in Salzburg. Der daneben heißt Walter und ist der Sohn des Arztes.«

»Der Sohn von Christa, der Künstlerin?«

»Genau. Und der ganz rechts ist Horst Rummel. Der ältere Sohn des Ermordeten.«

»Wie heißt der andere Sohn?«

»Der ist zwei oder drei Jahre jünger. Das Bild ist schon ein paar Jahre alt. Irgendjemand aus der Runde hatte Geburtstag. Der Bruder vom Horst heißt Konrad. Der war bei der Fete damals nicht dabei.«

»Loni!« Die laute Stimme des Wirtes. Er stand hinter der Schank, hielt zwei Gläser mit frisch gezapftem Bier in die Höhe und deutete mit dem Kinn in Richtung des Stammtisches.

»Ich muss servieren«, sagte sie und rannte quer durch das Gastzimmer. Ganz ohne Hüftschwung.

Braunschweiger legte die Aufnahme mit den fünf Personen vor sich auf den Tisch, holte sein Handy heraus und fotografierte das Bild, bevor Loni wieder zurückkam.

»Wie heißt das Mädchen in der Mitte nochmal?«, fragte Braunschweiger, als die Kellnerin wieder neben ihm stand.

»Marie Thurner. Und der neben ihr ist Walter Kuhn.«

Er zeigte auf die Fotografie. »Dieser Walter hat den Arm um die Hüfte des Mädchens gelegt.«

»Und?« Sie sah ihn an. »Was bedeutet das Ihrer Meinung nach?«

»Dass sich die beiden schon lange kennen.«

»Das täuscht«, sagte sie. »Bevor ich's vergesse …« Loni griff in die Tasche ihrer Schürze und holte einen Zettel heraus. »Sie sollen zum Bürgermeister kommen. Er will mit Ihnen reden.«

»Was will er von mir?«

»Etwas Geschäftliches. Glaube ich jedenfalls.« Mit ausgestrecktem Arm zeigte sie zum Fenster, das auf die Straße hinausging. »Gegenüber der Kirche ist das Rathaus. Sie sollen mit Martina einen Termin ausmachen. Wegen des Gesprächs beim Gstöttenmayr. Martina ist die Gemeindesekretärin.« Sie hielt ihm den Zettel hin. »Da steht ihre Telefonnummer drauf.«

»Ich muss los«, sagte er und sie verzog ihr Gesicht.

»Müssen Sie denn schon gehen?«

»Die Kunst ruft. Ich muss zu meinem Bild. Und zum Bürgermeister.«

Loni, die ihn bis zum Ausgang begleitet hatte, lehnte sich gegen den Türstock und bot dabei das kurvige Profil ihres Körpers zur Schau. Vielleicht sollte er doch noch bleiben. Nein. Er nickte ihr zu und lief ins Freie.

*

Nicht ganz legal stellte Peck sein Auto auf dem Kundenparkplatz des Supermarktes ab, der vor einigen Wochen im Erdgeschoß, genau unter seinem Büro, eingezogen war. Ein föhniger Wind blies ihm entgegen, als er ausstieg und die wenigen Schritte zu seinem Büro ging, wo seit nunmehr vier Jahren das Messingschild neben der Haustüre hing:

Berufsdetektiv Paul Peck.

Seriosität & Durchblick.

Innsbrucker Bundesstraße 31.

Termin nach Vereinbarung.

Das Schild war so blank geputzt, dass er darin sein Spiegelbild sehen konnte. Sah er nach Seriosität aus? Peck mochte die geistlose Arbeit nicht, die in seinem Büro auf ihn wartete: Unterlagen sortieren und lochen, Honorarnoten ordnen und sich durch einige wichtige Unterlagen wühlen. Er war nicht erstaunt, als ihm nach einer halben Stunde eine innere Stimme vorschlug, die ermüdende Arbeit abzubrechen. Peck hörte gern auf seine innere Stimme. *Burgis Beisl*, das war das Einzige, was ihm in dieser Verfassung helfen konnte.

Die kleine Gastwirtschaft lag nur zehn Minuten von seinem Büro entfernt und war zwischenzeitlich so etwas wie sein Stammlokal geworden, auch wenn er das Sophia nie erzählen würde. Das Lokal war in einem Gebäude untergebracht, das eigentlich kein Gebäude war, sondern eher eine hölzerne Baubude, die von einem der Neubauprojekte in der Nachbarschaft übriggeblieben war. Schon an der Eingangstüre spürte man, dass es sich um ein ganz besonderes Lokal handelte. Dicker, grauer Rauch hing über dem Tresen, an dem bereits am frühen Vormittag einige Männer und Frauen saßen. Peck fand einen freien Hocker an der messingbeschlagenen Theke, auf der halb vertrocknete Bierlacken ihre Kreise zogen. Er bestellte ein Achtel Grünen Veltliner, und nach einem Schluck bekam er plötzlich Hunger. Peck zeigte auf eine kugelförmig aufgeblähte Alu-Packung mit Kartoffelchips. »Geben Sie mir sowas.«

»Mit Salz, Paprika oder Zwiebel?«

Peck entschied sich für Paprika. Zehn Deka ungefähr fünfhundert Kalorien, dachte er, genau das Richtige im

Kampf gegen seinen mühsam erworbenen Gewichtsverlust. Wie hatte Sophia gesagt? Wenn du dich fit hältst, kannst du auch noch mit siebzig dein Daseinchen fristen.

Peck sah sich im Lokal um, das trotz der frühen Stunde gut besucht war. Durch zwei kleine Fenster, die zur Straße zeigten, fiel träges Vormittagslicht, gefiltert durch nikotinbraune Vorhänge, die früher einmal weiß gewesen waren. An der Wand waren drei Glücksspielautomaten montiert, die durch das beleuchtete Fenster in wilder Reihenfolge Zitronen oder andere Symbole rotieren ließen und, wenn man die Regeln kannte, anzeigten, ob man gewonnen oder den Einsatz verloren hatte. Einarmige Banditen hießen diese Automaten in seiner Kindheit. Zwei Frauen saßen nebeneinander und zeigten sich gegenseitig Bilder auf ihren Handys. Die Gesichter der Männer waren aufgedunsen und vom Alkohol gerötet. Peck hatte sich oft gefragt, was das für Menschen waren und was sie antrieb, bereits seit der Früh hier zu sitzen und sich volllaufen zu lassen. Warum er hier vor einem Glas Wein saß, klammerte er bei seinen Überlegungen strikt aus.

Einige der Männer kannte Peck bereits von seinen früheren Besuchen. Einsame Trinker, Arbeitslose und Witwen, die das Glück verlassen hatte.

Manchmal dachte Peck über das Glück nach und stellte sich vor, dass jedem Menschen von Geburt an eine bestimmte Portion Glück zugedacht war, mit der er sein ganzes Leben lang auskommen musste. Damit verknüpft war auch der Gedanke, dass man mit seinem Glücks-Kontingent haushalten musste. Wer zum Beispiel die Glückseligkeit bereits während der Jugendzeit im Übermaß auskostete, lief Gefahr, im Alter nichts mehr übrig zu haben.

Über den Glückspielautomaten hing ein Schild.

DER FRÜHE VOGEL KANN MICH MAL.

Während der nächsten zehn Minuten blätterte Peck in einer kleinformatigen Zeitung und genoss den Grünen Veltliner, ohne die Geräusche und Gespräche an den Nebentischen wahrzunehmen. Eine heisere Stimme riss ihn aus seinen Gedanken.

»Ich hoffe, ich störe nicht.«

Peck blickte hoch und sah Leopold Funke vor sich stehen, einen dicken Aktenordner unter den Arm geklemmt.

»Du siehst müde aus«, sagte Peck.

»Danke, du auch.«

»Wie hast du mich hier bei Burgi gefunden?«

Funke grinste. »Wenn du nicht im *Café Bazar* bist, sitzt du hier vor einem Glas Wein, dachte ich. Und ich habe richtig gedacht.«

Peck erhob drohend seinen Zeigefinger. »Erzähl das nie meiner Sophia. Sie kennt das Lokal hier nicht. Und ich möchte nicht, dass sie Wind davon bekommt.«

»Ich bin verschwiegen über das Grab hinaus.« Funke grinste, zog seinen Mantel aus und setzte sich neben Peck auf die Holzbank.

»Was hat die Polizei eigentlich bisher erreicht? Bei dem Mord im Museum, meine ich.«

»Eigentlich sollte ich das nicht sagen, aber ich freue mich, dass Dolezal, mein Nachfolger im LKA, orientierungslos im Nebel herumstochert und keine Spur zum Täter findet. Zumindest keine belastbare.«

»Georgius Dolezal«, sagte Peck.

»Mutter Griechin, Vater aus Ottakring. Außerdem ist er ein Arschloch«, ergänzte Funke.

»Ist dein Nachfolger eigentlich beliebt im LKA?«

»Beliebt?!« Funke rief so laut, dass es alle im Raum hören konnten. »Gerd Rieper, der früher mein bester Mitarbeiter war, hat mir Geschichten erzählt, die glaubst du nicht.

Am Anfang hat sich Dolezal noch einigermaßen normal benommen und auch einige Fälle gelöst, aber schon ein Monat später konnte ihn keiner mehr riechen, weder seine Mitarbeiter noch die Chefs. Und jetzt haben alle die Schnauze voll. Der Mann ist inkompetent, sagen sie, und ein zynisches Arschloch. Und weißt du, was das Neueste ist? Dolezal stinkt.«

»Er stinkt?«

Die Kellnerin stellte ein gut gefülltes Weinglas vor Funke hin, der danach griff und einen hastigen Schluck nahm. »Mangelnde Körperhygiene, sagt Gerd, die sich in einem Gestank äußert, die alle zum Brechreiz treibt. Und dann sein eigenartiges intellektuelles Strickmuster! Furchtbar.«

»Also tappen Dolezal und die Polizei im Dunkeln.«

»So ist es«, sagte Funke. »Du weißt, wie wichtig bei einer Mordermittlung die ersten vierundzwanzig Stunden sind. Und hier sind jetzt schon vier Tage vergangen.«

»Seit gestern weiß ich, wer dem Volkmar Rummel den Vorschlag gemacht hat, sich die Bilder dieses amerikanischen Malers anzusehen. Braunschweiger hat es herausgefunden. Es ist die Ehefrau vom Dorfarzt in Sendltal.«

Nachdenklich wiegte Funke sein Haupt. »Sie lockt den Mann ins Museum und kurze Zeit später ist er tot.«

»Die Frage, die ich mir stelle: Wer außer der Frau wusste noch davon, dass der Rummel vorhat, ins Museum zu gehen?« Peck suchte den Augenkontakt zum Kellner und hob sein leeres Glas in die Höhe. »Und wer wusste, wann genau er ins Museum gehen will.«

»Auf die Minute genau?«

»Auf die Minute. Vielleicht hat sich der Mörder mit ihm bei den Hopper-Bildern verabredet oder er hat Rummel verfolgt, ihn bewusstlos geschlagen und in den Abstellraum gezerrt. Dort hat er ihn fertig gemacht.«

Funke wackelte mit dem Kopf. »Möglicherweise ist alles noch einfacher. Ein zufälliges Zusammentreffen. Einer, der Geld braucht, ein Junkie vielleicht, auf der Suche nach seinem nächsten Schuss. Und da kommt einer daher, der nach Geld aussieht. Ich erinnere mich, dass die Taschen des Opfers leer waren. Das hast du mir erzählt. Das Delikt nennt man Raubmord.«

»Glaubst du an diese Lösung?«

Funke schüttelte den Kopf und griff in seine innere Jackentasche.

»Bevor ich's vergesse. Ich habe noch zwei Informationen für dich.« Er faltete ein Blatt Papier auseinander und strich es glatt. »Erstens die Todesursache. Ich habe Gerd um den Obduktionsbericht gebeten. Also: Todesfall mit Gewalteinwirkung. Es gab wohl einige Stiche in die Brust, tödlich war jedoch, dass man ihm über die gesamte Breite die Kehle durchgeschnitten hat. Interessant ist auch, dass, so sagen unsere Fachleute, der Fundort der Leiche so gut wie sicher auch der Tatort ist.«

»Tod im Museum«, sagte Peck.

»Mir drängt sich der Verdacht auf, dass du deutlich vor der Polizei gewusst hast, wer der Tote ist.«

»Ich bin für die Langsamkeit der Kripo nicht verantwortlich.«

»Bemerkenswert ist auch die Information, dass man auf der Türklinke zu dem Abstellraum, in dem der Tote lag, keinerlei Fingerabdrücke gefunden hat, obwohl dort die Putzfrauen ein- und ausgehen.« Funke grinste. »So als ob jemand den Türgriff sauber gemacht hätte.«

»Das Museum ist bekannt für seine Sauberkeit«, sagte Peck.

»Nur innen drin, in dem Abstellraum fand man Dreck en masse, Blätter, Zweige und Erde. Der halbe Mönchsberg.«

»Das Museum ist bekannt für seine Naturverbundenheit. Was ist nun deine zweite Information?«

Funke drehte den Zettel um. »Der Mann, der die Leiche im Museum entdeckt hat … du hast mir seinen Namen mit Jürgen Wittmann angegeben. Egal, was dir der Kerl erzählt hat, ich würde dem kein Wort glauben. Hör zu.« Funke hob den Kopf und sah Peck an. »Mehrfach vorbestraft. Einbruch, Betrug, Drogen, Gewalt.«

Peck nickte. »Ich war vorhin bei ihm in der Wohnung. Der Bursche macht keinen besonders guten Eindruck auf mich.«

»Ich habe dich so verstanden, dass er dein Auftraggeber ist.«

»Wenn das je ein Auftrag war, dann ist der in der Zwischenzeit vom Wind weggeblasen worden. Verstehst du? Auf solche windigen Auftraggeber pfeife ich. Das habe ich ihm auch gesagt.«

»No Auftraggeber – no money«, sagte Funke. »Woher nimmst du dann das Geld für deinen Whisky? Der Lagavulin ist teuer.«

»Ich lasse mich von einer Buchhändlerin aushalten«, sagte Peck. »Nein, ohne Scherz, ich werde schon zu meinem Honorar kommen.« Er griff in die Hosentasche und legte sein Handy mit dem Foto auf den Tisch, das ihm Braunschweiger vor kurzem zugesandt hatte.

Funke schob die Brille auf die Stirn und sah sich die Fotografie an. »Wer sind die fünf?«

»Braunschweiger wird es mir noch einmal genau erläutern. Er meint, das Foto könnte wichtig sein. Einer auf dem Bild ist der Sohn des Ermordeten.« Peck zeigte auf den jungen Mann, der ganz rechts stand.« Und die Zweite von links … die mit dem interessanten Busen, die heißt Loni und ist Kellnerin beim Kirchenwirt in Sendltal. Ich kenne sie persönlich.«

»Sendltal.« Funke nickte übertrieben beeindruckt. »Du kommst erstaunlich weit herum in der Welt.«

»Der ganze Ort kennt die flotte Loni, sagt Braunschweiger, vor allem die Männer, und es passiert nichts im Dorf, was sie nicht erfährt. Ich habe die Kellnerin im Kirchenwirt nur aus der Ferne gesehen. Braunschweiger kümmert sich um sie. Rein dienstlich, sagt er. Wahrscheinlich ist er gerade dabei, der gut gebauten Frau näher zu kommen. Wie nahe, kann ich dir nicht sagen.« Peck sah auf die Uhr. »Oder er sitzt irgendwo im Dorf vor seiner Staffelei und tut, als ob er ein Maler wäre.«

*

Braunschweiger saß an seinem angestammten Platz neben dem Friseur und tat so, als ob er ein Maler wäre. Von Zeit zu Zeit lehnte er sich zurück und bewunderte sein fast fertiges Gemälde, das alles gut zur Geltung brachte, den blassroten Dachgiebel, der in den blauen, mit Wölkchen betupften Himmel ragte, und die weiß getünchten massiven Mauern, die typisch für die ehemaligen Wehrkirchen im Salzburger Land waren. Natürlich stimmten nicht alle Details auf seinem Bild mit der Wirklichkeit überein, das entsprach aber auch nicht seinem künstlerischen Ziel. Kunstwerke sind Ansichtssache und keine Spiegelbilder der Natur, hatte er in dem schlauen Buch über Malerei gelesen. Wem das nicht passte, der kann ja die Kirche abfotografieren. Er war ein unbedingter Anhänger der künstlerischen Freiheit.

Braunschweiger war konzentriert bei der Sache, redete freundlich mit den vorbeigehenden Dorfbewohnern, die immer wieder sein außerordentliches künstlerisches Talent lobten. Nur manchmal wurde er von einer hübschen Frau abgelenkt, die mit einem kurzen Kleid vorbeiging, das den Blick auf ihre wohlgeformten Beine freigab.

Braunschweiger rührte gerade fachmännisch ein besonders zartes Rosa auf seiner Palette zusammen, als ihm jemand von hinten die Hand auf die Schulter legte. Den baumlangen Kerl kannte er.

»Herr Bürgermeister«, rief Braunschweiger und sprang auf. »Jetzt haben Sie mich erschreckt.«

Gstöttenmayr trat heran, kniff die Augen zusammen und beugte sich über das Gemälde.

»Ein wahres Kunstwerk. Darüber wollte ich mit Ihnen reden.«

»Ich habe mit Ihrer Gemeindesekretärin bereits wegen eines Termins gesprochen.«

Der Bürgermeister nickte und zeigte auf das Bild. »Das möchte ich kaufen. Für die Gemeinde. Wir arbeiten derzeit an einem Prospekt, um den Fremdenverkehr in Sendltal anzukurbeln. Und Ihr Gemälde kommt auf das Titelbild.« Er nickte ein paar Mal bestätigend mit dem Kopf. »So stelle ich mir das vor.«

Braunschweiger dachte einige Augenblicke nach und sagte dann: »Ich bewundere Ihren guten Geschmack. Das Bild wird aber nicht ganz billig.«

Gstöttenmayr lachte dröhnend und schlug Braunschweiger auf die Schulter. »Wir werden uns schon einigen, nicht wahr?«

Sie standen nebeneinander und blockierten den ganzen Gehsteig. Amüsiert nahm Braunschweiger die Blicke der ausweichenden Passanten wahr, die kein Wort der Beschwerde verloren, als sie den Bürgermeister erkannten.

»Schlimme Sache, das mit dem Herrn Rummel.« Braunschweiger sagte es so beiläufig wie möglich. »Und was für eine traurige Angelegenheit.«

»Sogar doppelt bedauernswert«, sagte Gstöttenmayr, »für die Angehörigen, aber auch für die Gemeinde Sendltal, wenn ich an die Kommunalsteuern denke. Ich hoffe, dass die Firma nach dem Tod Rummels weitergeführt wird. Er beschäftigt an die zwanzig Mitarbeiter. Die meisten aus dem Dorf.« Wieder schlug er Braunschweiger krachend auf die Schulter. »Aber das sind ja nicht Ihre Sorgen. Sie brauchen sich nur um Ihre hehre Kunst zu kümmern.«

»Wenn Sie mir noch öfter auf die Schulter hauen, kann ich den Pinsel nicht mehr halten. Außerdem ist der Kummer anderer auch mein Kummer.« Braunschweiger versuchte, dem Gespräch eine Wendung zu geben. »Empathie nennt man das. Wer wird nach dem Tod Rummels die Firma weiterführen?«

Der Bürgermeister hob die Schultern und starrte auf Braunschweigers Bild, als ob von dort eine Antwort zu erwarten wäre. »Eines der Kinder wahrscheinlich. Keine Ahnung.«

»Er hat zwei Söhne, nicht wahr?«

»Den älteren der beiden – Horst heißt der – habe ich heute im Dorf gesehen. Er kümmert sich wahrscheinlich um die Beerdigung seines Vaters. Das mit der Erbschaft und der Firmennachfolge läuft sicher alles über Susi.«

»Susi?«

»Susanne Geldwerter«, sagte Gstöttenmayr. »Sie ist Notarin und über fünf Ecken mit den Rummels verwandt. Ich hatte mal mit ihr zu tun. Sie erledigt für die Firma Rummel den ganzen rechtlichen Papierkram. Ein taffes Weib.«

»Wo ist die taffe Dame zu Hause?«

»Ihr Büro ist in Ebenau. Warum?«

»Nur so.« Braunschweiger winkte ab.

»Melden Sie sich bei mir, wenn Ihr Bild fertig ist. Dann machen wir Geschäfte miteinander.« Der Bürgermeister schlug ihm auf die Schulter und verabschiedete sich. Braunschweiger blickte ihm hinterher und wunderte sich, wie leichtfüßig und geräuschlos der Mann über das Steinpflaster glitt.

Ein kühler Wind war aufgekommen, und dunkle Wolkenfetzen zogen mit erstaunlicher Geschwindigkeit über den Himmel. Braunschweiger zog seine Jacke am Kragen zusammen und überlegte, was er als Nächstes tun sollte. Er beschloss, die Staffelei mit dem fast fertigen Kirchenbild in seinem Zimmer abzustellen, um sich um Susanne Geldwerter zu kümmern. Notarin und taffes Weib. Interessante Kombination.

Er nahm den Güterweg bis zum Stausee und bog in die nach Norden führende Wiestal Landesstraße ab, auf der er bemerkte, dass sein GPS nicht mehr richtig funktionierte, das ihn direkt zu der taffen Notarin lotsen sollte. Als er zum ersten Mal die Bergkirche von Ebenau erblickte, fragte er eine junge Frau nach dem Notariatsbüro. »Ganz einfach. Das ist mitten im Ort, gleich neben der alten Hammerschmiede. Fragen Sie dort nochmal. Die Susi Geldwerter kennt in Ebenau jedes Kind.«

Orientierungslos fuhr Braunschweiger durch die engen Gassen, die alle gleich aussahen, passierte zweimal den Kreisverkehr vor dem Rathaus und nahm dann auf gut Glück irgendeine Straße, die sich als Sackgasse entpuppte. Als er ein seriös aussehendes älteres Ehepaar sah, stoppte er und fragte nach dem Notariat, bekam aber nur ein hilfloses Schulterzucken zur Antwort. Die Susi Geldwerter kennt in Ebenau jedes Kind, dachte er. Vielleicht sollte er doch ein Kind fragen …

NOTARIAT SUSANNE GELDWERTER. Geldwerter. Er entdeckte das Schild auf einem schlichten, einstöckigen

Haus mitten im Ort. Gleich neben der alten Hammer-schmiede.

»Grüß Gott«, begrüßte ihn freundlich eine hübsche, blonde Frau, die ihm die Tür öffnete. Offenbar die Sekre-tärin, oder so etwas Ähnliches wie eine Sprechstundenhil-fe. Zu Braunschweigers Überraschung handelte es sich bei der hübschen Frau um die Frau Notarin. »Ich bin Magistra Susanne Geldwerter«, sagte sie lachend. »Was kann ich für Sie tun?«

»Mein Name ist Braunschweiger. Ich bin geschäftsfüh-render Partner beim bekannten Detektivbüro *Seriosität & Durchblick* in Salzburg.«

Das Lächeln der Magistra verebbte sichtbar. »Sind Sie der Seriöse oder der mit Durchblick?«

Nicht provozieren lassen. Braunschweiger ging einen Schritt auf die taffe Dame zu. »Es geht um den Tod des Herrn Volkmar Rummel. Könnten Sie mir etwas über sein Testament erzählen?«

»Ich könnte«, sagte sie. »Aber ich werde es nicht tun. Erstens bin ich eine Cousine zweiten Grades des überra-schend Gestorbenen und zweitens unterliege ich als Nota-rin der rechtlichen Verpflichtung, mir anvertraute Berufs-geheimnisse nicht unbefugt an Dritte weiterzugeben. Und das betrifft Sie in besonderem Maße. Unbefugt und ohne Durchblick. Verstehen Sie?«

Braunschweiger verstand und trat den Rückzug an.

Eine halbe Stunde später parkte er seinen Wagen auf dem kleinen Platz vor der Kirche. Als er die Tür seines Zim-mers aufschloss, stockte er. Er war sicher, dass er zweimal abgeschlossen hatte. Den Schlüssel zweimal herumdrehen, das hatte er sich seit langem angewöhnt. Doch jetzt war es anders. Die Tür war nur einfach ins Schloss gezogen.

Jemand war in seinem Zimmer! Frau Hoppenstädt! Ohne lange nachzudenken fiel sein Verdacht auf sie. Er machte Licht, warf einen kurzen Blick ins Bad und ging dann in den Wohnraum weiter. Lag nicht sogar ihr Geruch in der Luft? Er stellte sich in die Mitte des Zimmers und sah sich um. Im Schrank neben der Tür stand eine Schublade offen. Hatte er vergessen, sie zu schließen? Nein. Er ließ seinen Blick schweifen. Es fehlte offenbar nichts. Es war nichts beschädigt. Doch er war sicher, dass während seiner Abwesenheit jemand herumgeschnüffelt hatte. Die zusammengefaltete Staffelei mit seinem Bild stand in einem anderen Winkel gegen die Wand gelehnt und sein Koffer, den er auf dem Schrank deponiert hatte, lag jetzt verkehrt herum. Braunschweiger fühlte beinahe schlagartig Wut in seinem Bauch. Das war mit Sicherheit die neugierige Hoppenstädt, die hier herumgeschnüffelt hatte. Verdammt!

Er erinnerte sich an sein Notizheft, fiel vor dem Bett auf die Knie und suchte mit dem Arm zwischen Leintuch und Matratze. Gott sei Dank. Es war noch da.

Die Wut im Bauch und im Kopf war noch nicht abgeklungen, als er im Erdgeschoß bei Frau Hoppenstädt läutete. Als sie die Tür öffnete, rief er ihr entgegen: »Was haben Sie bei mir im Zimmer rumgeschnüffelt?

»Mein Gott!« Erschrocken faltete sie die Hände wie zum Gebet. »Ich habe mich nur etwas umgesehen. Sie sind ja gar kein echter Maler, musste ich feststellen, jedenfalls habe ich in Ihrem Koffer einen Ausweis entdeckt. Sie arbeiten als Detektiv in Salzburg. Das ist ja interessant. Schließlich will man ja etwas mehr über seinen Mieter wissen.«

»Erstens geht Sie das nichts an«, rief Braunschweiger, möglicherweise etwas lauter als notwendig. »Und zweitens bin ich nicht mehr Ihr Mieter. Ich kündige. Meine Sachen habe ich rasch gepackt, in zehn Minuten bin ich weg.«

Eine Viertelstunde später saß Braunschweiger in der Gaststube beim Kirchenwirt. Außer seinem war nur noch ein Tisch besetzt, an dem ein jüngerer Mann saß, eine ausgebreitete Zeitung vor sich. Hinter der Schank stand die Wirtin und neben ihr ein unförmig dicker Mann in einem braunen Anzug, der sich um seinen Bauch spannte.

Wie immer kam die blonde Loni mit eleganten Hüftschwüngen angeschwänzelt und servierte ihm die zweite Halbe Bier.

»Sie haben heute großen Durst, Herr Künstler.«

»Ich bin sauer auf die Frau Hoppenstädt. Immer wenn ich mich aufrege, bekomme ich furchtbaren Durst.«

»Ich kenne die Alte. Ein richtiges Tratschweib. Übrigens …« Loni rückte etwas näher an ihn heran. »Die Leute in Sendltal reden über Sie.«

Er nahm noch einen Schluck und wischte sich mit dem Handrücken über den Mund. »Wer redet über mich? Und was?«

»Ein paar gut Informierte im Dorf wollen offenbar erfahren haben, dass Sie kein echter Maler sind, sondern ein Detektiv. Aus Salzburg.«

»Quatsch. Ich bin hauptamtlicher Kunstmaler und Kulturschaffender. Verdammt! Das ist diese Hoppenstädt, die Unsinn über mich verbreitet. Gut, dass ich bei ihr ausgezogen bin.«

»Wo wollen Sie jetzt wohnen?«

»Ich bin obdachlos.« Er setzte seinen Dackelblick auf und sah mitleidheischend zu ihr empor.

»Warten Sie einen Moment«, sagte sie und ging zur Schank. Braunschweiger beobachtete aus der Ferne, wie sie ein paar Worte mit Erni, der Wirtin, wechselte, die sich daraufhin mit weit ausholenden Schritten näherte. »Ich höre, Sie suchen eine Unterkunft. Bei uns ist Zimmer eins noch frei. Mit höchstem Komfort. Flachbildschirm, WLAN, und Klimaanlage. Sechzig Euro die Nacht. Ist das okay für Sie?«

»Klimaanlage brauche ich nicht.« Braunschweiger nickte. »Was gibt's denn heut zu essen?«

»Tennengauer Almbraten mit Faschiertem vom Huberbauer Franz.« Sie grinste. »Der Franz ist ein Cousin von mir. Alles frisch. Alles bio.«

»Das klingt gut«, sagte Braunschweiger. »Und die Loni soll mir noch ein Bier bringen.«

Nach ein paar Minuten brachte Loni das Essen und stellte es vor ihn auf den Tisch. Die beiden jungen Männer an der Theke redeten leise miteinander und sahen manchmal zu ihm herüber.

»Das war ein heißer Tipp«, sagte Braunschweiger, »das mit dem Zimmer.«

»Meine Tipps sind alle heiß. Sie haben übrigens Zimmer eins.«

»Sagte Ihre Chefin schon.«

Im Hintergrund standen die beiden Wirtsleute schweigend nebeneinander und sahen angestrengt zu ihm herüber. Wirt und Wirtin, dachte Braunschweiger, die beiden waren ein sehr gegensätzliches Paar. Er klein und dick, sie groß, knochig und mit einem faltenreichen Gesicht.

»Zimmer eins«, wiederholte Braunschweiger und nahm einen Schluck Bier. »Im ersten Stock?«

Loni nickte. »Unser bestes Zimmer.«

»Warum ist es das beste Zimmer?«

Mit einem Hauch Verschlagenheit in den Augen warf sie ihm ein Lächeln zu, das eine Spur mehr als Freundlichkeit beinhaltete. »Weil es direkt neben meinem Zimmer liegt.«

»Aha«, sagte er.

Sie beugte sich vor und sah ihm in die Augen.

»Dann können Sie mich mal besuchen. Natürlich nur, wenn Sie möchten.«

Er richtete sich innerlich auf und sagte: »Ich kann den furchtbaren Tod dieses Industriellen aus Sendltal nicht vergessen. Volkmar Rummel heißt der wohl.«

»Malerei ist Ihre Berufung, Logik ist das Hobby. Was ist mit dem Rummel?«

Er nickte. »Ich möchte noch einmal auf den Toten zurückkommen. *In medias res* heißt das bei uns Lateinern. Am Montag soll es gewesen sein, sagten Sie mir. Sie waren irgendwo und plötzlich haben Sie aufgeschnappt, dass der Volkmar Rummel tot ist und seine Leiche in Salzburg liegen soll. Erinnern Sie sich? Das ist ganz wichtig, weil es meine ganze Logik durcheinanderbringt. Sie wollten nachdenken, wo Ihnen diese Information zugeflogen ist. Wo waren Sie da gerade? Und wer hat das zu wem gesagt?«

Loni verzog ihr Gesicht. »Ich denke mir gerade, dass die Hoppenstädt recht hat. Die Fragen, die Sie stellen, passen mehr zu einem Detektiv als zu einem Maler.«

Braunschweiger schüttelte den Kopf. »Wie ich vorhin sagte. Es geht mir um die Logik. Also … wo haben Sie das gehört?«

»Ich habe darüber nachgedacht«, sagte Loni. »Um Ihnen einen Gefallen zu tun. Ihnen und Ihrer Logik. Und heute Früh ist es mir eingefallen. Rosi war's. Sie hat es am Montag gehört, das mit dem Volkmar und dass er tot sein soll.«

»Verraten Sie mir, wer diese Rosi ist?«

»Wie sie mit ganzem Namen heißt, weiß ich nicht. Sie ist Verkäuferin bei Luky.« Sie grinste. »Luky, der Greißler. Ludwig Mohn, Gemischtwarenhandlung Sendltal Downtown.«

»Und was genau hat die Rosi gehört?«

»Wahrscheinlich, dass der Volkmar Rummel eine Leiche sein soll. Mehr weiß ich auch nicht.«

»War das Montag Früh oder erst später am Tag?«

»Gleich in der Früh. Reden Sie halt mit Rosi. Vielleicht verrät sie Ihnen, was sie gehört hat. Was Sie alles wissen wollen … Sie mit Ihrer komischen Logik.«

Braunschweiger sah auf die Uhr. »Ich muss los.«

»Aha«, sagte sie. »Ruft die Kunst oder die Logik?«

Braunschweiger dachte nach. Ihm fiel keine Antwort ein.

Vom Kirchenwirt ging Braunschweiger direkt zur Gemischtwarenhandlung Mohn, um mit Rosi zu sprechen. Einem taffen Verhör wollte er sie unterziehen. Doch das Geschäft war geschlossen.

Der höchste Komfort, den Erni, die Wirtin, versprochen hatte, erwies sich als durchaus begrenzt. Die Bettwäsche war feucht, das Zimmer klein und kühl, fast kalt. Braunschweiger fror. Die Aussicht, mehrere Tage in diesem Raum verbringen zu müssen, bedrückte ihn.

Um sich aufzuwärmen, marschierte er die ersten paar Minuten auf einer Kreisbahn durch das Zimmer und führte ein ausführliches Telefongespräch mit seinem Chef, wobei Braunschweiger besonders die Informationen hervorhob, die er zuletzt von Loni erhalten hatte. Während des gesamten Telefonats hoffte er auf ein Lob von Peck, das jedoch ausblieb. Bevor er ins Bad ging, suchte er am Handy das Foto mit den fünf jungen Leuten und betrachtete es eine Zeit lang. Jedes Detail. Oft kann man aus einem Bild etwas Wichtiges herauslesen, hatte ihm sein Chef einmal erklärt. Er überlegte, was ihm diese Fotografie mitteilte. Nichts. Der Sprössling des Dorfarztes, ein unbekanntes Geschwisterpaar, der Sohn des Ermordeten und eine ziemlich freizügige Kellnerin. Seine Aufmerksamkeit wurde auf den Arztsohn gelenkt, dessen Namen er sich gemerkt hatte: Walter Kuhn. Die Frage, die sich Braunschweiger stellte: Hatte der junge Mann seine rechte Hand auf Maries Hintern gelegt? Sein detektivischer Spürsinn erwachte. Bis zu welcher interessanten Region kann der männliche Arm vorstoßen, wenn er hinter eine weibliche Hüfte greift? Ein rein geometrisches Problem, eine Frage von Armlänge, der femininen Kurvenausprägung und der sich daraus ergebenden Reichweite. Er holte Papier und Bleistift und zeichnete eine Rundung in Form eines Kreissegments. Braunschweiger schätzte den weiblichen Hintern als formvollendeten Kegelschnitt ein, irgendwo zwischen Kreis und Ellipse. Nachdem er die Länge seines Armes abgemessen hatte, kam er, nicht überraschend, zu einem klaren Ergebnis: Er konnte nicht nur beweisen, dass die Hand des Burschen in der Lage war, den Hintern zu erreichen, sondern dass sie genau auf der linken Backe lag. Dieser Schuft.

Braunschweiger rückte den Fernseher ans Fußende des Bettes und verkroch sich unter die Decke. Er schaltete zwischen einer Nestroy-Aufzeichnung aus dem *Theater in der Josefstadt* und einem alten Western mit Gary Cooper und Grace Kelly hin und her. Schließlich entschied er sich für Grace Kelly, die er bezüglich der schauspielerischen Talente zwar nicht einschätzen konnte, die ihm aber wegen ihrer ausdrucksstarken Figur gefiel. Im Film war es kurz vor zwölf Uhr, als Gary Cooper auf die Gangster wartete, die im Zug unterwegs waren. Braunschweiger bekam Durst. Verdammt! Er hätte sich ein oder zwei Flaschen Bier mit aufs Zimmer nehmen sollen. Sollte er nochmals in die Gaststube hinuntergehen? Nein, dort würde er Loni begegnen. Heute war ihm nicht mehr nach Loni zumute. Heute ging es um Grace Kelly. Aufgewühlt von dem spannenden Showdown schaltete er eine Stunde später den

Fernseher aus. Er hatte mit Gary Cooper mitgezittert und war froh, dass es Grace Kelly am Schluss des Films gelungen war, den dritten Bösewicht zu erschießen.

Er zog die Bettdecke bis zum Kinn hoch, stellte jedoch schon nach einigen Minuten fest, dass er nicht einschlafen konnte. Immer wieder sah er den bärtigen Bösewicht und die jungfräuliche Grace Kelly vor sich. Schließlich gab er den Kampf auf und beschloss, einen Spaziergang zu machen. Frische Luft schnappen, hatte das sein Vater immer genannt.

Auf seinem Rundgang durch das nächtliche Dorf schlenderte er die Hauptstraße entlang, die leicht bergauf führte. Er erkundete die engen Gassen hinter der Kirche, die in der Dunkelheit völlig anders aussah als auf seinem Gemälde. Als er die Friedhofsmauer entlang ging, sah er auf der anderen Seite der schmalen Gasse einen Mann, der eigenartig gebückt daherschlich. Braunschweiger verfolgte den Mann mit den Blicken und im Licht einer Straßenlampe erkannte er die baumlange Gestalt des Bürgermeisters. Was will der hier? In der Dunkelheit und um diese nachtschlafende Zeit? Jede Deckung ausnutzend schlich Braunschweiger dem Gstöttenmayr hinterher, der am Ende des Friedhofs in einen schmalen, grasbewachsenen Pfad abbog, einen kleinen Platz überquerte und in einem grün gestrichenen Haus verschwand, das auf der Straßenseite einen aufwändig gestalteten Vorgarten hatte, in dem ein marmorner Springbrunnen trotz der späten Stunde immer noch das Wasser hoch in die Luft spritzte. Gebückt schlich Braunschweiger bis zur Eingangstür und suchte nach einem Namensschild, fand jedoch keines.

Auf seinem Weg zurück ins Dorfzentrum beobachtete er, wie in den Häusern die Fenster hell und wieder dunkel wurden und dann ein flackerndes, blaues Licht anzeigte, dass dort jemand vor dem Fernseher saß. In einem der Wohnhäuser in der Nähe der Kirche sah er durch das hell erleuchtete Fenster im Erdgeschoß eine Frau und einen Mann regungslos auf der Couch sitzen, während sie auf den vor sich stehenden Fernseher starrten. Sendltal war ein Dorf der Couchpotatoes. Sich selbst zählte er natürlich nicht dazu.

Es war halb zwölf, als Braunschweiger den Dorfplatz überquerte und zum Kirchenwirt ging, bei dem schon alle Fenster dunkel waren. Loni schlief schon. Im Zimmer neben ihm.

*

Sie saßen in der Küche beim Abendessen. Es gab Bauernkrapfen mit Sauerkraut und dazu tranken sie einen Grünen Veltliner mit dem Namen ›Weinschwärmer‹ vom Bioweingut David Harm aus Krustetten im Bezirk Krems. Der Wein war herrlich. *Wunderbare Zitrusaromen in der Nase und exotische Früchte kombiniert mit dem typischen Pfefferl, im Geschmack leichtfüßig, frisch und fruchtig.* Peck wollte morgen früh aufstehen, um einige wichtige Gespräche zu erledigen. Deshalb hatte er sich vorgenommen, wenig zu trinken, merkte aber nach dem ersten halben Glas, dass dies unmöglich war.

Außerdem störte ihn, dass ihm seine Gedanken ständig Bilder von dem Toten im Museum vorgaukelten, die er nicht sehen wollte. Der Geist kreist und ist immerfort in Bewegung, dachte er und ständiges Gedankenkreisen kann Stress auslösen, da es ihn selbst während des Abendessens an seine diversen To-Do-Listen gemahnte. Wer wusste schon am Montag, wer der Tote war? Dieser Gedanke ließ ihn nicht in Ruhe.

»Nur der Mörder kann am Montag Früh bereits gewusst haben, dass Volkmar Rummel tot im Museum liegt.« Erschrocken legte er die Gabel aus der Hand, hob den Kopf und sah Sophia an. Hatte er das versehentlich laut gesagt?

»Seit wann redest du laut mit dir selbst?« Sophia lächelte ihn an.

Peck wischte sich mit der flachen Hand über das Gesicht. Dann griff er zur Weinflasche, füllte sein Glas, entschuldigte sich und schenkte auch ihr nach.

»Maigret oder Sherlock Holmes kommt in einer scheinbar ausweglosen Situation ständig das Schicksal zu Hilfe, meist in Form eines mehr oder minder großen Zufalls. Nur mir nicht. Dabei hätte gerade ich schon aufgrund meines aufrechten und rechtschaffenen Naturells glücksbringende Zufälle mehr als verdient.«

»Wie könnte so ein Zufall aussehen?«, fragte sie grinsend. »Bei deinem aufrechten Naturell.«

Er zuckte mit den Schultern. »Keine Ahnung. Irgendein rettender Telefonanruf zum Beispiel.«

Pecks Telefon läutete. »Dein Handy liegt da drüben«, sagte Sophia. »Dein Naturell ist wahrscheinlich am Apparat.«

Sophia trank einen Schluck Wein, während sie Peck beim Telefonieren beobachtete. Er wirkte ungeduldig, sprang auf und lief mit dem Handy in der Hand zuerst durchs Zimmer, dann trat er ans Fenster und starrte in die Dunkelheit hinaus.

»Bleiben Sie am Ball, Braunschweiger.« Peck sprach laut und kraftvoll. »Seien Sie so rigoros, wie Sie nur können. Verstehen Sie mich?«

»Was hat Braunschweiger geantwortet?«, fragte Sophia, als er das Gespräch beendet hatte.

»Er hat gefragt, was ›rigoros‹ bedeutet.«

»Eigentlich müsste ich erst um elf Uhr mit der Arbeit beginnen«, sagte Loni. »Aber ich wollte Ihnen das Frühstück persönlich bringen. Obwohl Sie mich gestern Abend ganz lieblos allein gelassen haben. *Carpe noctem.*« Sie lächelte. »Ich hab einen passenden Spruch gegoogelt. Auf Latein, so wie Sie es immer machen.«

»Das freut mich. Dass ich das Frühstück von Ihnen bekomme, meine ich. Da schmeckt es mir doppelt gut. Ich habe dann auch noch eine Frage an Sie.«

Sie stellte einen großen Teller vor ihn auf den Tisch. »Guten Appetit.« Sie schaute sich um, ob nicht der Wirt hersah. »Ich komme später wieder.«

Braunschweiger verschlang die Eierspeise, die ziemlich gesalzen schmeckte. Neben ihm saßen zwei Ehepaare, die nach Touristen aussahen, am Stammtisch tranken drei bereits gut gelaunte Männer ihr Bier. Braunschweiger waren die Männer schon früher aufgefallen, Einheimische offenbar, die ihre Zeit lieber im Gasthaus als zu Hause bei ihren Frauen zubrachten. Braunschweiger hatte das Gefühl, dass es in Sendltal viele Menschen gab, die noch nie aus dem Dorf herausgekommen waren. Anders als er selbst, der sich schon zwei Mal in Wien aufgehalten hatte.

»Ich hab den Kaffee extra stark gemacht«, sagte Loni. »Meine Chefitäten sind gerade für kurze Zeit weg.« Sie deutete mit dem Daumen über ihre Schulter und nahm Braunschweiger gegenüber Platz.

»Ich habe schon viele Menschen hier im Dorf kennengelernt, aber Sie sind die Netteste.« Er blies in den heißen
Kaffee und trank einen Schluck.

»Das freut mich.« Sie strahlte wie ein Kind am Heiligen Abend. »Wollen wir nicht DU zueinander sagen? Das
macht vieles einfacher.«

Eine gewisse Schwäche nahm von ihm Besitz. Aufgeregt
nickte er.

»Natürlich ohne Bruderschaftskuss«, sagte die Kellnerin
und warf ihm einen heißen Blick zu. »Zumindest nicht hier
und nicht jetzt.« Sie gähnte und schlug sich die Hand vor
den Mund, um es zu verstecken. »Tut mir leid«, entschuldigte sie sich. »Ich habe heute schlecht geschlafen. Eigentlich habe ich überhaupt nicht geschlafen. Ich habe mich
die ganze Nacht im Bett herumgewälzt.«

»Das tut mir leid.« Braunschweiger setzte einen mitfühlenden Blick auf.

»Es war furchtbar. Allen Schwierigkeiten dieser Welt
bin ich begegnet und im Halbschlaf wird bekanntlich jedes Problem doppelt so groß. Und doppelt so schlimm.
Das einzig Gute war, dass ich auch über mich nachgedacht
habe, und dabei habe ich viel erfahren.«

»Und was hast du erfahren?«

»Es sieht schlecht aus für mich. Ich habe zur Kenntnis
nehmen müssen, dass ich die Jugend hinter mir habe und
langsam alt werde.«

»Na, na«, sagte er. »Tempus fugit – amor manet.«Es
entstand eine kurze Pause, bevor Loni fortfuhr: »Du hast
noch eine Frage, hast du vorhin gesagt.«

»Ja. Gestern haben Sie mir … hast du mir ein Foto gezeigt, auf dem du mit vier anderen nebeneinander stehst.
Einer hat den Namen Thurner, hast du gesagt. Kannst du
mir bitte das Bild noch einmal zeigen?«

»Sicher«, rief sie.

Mit schlechtem Gewissen sah Braunschweiger Loni nach, wie sie aus dem Zimmer lief. Er wollte nicht verraten, dass er ihr Bild fotografiert und auf seinem Handy gespeichert hatte.

Außer Atem kam sie wenige Augenblicke später zurück und legte die Fotografie vor ihn auf den Tisch.

»Der da.« Sie zeigte auf den dunkelhaarigen Burschen, der auf dem Foto ganz links stand. »Jakob Thurner. Er ist Automechaniker beim Pfanninger. Und das scheue Mädchen in der Mitte heißt Marie und ist seine Schwester.«

Beeindruckt zog sie die Mundwinkel nach unten. »Dass du dir den Namen Thurner gemerkt hast … alle Achtung. Da ist sicher deine Logik dran schuld.«

»Oculus vitae sapientia«, sagte er stolz. »Und der andere Bursche neben Marie, der den Arm um sie legt, ist der Sohn des Ermordeten. Stimmt das?«

»Nein. Das ist Walter, der Sohn von unserem Arzt.« Sie zeigte auf den jungen Mann, der ganz rechts stand. »Das ist der, den du meinst. Horst Rummel. Ein eingebildeter Kerl, wenn du mich fragst. Er studiert irgendwas.« Loni verzog ihr Gesicht. »Warum interessieren dich diese Leute? Das hat doch mit deiner Logik nichts mehr zu tun.«

»Mich interessieren Menschen. Ich möchte einen Roman schreiben, der in einem Dorf wie Sendltal spielt und deshalb sammle ich Geschichten über Menschen.«

»Auch über mich?«

»Auch über dich, meine hübsche Loni.«

»Hör auf«, sagte sie. »Ich hab schon ganz weiche Knie.« Sie dämpfte ihre Stimme, weil die Wirtin im Hintergrund aufgetaucht war. »Die Chefin ist zurück«, flüsterte sie. »Ich kann sie nicht leiden und sie mag mich auch nicht.«

»Vice versa, sagen wir Lateiner dazu.«

»Erni hat einen abscheulichen Charakter. Sie horcht an meiner Zimmertür und sie redet schlecht über mich.«

»Lächle freundlich und nichtssagend, wenn sie was will von dir. Ansonsten lass die Kuh in Ruhe. Halt!«, rief er dann laut. »Mir ist noch was eingefallen. Ich habe einen Spaziergang durch das Dorf gemacht und da ist mir da oben, in der Nähe des Friedhofs, ein protziges Haus aufgefallen. Grün gestrichene Mauern, ein riesiger Vorgarten und darin ein steinerner Springbrunnen. Wer wohnt da drin?«

Sie lächelte. »Das protzige Haus, wie du es nennst, gehört dem Bürgermeister. Es steht aber leer, bis auf eine kleine Wohnung im Erdgeschoß. Da wohnt die Rosi Kammerer drin.«

»Ist das die Verkäuferin beim Greißler, von der du mir erzählt hast? Die schon am Montag gehört haben will, dass Volkmar der Tote in Salzburg sein soll?«

»Genau die. Ich bin übrigens befreundet mit ihr. Wir waren in derselben Schulklasse. Ein paar Jahre wenigstens.«

»Warum steht das protzige Haus leer?«

»Keine Ahnung.«

»Wie gut hast du den Rummel eigentlich gekannt?«

»Den Volkmar?« Ein Grinsen kam in ihr Gesicht. »Nicht sehr gut. Er hat zwei oder drei Mal versucht, bei mir zu landen.«

»Bei dir landen zu dürfen, stelle ich mir sagenhaft vor.«

Sie drohte ihm mit dem Finger. »Werde nicht übermütig. In so einem Fall müssten wir über die Landerechte reden.«

Verstohlen blickte Braunschweiger auf die Uhr. »Heute ist nicht alle Tage, ich komm wieder, keine Frage.«

Über dem Dorfplatz lag Nebel. Einige Autos parkten vor dem Wirtshaus und auf dem kleinen Platz neben der

Kirche. In diesem Moment stimmten zwei armselig bimmelnde Glocken ein kurzes Geläute an. Braunschweiger sah auf die Kirchturmuhr. Kurz nach zehn Uhr.

Auf den Tischen vor dem Eingang zum Lebensmittelladen stapelten sich Kisten mit Obst und Gemüse. Alles sah sehr frisch aus. Am frischesten wirkte die dunkelhaarige Verkäuferin, die mit einem bäuerlich aussehenden Mann redete, während sie mit einem Etikettiergerät Preisschilder auf Bananen klebte, die sie aus einer danebenstehenden Kiste fischte.

Bleiben Sie am Ball, Braunschweiger. Er erinnerte sich an die auffordernden Worte seines Chefs. Langsam ging er um die beiden Tische herum und tat, als ob er ein Obst- und Gemüsekontrolleur wäre. Nach der zweiten Runde hatte sich der bäuerlich aussehende Mann verabschiedet und Braunschweiger steuerte auf die Frau zu, die in der Zwischenzeit das Schilderkleben abgeschlossen hatte.

»Kann ich Ihnen helfen?« Sie wandte sich ihm zu.

Das Mädchen oder die junge Frau, Braunschweiger tat sich schwer, sie einzuordnen, trug einen karierten Mantel in einem verwaschenen Blau. Der verknotete Gürtel ließ deutlich ihre schlanke Taille erkennen. Als sie sich nach einer Bananenstaude bückte, sah er, dass ihre dunkelbraunen Haare straff am Hinterkopf zu einem Knoten gebunden waren.

Der helle Vorhang hinter einem der Ladenfenster bewegte sich. Wurde er beobachtet? Kein Zweifel. Da stand jemand und beobachtete ihn. Oder ihn und die Verkäuferin. Jetzt hatte auch die Verkäuferin den Mann hinter der Gardine entdeckt. »Denken Sie sich nichts dabei.« Sie sah Braunschweiger lachend an. »Das ist nur Luky, mein Chef. Dauernd überwacht er mich. Ob ich auch arbeite.«

»Sind Sie die Rosi? Ich möchte mit Ihnen reden.«

Sie lachte. »Das tun wir doch schon. Fangen Sie jetzt auch an, mich zu überwachen?

Was ist los mit euch Männern?« Sie stemmte die Hände in die Hüften und setzte ein irritiertes Lächeln auf, das sie für einen Moment älter aussehen ließ. »Jetzt erkenne ich Sie. Sie sitzen immer neben dem Friseurgeschäft und versuchen, unsere Kirche zu malen.«

Braunschweiger schüttelte den Kopf. »Ich versuche es nicht. Ich mache es. Und ich bin in Sendltal, weil es mir hier gefällt. Die Landschaft, die Menschen und die Häuser.«

Rosi zog die Stirn in Falten. »Häuser?«

»Doch. Das nächste, das ich malen werde, steht gleich unterhalb der Friedhofsmauer. Ein Haus in zartem Grün und inmitten des Gartens ein eindrucksvoller Springbrunnen.«

Sie zeigte mit dem Daumen auf sich. »Dort wohne ich. Das Haus gehört dem Bürgermeister. Es ist baufällig und soll demnächst abgerissen werden. Bis dahin lässt mich der Gstöttenmayr darin kampieren. Wohnung kann man die Bruchbude nicht nennen.«

»Was ist das für ein Mensch? Ich habe bisher nur gute Erfahrungen mit ihm gemacht. Er will eines meiner Bilder kaufen.«

»Ich habe eine klare Meinung über den Herrn.«

Braunschweiger hob interessiert den Kopf. »Und welche?«

»Sage ich nicht.«

Braunschweiger sah über die Schulter der Frau auf das Haus. Hinter dem Vorhang am Fenster war wieder das Gesicht des Mannes zu erkennen. Rosi folgte seinem Blick. »Er beobachtet uns immer noch.«

»Darf ich Sie noch etwas fragen?« Ohne eine Antwort abzuwarten, ging Braunschweiger um Rosi herum und schirmte sie vor den Blicken ihres neugierigen Chefs ab. »Es betrifft den ehrbaren Sendltaler Möbeltischler, den man tot in Salzburg gefunden hat. Mir hat jemand erzählt, dass Sie schon am Montag in der Früh von dem grausamen Mord erfahren haben. Und nicht nur das, Sie wussten auch, dass es sich bei dem Toten um Volkmar Rummel gehandelt hat.«

»Ha!«, rief sie. »Das hat Ihnen die Loni erzählt. Sie wohnen ja bei ihr.«

»Ich wohne nicht bei Loni. Ich habe für ein paar Tage ein Zimmer beim Kirchenwirt gemietet.«

»Was gibt es da zu erklären? Sendltal ist ein kleines Dorf. Da spricht sich so etwas schnell herum.«

»Ich bin nicht nur Maler, sondern auch ein Anhänger des folgerichtigen Denkens. Es geht mir um die Wahrheit. *Nuda veritas*. Sie hören am Montag Früh, dass Volkmar Rummel tot ist. Man hat seine Leiche aber erst am Dienstag gefunden. Das Museum ist nämlich am Montag geschlossen.«

Nachdenklich wischte sich Rosi über die Stirn. »Kann ich verstehen, dass Sie das nachdenklich macht. Ich bin ja nicht blöd. Aber ich sage die Wahrheit.«

Mit dem Fuß schob Braunschweiger die Bananenschachtel ein Stück zur Seite und trat noch einen Schritt näher. »Ich habe keinen Zweifel, dass Sie die Wahrheit sagen. Ich möchte nur wissen, woher die Information stammt. Wer hat Ihnen das erzählt? Am Montag Früh.«

»Niemand. Ich habe es gehört. Durchs offene Fenster. Nur sehen konnte ich den Mann nicht.« Sie zeigte zur Tür des Geschäfts. »Ich stand gerade drinnen beim Obst und da habe ich gehört, wie er mit jemandem geredet hat.«

»Es war also ein Mann. Was hat er gesagt?«

»Den genauen Wortlaut habe ich mir nicht gemerkt. Aber sinngemäß, dass der Volkmar tot im Museum liegt.

Und dass er ein Hund ist, und er hat es nicht besser verdient.« Mit dem ausgestreckten Arm zeigte Braunschweiger auch hinüber zum Haus. »Da müssen also zwei vor dem Geschäft gestanden sein. Der Mann hat ja mit jemandem gesprochen.«

Rosi zuckte mit den Schultern. »Vielleicht hat er auch telefoniert. Die meisten reden furchtbar laut, wenn sie in ihr Handy reden.«

»Sagen Sie, zu Ihnen ins Geschäft kommt doch das ganze Dorf.« Braunschweiger redete leise und eindringlich. »Sie haben die Stimme des Mannes doch erkannt. Wer war es?«

Sie machte eine ungeduldige Handbewegung. »Nein, hab ich nicht. Aber ich denke schon die ganze Zeit darüber nach. Es war laut draußen vor dem Fenster. Da waren noch andere Leute und Autos sind vorbeigefahren. Aber die Stimme … es könnte der Rudi gewesen sein.«

»Welcher Rudi?«

»Der Thurner Rudolf.«

»Thurner …« Braunschweiger wiederholte den Namen, während er nachdachte. »Da kenne ich ein Geschwisterpaar. Jakob und Marie.«

»Rudi ist der Vater der beiden.«

»Wo wohnt der?«

»Er arbeitet bei der Straßenmeisterei und betreibt nebenbei eine kleine Landwirtschaft. Irgendwo Richtung Hinterebenau. Dort wohnt er mit seiner Familie. Nur die Marie nicht. Die lebt in Salzburg.« Sie unterbrach sich und sah ihn streng an. »Hören Sie, ich bin nicht sicher, ob er es war. Bei Stimmen kann man sich leicht täuschen. Und von mir haben Sie jedenfalls nichts erfahren.«

»Kennen Sie die Ehefrau von dem Ermordeten? Karin heißt sie, habe ich gehört.«

»Natürlich kenn ich sie. Sie lebt jetzt in Salzburg.«

»Und wo?«

»Keine Ahnung.« Nachdenklich sah sie zum Haus hinüber. »Das war's dann«, sagte sie in einem Ton, der deutlich machte, dass sie das Gespräch für beendet hielt.

Braunschweiger verabschiedete sich und winkte dem Mann zu, der immer noch hinter dem Vorhang stand.

*

Peck erwachte mit leichten Kopfschmerzen. Gestern war Siebenschläfer, heute schlafen wir bis neun. *Ältere Menschen brauchen weniger Schlaf,* sagte Sophia immer zu ihm und sprach von seniler Bettflucht. Zumindest in diesem Punkt fühlte sich Peck sehr unsenil. Langsam öffnete er die Augen, legte sich in Habt-Acht-Stellung hin und wartete, bis sein langsam erwachendes Bewusstsein die unsichere Welt der Träume vertrieb. Dann kroch er stöhnend aus dem Bett und trottete mit schwankenden Schritten zum Fenster. Ein warmer Herbsttag kündigte sich an. Sophia stand bestimmt schon seit einer Stunde in ihrer Buchhandlung.

Während er ein Wurstbrot vertilgte, dachte er an seinen Sohn Peter und an das unerfreuliche Telefongespräch, das er gestern mit ihm geführt hatte. Vielleicht hat sich sein Zustand weiter verschlechtert. Vielleicht braucht er seinen Vater. Peck beschloss, Peter am Wochenende zu besuchen.

Er setzte sich ins Auto. Die Erinnerung an das Telefonat mit Peter hatte ihn deprimiert. Er schob eine CD mit der Toccata und Fuge in D-Moll von Johann Sebastian Bach ein, in der Hoffnung, dass ihn die Musik aufheitern würde. Musik beeinflusst das vegetative Nervensystem, hatte er vor kurzem gelesen, sie ist in der Lage, emotionale und, darüber war er erstaunt, sogar hormonelle Veränderungen zu bewirken. Hoffentlich in die richtige Richtung.

Nach einer reibungslosen Fahrt auf der Alpenstraße und die Salzach entlang geriet er in Aiglhof, kurz vor dem Ziel, in einen Stau. Nicht aufregen, dachte er und ließ sich in die emotionale Ruhigstellung der Bachschen Toccata gleiten, was überraschenderweise gut funktionierte. Vielleicht tat sich auch hormonell etwas.

Eine Viertelstunde später schaltete er seine Espressomaschine ein, dann setzte er sich und beobachtete aufmerksam seinen Schreibtisch, der sauber und aufgeräumt war. Aus Erfahrung wusste er, dass sich jedes Mal ab dem Zeitpunkt des Hinsetzens ein mysteriöser Prozess in Gang setzte, der in nur fünf Minuten die wohlgeordnete Tischfläche in ein Chaos verwandelte. Unterschiedlich große Papiere und Zettel aller Farben lagen kreuz und quer herum, schmutzige Kaffeetassen, alte Zeitungen, zwei aufgeschlagene Bücher, diverse Kugelschreiber und eine angebissene Leberkässemmel, deren Einwickelpapier sich im Kampf mit der Computermaus befand.

Pecks Gedanken liefen zu der Leiche im Museum. Er erinnerte sich an die Webseite von Rummels Möbelfabrik im Internet und die dort abgebildete Fotografie des Firmenchefs. Vielleicht gab es dort noch mehr aussagekräftige Fotos von ihm. Die könnten ihm bei seinem geplanten Besuch im *Museum der Moderne* hilfreich sein. Internet macht's möglich.

Peck schätzte das Internet. Kaum hatte man einen Suchbegriff eingegeben, wurde innerhalb von Millisekunden alles in einen Topf geworfen und dann wild durcheinandergewirbelt: Der Tod Lady Dianas, Chemtrails, Bill Gates mit seinem Impfstoff, die Mondlandung und die neuesten UFO-Fotos. Und das alles im WWW geschüttelt und gerührt und zu einem Verschwörungspaket zusammengeschnürt.

Nach Eingabe einiger konkreterer Hinweise landete er bei dem ihm bereits bekannten Eintrag *Volkmar Rummel, Möbelwerk Gesellschaft m.b.H.*, der mit bunten Fotos und anpreisenden Phrasen überladen war. Er scrollte die Webseite nach unten und stieß auf zwei weitere Bilder, eines davon besonders eindrucksvoll, das auch aus Rummels Reisepass stammen könnte. Dunkler Businessanzug, exakt gebundene Krawatte zum blütenweißen Hemd und ein gestelztes Lächeln, von dem Peck annahm, dass es unmittelbar nach dem Kamerablitz verschwunden war.

Er übertrug die Bilder auf sein Handy, dann blätterte er sich noch einmal durch die Webseiten der Firma, die nicht sehr ergiebig waren. Peck überlegte, ob das Unternehmen Rummel profitabel war. Bei Mordfällen kommt in der überwiegenden Zahl der Täter aus dem unmittelbaren Umfeld. Eine altbekannte Tatsache. Und zum unmittelbaren Umfeld Rummels gehörte insbesondere sein Unternehmen.

Er musste mehr über die Möbelfirma in Erfahrung bringen. Wer könnte ihm da weiterhelfen? Tatschero, dachte er, Martin mit Vornamen. Der, so erinnerte er sich, war bei der ÖWV gelandet. Österreichische Wirtschaftsvertretung in Salzburg. Marty hatten sie ihn damals genannt. Mein Gott! Das war weit über dreißig Jahre her. Er versuchte sich daran zu erinnern, wie er aussah. Blond, schmal, sehr schlank. Mehr an Erinnerung war nicht drin.

In der ÖWV ist alles einfach und übersichtlich organisiert, las er auf der Homepage. *Bei uns gibt es Gremien, Ausschüsse, Kammern und Kompendien.* Peck holte sich noch einen Espresso, dann durchsuchte er den Organisationsplan der ÖWV und entdeckte Martin Tatschero in einem Gremium mit der Bezeichnung CHALLENGE PO3. Mit Mailadresse und Telefonnummer.

Peck brauchte deutlich weniger als drei Minuten, um Martin zu erklären, wer er war, dann wurde sein alter Kamerad außerordentlich freundlich und erklärte ihm, dass er jederzeit zu ihm ins Büro kommen könne. »Nur nicht zwischen elf und vierzehn Uhr. Da bin ich beim Mittagessen.«

Österreichische Wirtschaftsvertretung stand in goldenen Lettern über dem Eingangsportal. Das riesige, mit grauglänzendem Sandstein verkleidete Foyer hätte einem Großflughafen alle Ehre gemacht. Der Raum war voller leiser Klänge, von jener Art nichtssagender Plätschermusik, die nur dazu da ist, um nicht beachtet zu werden.

Die Frau an der mahagonifarbenen Rezeption war in exotischer Manier geschminkt; ihre Augenlider glänzten in einem metallischen Blau. Peck fühlte sich eingeschüchtert und stotterte etwas, als er nach Martin Tatschero fragte.

»Sie meinen sicher Herrn Kommerzialrat Tatschero. Sie finden ihn im dritten Stock. Raum Nummer 3221.«

Mit gnädiger Herablassung hob die Frau den Arm, sodass ihre goldenen Armbänder klimperten, und wies ihn quer durch die Halle. »Dort sind die Aufzüge.«

Auf der Fahrt mit dem Lift in den dritten Stock erinnerte sich Peck daran, dass Martin Tatschero in der ehemaligen Schulklasse nicht sehr beliebt war, vor allem, weil er stets als Wichtigtuer und Sprüchemacher in Erscheinung trat. Er fand die Nummer 3221 am Ende eines dunklen Ganges, blieb kurz vor der Tür stehen und ordnete seine Frisur. Das war noch ein Überbleibsel aus seiner Zeit in der Privatwirtschaft, wo er als Vertriebsmann ständig zu Kundengesprächen unterwegs war, die er stets damit begann, den Sitz seiner Krawatte und seiner Haare einer kritischen Prüfung zu unterziehen, bevor er sich in das Büro des Kunden wagte.

Mit dem Rücken zum Fenster saß am Ende des langen Raumes die Sekretärin, von der nur eine blonde Haarwolke erkennbar war, wie eine riesige, von hinten durchleuchtete Zuckerwatte. Und vorne ein schweres, grünes Brillengestell.

»Gehen Sie rein«, sagte die Zuckerwatte, ohne von ihrer Tastatur aufzusehen. »Er erwartet Sie.«

Peck steckte den Kopf ins Zimmer und zuckte erschrocken zurück, als Tatschero hinter seinem Schreibtisch aufsprang und, beide Arme ausgestreckt, auf ihn zueilte. Peck fühlte sich wie der verlorene Sohn willkommen geheißen, der nach zwei Jahren Auslandsaufenthalt wieder seinem Vater in die Arme eilt.

Kaum hatte er Platz genommen, kam die Sekretärin lautlos herein, blieb hinter Peck stehen und fragte, ob er etwas trinken möchte. Er hatte Durst und bat um ein Glas Wasser.

Peck hätte Martin nicht wiedererkannt, wenn er ihm auf der Straße begegnet wäre. Sowohl von seinem blonden Haar als auch der ehemals schlanken Figur war nichts mehr vorhanden. Alles Konkave an ihm war konvex geworden. Die spärlich dünnen Haare waren sorgsam auf dem Kopf sortiert und wirkten wie festgeklebt. Peck überlegte, wie dies wohl technisch funktionierte. Sein ehemaliger Klassenkamerad machte den Eindruck, dass es ihm Mühe bereitete, seine enorme Energie im Zaum zu halten. Ungeduldig rutschte er auf seinem Sessel herum, begleitet von kreisenden Bewegungen seines Oberkörpers. Besonders groß war er auch als Schüler nicht gewesen, jetzt aber war er an allen Stellen seines Körpers gut gepolstert, er hatte eine fettig glänzende Haut und trug eine randlose Brille, hinter denen die punktförmigen Augen in ständiger Bewegung waren.

Er klopfte mit dem Bleistift auf die Tischplatte. »Bevor wir zur Sache kommen, Paul, lass uns über die alten Zeiten reden. Wir haben uns lange nicht gesehen.« Er ließ sich in seinen Sessel fallen und bewegte die Hände mit gespreizten Fingern langsam aufeinander zu. Interessiert verfolgte Peck, ob sich auch alle Finger trafen. Unauffällig machte er einen Blick auf seine Armbanduhr. Er wollte nicht über alte Zeiten reden.

»Erinnerst du dich noch an die Theresa aus der Nachbarklasse?«, fragte Martin mit einem schmutzigen Grinsen. »Wir haben sie die kesse Resi genannt. Sie war erst dreizehn, hatte aber schon einen mächtigen Busen, der uns alle beeindruckt hat. Auch dich. Einmal hast du uns erzählt, dass du vor Aufregung nachts kein Auge zugemacht hast.«

Peck richtete seinen Oberkörper auf. »Nein. Daran kann ich mich nicht erinnern.«

Martin wischte Pecks Bemerkung mit einer weit ausholenden Geste seines Bleistifts zur Seite und schlug die Beine übereinander, was ihm mit seinen feisten Oberschenkeln nur zur Hälfte gelang. Sein mitternachtsblauer Anzug sah aus, als sei er erst vor einer Stunde gebügelt worden. In den farblich zum Anzug passenden Schuhen spiegelte sich die gesamte Büroeinrichtung.

»Du bist Detektiv geworden«, sagte er. »Ich hab dich im Internet gefunden.«

Peck nickte.

»Und du bist mit Fragen zu Volkmar Rummel zu mir gekommen, hast du am Telefon gesagt. Er ist tot. Das weißt du doch, oder?«

»Das weiß ich.«

»Und was willst du von mir?«

»Ich helfe mit, einen Mord aufzuklären, und ich habe gelernt, dass für mich als Detektiv zwei Grundsätze wichtig sind: Erstens, folge den Spuren des Geldes und zweitens, folge den Spuren des Spermas. Zu dir bin ich wegen des ersten Punktes gekommen. Mit anderen Worten: Ich möchte wissen, wie es dem Unternehmen geht.«

»Nicht allzu gut«, sagte Martin Tatschero und lachte meckernd. »Ich weiß zwar nicht, was dich an der Bude interessiert, aber ich habe nach deinem Anruf im Archiv geblättert. Die Möbelfirma von Erich Rummel, Volkmars Vater, wurde vor rund sechzig Jahren als kleine Tischlerwerkstatt gegründet. Das Unternehmen hat sich langsam hochgearbeitet, zuerst mit der Fertigung von Schlafzimmermöbeln, später begann man mit der Herstellung von Büromöbeln und Einbauschrankwänden, die in den 1970er-Jahren modern waren. Volkmar hat Anfang 2000 die Möbelmarke Nikea gekauft und hat in Sendltal eine neue Fabrikhalle gebaut.«

»Mich interessiert die Rendite«, sagte Peck.

»Was du alles wissen willst.« Martin griff zum Telefon und sagte: »Verbinden Sie mich mit Magister Kronauer vom Raiffeisenverbund.« Er legte den Hörer auf und grinste Peck an. »Von dem bekomme ich Informationen, an die du nie herankommst. Die Raiffeisenkasse ist Rummels Hausbank. Die wissen Bescheid.« Wieder lachte er meckernd.

Eine gefühlte Stunde später beendete Martin das Telefonat, das mit betriebswirtschaftlichen Code-Wörtern und Fachausdrücken gespickt war, die Peck noch nie gehört hatte.

»Also«, sagte er gedehnt, während er langsam den Hörer auf die Gabel legte. »Ich erzähle dir jetzt ungeschminkt, was ich gerade von Kronauer gehört habe: Die Firma leidet unter Auftragsschwund.«

Peck zog die Augenbrauen hoch.

»Und noch etwas ist vielleicht für dich interessant. Mein Freund Kronauer nennt Volkmar Rummel einen Manipulator.«

Peck zog die Augenbrauen noch ein Stück höher.

»Dem Rummel soll es Spaß gemacht haben, Verwirrung zu stiften, sowohl im Privaten wie in seiner Firma. Was verspricht er sich davon, habe ich Kronauer gefragt. In einem Unternehmen ist es doch besser, wenn alles in wohlgeordneten Bahnen läuft, also in gut funktionierenden Prozessen und Abläufen, denn all das verbessert die Produktivität. Doch Rummel sieht das … sah das anders, meinte Kronauer, Volkmar Rummel liebte das Tohuwabohu. Chaos stärkt die eigene Machtposition, soll er immer gesagt haben. Deshalb gab es nie einen Organisationsplan in der Firma. Keiner wusste genau, wer für was zuständig ist. Management by Chaos, so hat es der Raiffeisenmensch ausgedrückt, alles war in Schwebe und alles war von den Launen des Chefs abhängig. So hat Volkmar Rummel in seiner Firma regiert. Wie ein Diktator.«

»Kein sehr beliebter Firmenchef«, sagte Peck leise, mehr zu sich selbst.

»Vielleicht lebt er deshalb nicht mehr.«

Peck hob den Kopf. »Ist das wirklich deine Meinung?«

Martin legte die flache Hand auf seine Brust. »Nur so ein Gefühl.«

»Danke für deinen ausführlichen Bericht und das Gespräch mit dem Banker«, sagte Peck. »Das zeichnet ein interessantes Bild des Toten. Gibt es aber auch eine Antwort auf meine Frage von vorhin?«

»Welche Frage?«

»Wie es um die Betriebswirtschaft des Unternehmens steht? Umsatzrendite und so …«

»Der Firma geht es so, wie ich es mir dachte.« Martin

wendete den Kopf und sah Peck direkt ins Gesicht. »Wie ich schon sagte: Wenig Aufträge, konkreter ausgedrückt: Sie steht kurz vor dem Bankrott.«

*

Auf dem Weg zum Auto überlegte er sich seine nächsten Schritte. Nach Hause fahren? Ins Büro? Müßiggang oder Pflichterfüllung? Peck hatte eine sehr entspannte Meinung zu diesem Kampf, zumal er überzeugt war, dass Müßiggang nichts mit Faulheit zu tun hatte. »*Wer die Arbeit kennt und sich nicht drückt, ist verrückt.*« In einer Donald Duck-Geschichte legt Carl Barks diese weisen Worte Tick, Trick und Track in den Mund. Peck mochte Carl Barks. Also entschied er sich für den Müßiggang.

Mitten auf der Staatsbrücke änderte er seine Meinung und bog rechts in die Griesgasse ab. Sein Ziel war das *Museum der Moderne*.

Er parkte sein Auto in der Garage im Berg und fuhr mit dem Lift auf den Mönchsberg. Hier war vor wenigen Tagen auch Volkmar Rummel nach oben gefahren. Und wenige Minuten später sein Mörder. Oder waren sie in derselben Aufzugskabine gestanden? Nebeneinander vielleicht?

Warum pilgern Menschen eigentlich in ein Museum, überlegte er, während der Aufzug langsam nach oben schwebte. Besuchen sie Ausstellungen, weil dies ein soziales Ereignis darstellt, an dem sie teilhaben möchten? Vielleicht eines, das nach standardisierten Regeln abläuft. Er selbst beobachtete sich bei jedem Besuch einer Galerie, dass er langsam an den Bildern vorbei schlich und sie relativ unbeteiligt auf sich wirken ließ. Bemerkenswert war, dass er wie die meisten Besucher den musealen Spaziergang vor jenen Bildern stoppte, die er ohnehin schon gut kannte und ihm vertraut waren, während er unbekannte Werke links hängen ließ. Die Macht des kulturarchaischen Herdentriebes.

Im Foyer hielt sich eine größere Reisegesellschaft auf, die, wie Peck ihrem Dialekt entnehmen konnte, aus Bayern angereist war. Er blickte sich um und entdeckte neben der Lifttüre und am Beginn des Stiegenhauses eine Überwachungskamera.

Hinter einer Glasscheibe saß eine ausnehmend attraktive dunkelhaarige Frau an der Kassa. Hohe Wangenknochen, volle Lippen und eine perfekten Figur, zumindest im oberen Körperbereich, den Peck sehen konnte. Langsam schaute sie von der Tastatur ihres Notebooks hoch, legte den Kopf schief und sah ihn schweigend an. Peck war prinzipiell nicht auf den Mund gefallen, und doch passierte es ihm immer wieder, dass ihm nichts Intelligentes einfiel, sobald er einer hübschen Frau begegnete.

»Ich komme … von der Polizei«, stotterte er.

Das Gesicht der Frau hinter der Glasscheibe bekam etwas Farbe. Lächelnd wandte sie sich ihm zu. »Womit kann ich dienen?«

»Vor drei Tagen, also am vergangenen Dienstag, wurde oben in der Hopper-Abteilung eine Leiche gefunden.«

Die Frau hielt sich erschrocken die Hand vor den Mund. »Das war furchtbar«, rief sie laut, sodass die Bayern im Foyer zu ihr hersahen. Sie näherte ihr Gesicht dem runden Loch in der Scheibe und flüsterte: »Haben Sie den Mörder festgenommen?«

»Noch nicht. Deshalb bin ich da.« Peck deutete in Richtung der Kamera an der Decke. »Ich habe zwei Anliegen. Wo finde ich die Direktion des Museums? Ich möchte mir nämlich die Aufnahmen der Überwachungskameras ansehen.«

»Das können Sie sich sparen.« Beinahe in Form einer Entschuldigung klimperte die Frau mit den Augen. »Die gesamte Überwachungsanlage ist seit einer Woche außer Betrieb. Defekt, verstehen Sie? Die Elektrofirma war schon zweimal da, hat aber nichts in Gang gebracht.«

»Am Dienstag Früh hat man den Toten in dem Abstellraum gefunden. Der Mord wurde jedoch mit hoher Wahrscheinlichkeit schon am Sonntag begangen. Vermutlich am späten Nachmittag. Ich muss wissen, wer zu diesem Zeitpunkt an der Kassa saß.« Peck klopfte mit der flachen Hand gegen den Glaskasten. »Hier auf Ihrem Platz meine ich und außerdem da drüben an der Garderobe.«

»Jetzt außerhalb der Saison ist die Garderobe nicht besetzt. Selbstbedienung, verstehen Sie? Die andere Frage kann ich Ihnen genau beantworten. An dem Sonntag hatte ich Dienst.« Sie sah ihn mit großen Augen an und hielt sich erneut die Hand vor den Mund. »Das bedeutet, nicht nur das Opfer stand hier, sondern auch der Mörder hat sich bei mir die Eintrittskarte gekauft.«

»Sehr wahrscheinlich.« Peck zog sein Handy heraus und rief das Foto mit den fünf jungen Leuten auf, das er von Braunschweiger erhalten hatte. »Erkennen Sie irgendjemanden wieder?«

»Um Gottes willen! Ich habe ein ganz schlechtes Personengedächtnis.«

»Der Sonntagnachmittag oder Abend soll eher ruhig gewesen sein, wurde mir gesagt.«

»So ist es nicht. Immer wieder kommen um diese Zeit größere Gruppen. Das war auch am vergangenen Sonntag so.« Aufmerksam betrachtete sie die Fotografie und fuhr mit dem Zeigefinger von einer Person zur anderen, ohne das Display zu berühren. Peck nahm das Handy und vergrößerte das Foto mit seinen Fingern.

»Am ehesten der da.« Sie zeigte auf den zweiten von rechts. Peck kramte in seinem fotografischen Gedächtnis. Bei dem Burschen, auf den die Frau deutete, handelte es sich um Walter Kuhn. Den Sohn des Dorfarztes.

»Wie sicher sind Sie?«

Die Frau sah ihn an und hob die Schultern.

»Wenn ich mit dem Typ hierher käme … würden Sie ihn wiedererkennen?«

»Vielleicht. Oder vielleicht auch nicht.«

Peck rief das Foto Volkmar Rummels auf, das er der Firmenhomepage entnommen hatte, und legte das Handy vor die Frau hin. »Und der da?«

Kopfschütteln. »Wer ist das?«

»Nicht so wichtig«, sagte er und bedankte sich für das Gespräch.

Als Peck im Erdgeschoß aus dem Lift stieg, regnete es in Strömen. Die Gehsteige waren nass, die Straßen glänzten und die Autos zogen Wasserfontänen hinter sich her. Es roch nach Herbst und Auspuffgasen. Auf dem Weg zur Altstadtgarage klingelte sein Handy. Er zog es aus der Tasche und der Blick auf das Display versetzte ihm einen Stich ins Herz. Es war sein Sohn Peter.

*

Braunschweiger setzte sich ins Auto und ließ den Motor an. Das Gespräch mit Rosi ging ihm durch den Kopf. Zum x-ten Mal. *Es könnte die Stimme von Rudi gewesen sein. Rudolf Thurner. Dem Vater von Jakob und Marie.* Er blätterte in seinem Notizbuch und es dauerte einige Zeit, bis er die Stelle fand: *Er arbeitet bei der Straßenmeisterei und betreibt nebenbei eine kleine Landwirtschaft. Richtung Hinterebenau.* Braunschweiger war aufgeregt. Schließlich hatte er selbst den Gedanken entwickelt und seinem Chef vorgetragen, dass nur der Mörder schon am Montag gewusst haben kann, dass es sich bei dem Toten im Museum um Volkmar Rummel handelt.

Er verließ Sendltal auf der Ausfahrtsstraße Richtung Norden. Nach zehn Minuten erreichte er eine triste Siedlung. In Reih und Glied angeordnet standen an die zehn langweilig aussehende Wohnblöcke nebeneinander. Hinter dem letzten führte ein schmaler Weg den Hang hinauf bis zum Haus der Thurners. Braunschweiger parkte vor dem mächtigen Tor des wuchtigen Gebäudes, dem man ansah, dass es einem Bauern gehörte. Linker Hand stand das Wohnhaus, ein niedriger Bau, daneben ein etwas verfallen aussehendes Nebengebäude, in dem wahrscheinlich die Stallungen untergebracht waren. In dem ungepflegten Vorgarten lagen zwei verrostete landwirtschaftliche Maschinen, die Braunschweiger nicht kannte. Neben dem Tor lehnte ein schwarzes Fahrrad an der Hausmauer. An der Holzbeplankung waren einige Bretter lose, die dringend frische Farbe gebraucht hätten. Der eiserne Türklopfer hatte die Form eines Pferdekopfes. Braunschweiger knallte die Schnauze des Pferdes drei Mal gegen die Holztür. Die Frau, die zögerlich die Tür öffnete, hatte die Fünfzig überschritten und machte einen müden Eindruck.

»Frau Cäcilia Thurner?«

Sie strich sich eine graue Locke aus der Stirn und sah ihn unfreundlich an. »Mein Mann ist in der Arbeit.«

»Ich möchte ihn gern sprechen. Mein Name ist Braunschweiger.«

Sie sah auf die Uhr. »Er kommt erst in vier Stunden nach Hause. Worum geht es denn?«

»Ich habe eine Frage an ihn«, sagte er und fügte hinzu: »Und an Sie.«

»Wer sind Sie überhaupt?«

»Es ist wichtig. Ich komme aus Salzburg.« Ob er mit dieser Bemerkung durchkam?

»Und was wollen Sie mich fragen?«

»Nicht hier auf der Straße.«

»Kommen Sie rein.«

Im Vorhaus war eine Bodenfliese locker, die ein Klacken verursachte, als er darauf stieg. Die Tür zum Wohnzimmer stand offen, doch die Frau dachte nicht daran, ihn dorthin einzuladen. Sie blieben im Vorhaus stehen.

»Also?«, fragte sie.

»Also«, sagte Braunschweiger und wusste nicht, wie er anfangen sollte. An der Wand hing eine gerahmte Fotografie, auf der er Marie und Jakob erkannte. »Sie haben eine hübsche Tochter. Marie heißt sie, nicht wahr?«

»Woher kennen Sie meine Tochter?«

»Ich erkenne auch Ihren Sohn.« Er zeigte auf die Fotografie. »Das Bild habe ich zufällig bei Loni gesehen. Dort wohne ich. Beim Kirchenwirt, meine ich.«

»Und was wollen Sie von mir? Und meinem Mann?«

»Nur eine Frage habe ich. Kennen Sie Volkmar Rummel?«

»Der ist tot ... habe ich im Dorf gehört.«

»Wann haben Sie das gehört? Dass er tot ist.«

»Heute. Ich war einkaufen.«

»In Sendltal?«

»Ja.«

»Wo genau haben Sie eingekauft?«

Frau Thurner schnaufte und verzog ungehalten ihr Gesicht. »Hören Sie, Ihre Fragen werden mir langsam zu blöd. Sie fragen mich, wann ich was gehört habe und wo ich einkaufen gehe ... am besten ...« Mit ausgestrecktem Arm wies sie zur Tür. »Am besten Sie gehen jetzt.«

Sie begleitete ihn vor das Haus, wo Braunschweiger sich verabschiedete und ihr die Hand hinhielt. Die sie nicht ergriff.

In diesem Moment bog ein alter Ford Fiesta um die Ecke und brauste den Weg herauf. Der Wagen wurde langsamer und hatte offenbar vor, beim Haus der Thurners zu halten. Hinter dem Steuer saß ein junger Mann mit dunklen Haaren. Braunschweiger bemerkte, wie Cäcilia kurz die Hand hob und dabei den Kopf leicht schüttelte, worauf der junge Mann im Auto Gas gab, in einer strammen Kurve wendete und wieder davon brauste.

»Wer war das?«, fragte er.

»Keine Ahnung.«

»Das sah doch so aus, als hätten Sie dem Fahrer ein Zeichen gegeben, dass er nicht stehen bleiben soll.«

»Sie spinnen«, sagte sie und deutete mit dem Daumen gegen ihre Brust. »Ich weiß gar nicht, wer das war.«

»Dann habe ich mich wohl geirrt«, sagte Braunschweiger in versöhnlichem Ton. »Ihr Mann … er arbeitet bei der Straßenmeisterei. Habe ich gehört. Ist er gerade unterwegs?«

Sie streckte den Arm aus und zeigte nach Norden. »Auf der Wiestal Landesstraße gab es einen Erdrutsch oder eine Überschwemmung. Er bringt dort die Fahrbahn wieder in Ordnung.«

Unten an der Einbiegung des Güterweges in die Hauptstraße sah sich Braunschweiger noch einmal nach dem Fiesta um, konnte ihn aber nirgendwo entdecken.

Mehr Glück hatte er zwanzig Minuten später. Nach einer unübersichtlichen Kurve stieß er auf einen geparkten Lieferwagen mit eingeschalteter Warnblinkanlage. Auf der anderen Straßenseite arbeitete ein Mann und befreite die Fahrbahn von Sand und Schotter. Er trug einen blauen

Arbeitsanzug und unter seiner gestrickten Mütze quollen struppige Haare hervor.

Braunschweiger blieb vor dem Mann stehen, der sich mit beiden Händen auf seinen Borstenbesen abstützte. Plötzlich schwenkte er den Besen hin und her und Braunschweiger fragte sich, was diese Geste bedeuten sollte, kam jedoch zu keinem Ergebnis.

»Hier gab es einen Erdrutsch, habe ich gehört.«

Der Mann zog seine Haube vom Kopf, wischte sich über die Stirn und setzte die Mütze wieder auf. Dann trat er einen Schritt näher. Die beiden Männer standen sich gegenüber und Braunschweiger fiel auf, dass sie etwa gleich groß waren. Rudolf Thurner hatte jedoch kräftigere Schultern und wirkte bulliger. Und massiger. Sein Atem roch nach Alkohol. »Ich habe auch etwas gehört. Nämlich, dass Sie hier in der Gegend herumfahren und dumme Fragen stellen.«

»Lassen Sie mich raten. Ihre Frau hat Sie angerufen. Wie schön, dass das Handy Menschen miteinander verbindet.« Braunschweiger deutete auf den Geröllberg und den abgerutschten Hang. »Ganz schön viel Dreck ist da auf die Straße. Schaffen Sie das alleine?«

»Geht nicht anders. Wir haben großen Personalmangel in der Gemeinde.«

»Ich bewundere Sie.« Braunschweiger nickte dem Mann anerkennend zu. »Ich war bei Ihnen zu Hause. Sie haben einen verantwortungsvollen Posten bei der Gemeinde und zusätzlich eine große Landwirtschaft.«

»Nebenerwerbsbauer.« Er grinste. »Zu mehr reicht es nicht. Und Sie?«

Braunschweiger erwiderte das Grinsen. Der Mann wurde ihm langsam sympathisch. »Ich bin Nebenerwerbsmaler. Und ich bin so etwas Ähnliches wie ein Hobbydetektiv.«

»Hobbydetektiv?«

»Oder noch besser: Rätsellöser aus Leidenschaft. Wenn mich irgendeine Fragestellung anspringt, ein Rätsel oder ein Denkspiel, verstehen Sie? Dann erwacht mein Ehrgeiz und ich zerbreche mir so lange den Kopf, bis ich das Rätsel gelöst habe. Leider bin ich ein schlechter Löser.«

Thurners Grinsen war schwächer geworden und schließlich ganz verschwunden. »Und warum kommen Sie zu mir?«

»Ganz harmlos«, sagte Braunschweiger. »Es geht um eine Geschichte, die am vergangenen Montag passiert ist. Und zwar im Laden in Sendltal.«

»Beim Luky?«

»Luky Mohn, genau. Am Montag in der Früh soll es gewesen sein. Da stand ein Mann vor dem Geschäft und hat laut mit einer Person geredet, jedenfalls so laut, dass eine andere Person drinnen im Geschäft gehört hat, dass der Mann über Volkmar Rummel sprach, der tot im Museum in Salzburg liegen soll. Und er hat gesagt, dass der Rummel ein Hund ist und er es nicht besser verdient hat.«

»Und warum kommen Sie zu mir?«

»Die Frage haben Sie mir schon gestellt. Das gehört zu meinem aktuellen Denkspiel. Ich möchte herausfinden, wer in diesem Moment vor dem Ladenfenster stand und das gesagt hat.«

»Warum wollen Sie das herausfinden?«

»Weil es mein Hobby ist. Waren Sie am Montag in Sendltal?«

»Kann schon sein.«

»Kennen Sie Volkmar Rummel?«

»Das muss *kannten Sie* heißen. Und natürlich war er mir bekannt. Aber dass er tot ist, weiß ich erst seit gestern. Oder vorgestern.«

»Hier ist Peter.«

Die Stimme seines Sohnes klang anders als sonst, aber Peck konnte nicht sagen, was anders war. Er blieb stehen und starrte auf die vorbeikriechende, stinkende Autokolonne.

»Wo habe ich dich gerade erreicht?«

»Am Ende der Getreidegasse. Und es regnet. Warum rufst du an?«

»Warum muss bei dir alles einen Grund haben?«

»Wenig passiert grundlos«, sagte Peck. »Wo bist du?«

»Interessiert dich das wirklich?«

»Du klingst so nah. Bist du in Salzburg?«

Nach einer kurzen Unterbrechung hörte Peck die leise Stimme seines Sohnes, die etwas schleppend klang. »Ich stehe vor deinem Haus. Ich bin pitschnass und mir ist kalt.«

»In der Johannes-Filzer-Straße?«

»Natürlich. Glaubst du, ich gehe zu deiner Sophia?«

»In zehn Minuten bin ich bei dir.«

Schon als Kind, erinnerte sich Peck, hatte Peter rote Wangen und eine weiße Nasenspitze bekommen, wenn er sich geärgert oder aufgeregt hatte. Sein Sohn war unruhig, er zitterte vor Kälte und der Atem, der Peck entgegenschlug, roch nach Alkohol.

Peck spielte den fürsorglichen Vater und schickte seinen Sohn unter die Dusche.

»Dein Pyjama passt mir hinten und vorne nicht«, sagte Peter, als er endlich aus dem Badezimmer kam. »Die Beine sind mir zu kurz und der Gummizug zu weit.«

»Wir sind eben sehr unterschiedlich.«

Peter ging nicht darauf ein. »Hast du was zu trinken?

Ich meine aber keinen Orangensaft oder einen ähnlichen Scheiß.«

»Musst du so ordinär reden?«

»Mein Vater mit seiner stets gewählten Ausdrucksweise. Ich kann mich gut an deine früheren Ausfälligkeiten erinnern.«

»Rotwein?«

Sein Sohn nickte, warf einen Blick auf sein Handy, dann ließ er sich auf das Sofa fallen.

Während Peck die Weinflasche öffnete, sah er zu seinem Sohn hinüber, der mit geschlossenen Augen zurückgelehnt auf der Couch saß. Das Buch, in dem er kurz geblättert hatte, war ihm entglitten und lag auf dem Boden. Er sah erschöpft aus und Peck glaubte einen Moment, dass sein Sohn eingeschlafen war.

»Du bist müde, stimmt's?«

Peter hob den Kopf. »Beginnt jetzt die Anamnese?«

»Nein. Ich mache mir Sorgen um dich. Du hast abgenommen. Magst du was essen?«

»Ich komme schon zurecht. Ein bisschen Ruhe nur, und nerve mich nicht mit deinen Essensangeboten.«

»Es ist nicht meine Absicht, dir auf die Nerven zu gehen. Du machst einen total unruhigen Eindruck. Und deshalb mache ich mir Sorgen um dich. Nicht mehr und nicht weniger. Geht das in deinen Kopf hinein?«

Peter setzte sich auf, was ihm sichtbar Mühe bereitete. Er griff nach dem Weinglas, seine Hand zitterte.

»Hast du Lust auf einen Kaffee?«, fragte Peck und bückte sich nach dem Buch, das immer noch am Boden lag. Sein Sohn schnitt ein Gesicht wie früher als Kind, wenn von Lebertran die Rede war. Wie lange war es her, seit er mit Peter ein längeres Gespräch geführt hatte? Er hat sich verändert. Aus den Augenwinkeln beobachtete er das Gesicht seines Sohnes. War sein Blick traurig? Oder verängstigt?

»Du bist vor einigen Tagen gekündigt worden«, sagte Peck. »Bist du schon auf der Suche nach einem neuen Job?«

»Es ist nicht deine Absicht, mir auf die Nerven zu gehen, hast du gesagt. Warum tust du es dann?«

Eine Weile überlegte Peck, ob er die Frage jetzt oder später stellen sollte. Besser keine Zeit verlieren. »Du trinkst zu viel. Nimmst du eigentlich Drogen?«

»Drogen?« Peter war laut geworden. »Wie kommst du darauf?« Sein Gesicht wurde hart und in seinen Augen funkelte Zorn auf. »Was soll die Frage, verdammt nochmal?«

»Ich vermute Crack. Ich kenne die Anzeichen.« Peck zeigte auf die Hände seines Sohnes. »Schau deine Lippen an. Außerdem stinkst du aus dem Mund.«

Peter schüttelte lange den Kopf. Dann sagte er: »Nur ein paar Hautunreinheiten. Lass mich mit dem Scheiß in Ruhe.«

»Nein, das werde ich nicht tun. Man kann sehen, dass einiges nicht stimmt bei dir. Hast du deshalb deinen Job verloren?«

»Mein Gott, das habe ich dir doch schon am Telefon erzählt. Die organisieren um in der Scheißfirma und brauchen mich nicht mehr.«

»Du hast aber auch gesagt, dass dein Chef dich nicht mag. Vielleicht weil du dich nicht mehr auf deine Arbeit konzentriert hast. Deine Gedanken waren wahrscheinlich nur noch damit beschäftigt, wo du die nächste Droge herbekommst. Habe ich recht?«

»Und wenn du recht hast? Mein Gott, was ist schon dabei, wenn ich ab und zu ein Pfeifchen rauche? Das entspannt mich. Nach einem anstrengenden Tag im Büro.«

»Du wirkst aber ganz wenig entspannt. Peter, du belügst dich selbst. Bei dir bedeutet Rauchen ja nicht Cannabis, sondern Crack.« Peck beugte sich vor und legte sanft seine Hand auf Peters Schulter. »Crack ist die Droge mit dem höchsten Abhängigkeitspotenzial.«

»Crack ist nichts Besonderes.« Peter schüttelte den Kopf. »Ein bisschen Koks und ein bisschen Backpulver. Und aus.«

»Und aus«, wiederholte Peck. »Ich weiß, woraus das Zeug besteht. Der Flash kommt bei Crack fast augenblicklich, die Wirkung ist aber nach zehn Minuten vorbei und der Körper schreit nach mehr. Ist es nicht so?«

»Du übertreibst. Menschen in deinem Alter, noch dazu im Establishment, entwickeln eine sagenhafte Angst vor Drogen.«

»Du solltest nicht den Versuch unternehmen, mich für blöd zu verkaufen. Crack gilt als gefährlichste Droge der Welt.«

»Das ist Bullshit. Die schlimmste Droge der Welt ist Alkohol.« Er griff nach seinem Weinglas. »Und wie man sieht, hast du davon immer genügend in Reserve.«

Peters Gesichtsausdruck veränderte sich etwas. War das Verlegenheit?

»Ich weiß, was ich tue. Ich bin einunddreißig Jahre alt, verdammt nochmal.«

»Du bist mein Sohn. Und das auch noch, wenn du sechzig bist.« Peck beobachtete Peters Gesicht. Blaue Flecken auf der Oberlippe, die Haut über den Wangenknochen wirkte gespannt und beinahe durchsichtig. Ungesundes Leben, zu wenig Essen und zu viele Drogen.«

Peter trank sein Glas in einem Zug aus, schwenkte es hin und her und deutete auf die leere Weinflasche auf dem Tisch. »Hast du noch eine?«

»Wenn du meinst.« Peck ging in die Küche und kam mit einer Flasche zurück. Er reichte sie seinem Sohn: »Willst du sie aufmachen?«

Er lächelte seinem Vater zu. »Du meinst, beim Flaschen- öffnen liegt meine Stärke.«

Mit unruhigen Fingern bediente er den Korkenzieher und es dauerte eine Weile, bis die Flasche offen war. Peters Augenlider flatterten und seine Wangen färbten sich etwas. Seine Verlegenheit wächst, dachte Peck und war nicht si- cher, ob dies positiv oder negativ zu werten war. Er dachte zurück an die Zeit, als Peter ein kleiner Bub war. Nein, entspannt war er schon als Kind nie gewesen. Immer hat er alles ernst genommen und bei jeder Gelegenheit stieg seine Aufregung von null auf hundert.

Peter kramte in seiner Hosentasche und zog eine ver- beulte Zigarettenpackung hervor. Mit fragendem Blick hob er sie Peck entgegen. »Darf man in deinen heiligen Hallen rauchen?«

Peck nickte. Wenn auch schweren Herzens.

Umständlich zündete sich Peter eine Marlboro an. Er machte einen tiefen Zug, hielt die Luft an und blies den Rauch zur Decke hinauf.

»Ich habe mit Monika gesprochen«, sagte Peck langsam, jedes Wort betonend. Jetzt geht's ans Eingemachte.

»Du hast was?«

»Ich habe sie angerufen. Sie sagt, du nimmst Drogen und du bist abhängig. Crack. Körperlich total abhängig.«

»Dieses dumme, verlogene Miststück!«

»Sie sagt noch etwas. Dass du Schulden hast und dich die Firma deshalb entlassen hat, weil sie dich beim Klauen erwischt haben. Und wenn dein Chef nicht alle Augen zu- gedrückt hätte, wärest du jetzt schon im Kittchen.«

»Die scheiß Hure! Das hat sie dir alles erzählt?«

»Nicht nur das, Peter. Ich glaube ihr.«

»Du weißt doch, dass sie lügt … dass sie immer gelogen hat. Sie macht sich wichtig und will mir schaden, die blöde Kuh!«

Ungeduldig klopfte Peck mit der flachen Hand auf die Sofalehne. »Wie viele Schulden hast du?« Jedes Gespräch hat einen dramaturgischen Höhepunkt. Peck war sicher, dass dieser kurz bevorstand.

Nach einer kurzen Pause zuckte sein Sohn mit den Schultern. »Ich weiß es nicht.«

»Ich möchte dir helfen«, sagte Peck. »Peter, du bist drogenabhängig, pleite und weißt nicht mehr, wie es weitergeht. Und was auch deine Ex-Frau Monika sagte … du bist nicht mehr du selbst.«

Peter senkte den Kopf, gab aber keine Antwort.

»Ich habe mir etwas ausgedacht. Wie es weitergehen könnte. Ein Vorschlag nur.«

Peck spürte, wie das Bewusstsein in ihm wuchs, auf dem richtigen Weg zu sein. Jetzt nicht nachgeben, keine Schwäche zeigen, aber trotzdem alle Aggression und Schärfe beiseitelassen. Väterlich fürsorglich.

»Mir wird schlecht!« Peter sprang auf, stolperte Richtung Toilette und Peck hörte, wie er sich mehrfach übergab.

Es dauerte einige Zeit, bis er ins Wohnzimmer zurückkam. »Also«, sagte er. »Du hast dir etwas ausgedacht. Lass hören.«

Peck erhob sich und schaltete die beiden Tischlampen ein, die links und rechts der Couch standen.

»Ich habe wahrscheinlich Fehler gemacht. Als Vater, meine ich.« Peck sprach leise und vermied es, seinen Sohn anzusehen. »Ich habe mich sicher zu lange und zu sehr um meinen Job gekümmert.« Während er das sagte, kam in ihm die Frage hoch, warum er begann, so eine eigenartige

Rede vor seinem Sohn zu führen. Schließlich war er kein Angeklagter. »Aber ich bin auch nur ein Mensch.« Anklage abgeschlossen.

Mit weit aufgerissenen Augen saß Peter im Schein der einen Lampe und starrte ihn an.

»Du bist kein kleiner Bub mehr, sondern ein erwachsener Mann. Und zwar ein kluger. Und deshalb wirst du verstehen, dass es nur eine Möglichkeit gibt, die dich aus deinem Dilemma herausführt.«

»Nur eine Möglichkeit? Alternativlos hieß das in der Firma, die mich gefeuert hat. Alternativlosigkeit mag ich nicht.«

»Es muss sein, glaub mir.«

»Ich weiß, was jetzt kommt.«

Peck nickte. »Dann hör jetzt gut zu.«

*

Braunschweiger starrte auf den ausgeschalteten Fernseher in der Zimmerecke. Er trat ans Fenster und stellte fest, dass es wieder zu regnen begonnen hatte. Ein feiner, durchdringender Landregen. Salzburger Schnürlregen. Dunkle, tiefhängende Wolken lagen über den Bergen. Ihm war langweilig. Sterbenslangweilig. Wie lange würde er es noch hier in diesem Kaff aushalten müssen? Missmutig sah er aus dem Fenster und sein Blick verlor sich in der grau verschwommenen Landschaft. Umso stärker erschrak er, als es an die Tür klopfte.

»Herein!«

»Ist dir auch langweilig?« Loni sah durch den Spalt der geöffneten Tür. »Du hast mir was versprochen.«

Er winkte ihr, näher zu kommen. »Was habe ich dir versprochen?«

»Mich zu malen. Ich gebe eine viel bessere Vorlage als die barocke Dorfkirche. Schau mich an.«

Sie trug ein kurzes Kleid mit hauchdünnen Trägern. Spaghettiträger heißen die, erinnerte sich Braunschweiger und sah interessiert zu, wie sie mit schwingenden Schritten näherkam, bis ihr verführerischer Duft in seine Nase stieg. Der Abend ist geritzt.

Galant forderte er Loni auf, Platz zu nehmen. Bevor sie der Aufforderung nachkam, huschte sie noch einmal aus dem Zimmer und kam mit zwei Weinflaschen zurück.

»Grüner Veltliner *Hollenburger Schiefer* vom Bioweingut David Harm aus Krustetten in der Wachau. Etwas Besseres habe ich in unserem Weinkeller nicht gefunden.«

Nach einem Blick auf das Etikett sagte Braunschweiger: »Der Alkoholgehalt ist ein halbes Prozent höher als die Mehrwertsteuer. Dieser Wein wird mich kreativ machen, während ich dich male.« Überzeugend klopfte er mit dem Zeigefinger gegen die Flasche.

»Alkohol enthemmt aber auch«, sagte sie und machte ein paar Tanzschritte durchs Zimmer. »Dann stört dich plötzlich dein Pinsel und du fällst über mich her.«

»Ich bin ein Gentleman. Mit und ohne Pinsel.« Er rückte seine Staffelei zurecht und bereitete die Farben vor, während Loni die erste Flasche Wein öffnete und die Gläser füllte. Sie stießen im Stehen an und sie fragte, wie es nun weitergehe. Mit der Kunst und so.

»Du bist nicht nur mein Modell«, sagte Braunschweiger, »sondern auch meine Muse. Und weißt du, was eine Muse zu machen hat?«

Ohne auf ihre Antwort zu warten, nahm er sie in seine Arme und küsste sie. Dabei sah er ihr tief in die Augen.

»Jeder echte Künstler braucht eine Muse. Als Triebkraft, verstehst du?«

»Das mit der Triebkraft verstehe ich nicht ganz«, sagte sie. »Du bist der Fachmann. Ich kenne mich da nicht so aus.«

»Ich habe mir das alles gut überlegt«. Braunschweiger nahm einen großen Schluck. Der Wein schmeckte herrlich. »Ich möchte ein Ölgemälde von dir erschaffen, dass die Welt ins Staunen kommt. Kennst du die Venus von Milo?«

Sie schüttelte den Kopf. »Wer ist das?«

»Eine Darstellung der Göttin Aphrodite. Aus Marmor. Wunderschön. Und dafür wirst du mir Modell stehen.«

»Wie sieht die aus … diese Milo?«

»Wunderschön. Ganz weiß. Leider fehlen der Marmorstatue beide Arme, aber dafür sind ihre Brüste doppelt reizvoll.«

»Muss ich mich dazu ausziehen?«

»Ich fertige zuerst einen zeichnerischen Entwurf an«, sagte Braunschweiger. »Und ich skizziere prinzipiell alle meine Modelle nackt. Wegen der Haltung, verstehst du? Jedes Kleidungsstück würde die Haltung verfälschen. *Nuda veritas*, sagen wir Künstler dazu.«

»Wenn ich nackt vor dir stehe, schäme ich mich.«

»Wir Künstler kennen so etwas gut. Wie ich sagte, du bist auch ohne Kleidung kein nacktes Individuum, sondern die Muse eines Künstlers, verstehst du? Hiermit erkläre ich dich zu einer Art spirituellem Medium, einem Schauplatz ästhetischer Phänomene. Also zieh dich bitte aus.«

»Wenn du meinst«, sagte sie. »Du bist der Fachmann.«

Braunschweigers Gedanken liefen zu seinem eigentlichen Auftrag, den Mörder Volkmars zu suchen. Er überlegte, Loni von seinem Gespräch mit Rosi zu erzählen, doch als er sah, wie sie ihr Kleid über den Kopf zog, schob er diesen Gedanken ruckartig von sich.

»Aber Slip und BH behalte ich an«, sagte Loni.

»Fürs Erste ist das aus künstlerischen Erwägungen heraus durchaus in Ordnung. Komm jetzt.«

Loni legte ihr Kleid auf die Couch und Braunschweiger wies sie an, sich vor den blauen Vorhang zu stellen.

»So kommt deine Figur gut zur Geltung. Den linken Fuß stellst du auf den Schemel … etwas mehr drehen … das rechte Bein ist nach vorn gestreckt und leicht angewinkelt … achte auf deine Hüfte, die muss sanft geschwungen sein, denn so betont sie deine herrlich schlanke Taille. So ist's gut. In die linke Hand gehört vielleicht noch ein Apfel … nein, lieber nicht.«

Braunschweiger ging zwei Schritte zurück und stellte sich hinter die jungfräulich weiße Leinwand. Er kniff ein Auge zu und peilte Loni über den Pinsel in seiner ausgestreckten Hand an. »Zuerst muss der Maler die Proportionen ausmessen«, sagte er. »Im Übrigen sehen sie verführerisch aus. Deine Proportionen, meine ich. Compesce mentem!«

»Ist das wieder Latein? Du weißt, ich mag gebildete Männer.«

»Nein«, sagte er laut. »So wird das nichts.«

»Was wird so nichts?«

»Dein Höschen und dein BH … beide sind rot. Das schlägt sich mit dem Blau des Vorhangs hinter dir.«

»Und wie lösen wir das Problem?«

»Zieh dich ganz aus.«

»Wenn du meinst«, sagte sie. »Du bist der Fachmann.«

In der Nacht marschierten eigenartige Gestalten durch seinen Kopf. »Detektiv, pass gut auf«, flüsterte ihm eine innere Stimme zu. »Das sind die Verdächtigen, unter denen befindet sich auch der Mörder, nach dem du Ausschau halten solltest.«

Konzentriert beobachtete er die dunklen Kreaturen, die sich wie Schattenwesen vorbei bewegten. An die zwanzig, schätzte er. Frauen, Männer und im Anschluss einige Jugendliche. Er hörte ihre Schritte, aber auch Gemurmel und leises Stöhnen. Da sich die Gestalten mit gesenkten Köpfen im Dunkeln bewegten, konnte er ihre Gesichter nur schemenhaft erkennen.

Braunschweiger erwachte mit hämmernden Kopfschmerzen und einem grausamen Geschmack im Mund. Um ihn herum schienen Dunkelheit und Schwärze zu sein. Fast wie die eigenartigen Gestalten im Traum. Er dachte nach und beschloss, die Augen zu öffnen. Wie einfach war es doch manchmal, den Grund für seine Übelkeit herauszufinden. Der Obstler war es. Zwetschkenschnaps. Mehr als eine halbe Flasche hatten sie gestern miteinander getrunken. Zusätzlich zum Grünen Veltliner.

In so einem Fall hilft nur frische Luft, hatte seine Oma immer gesagt. Ohne schlechtes Gewissen kroch er aus den Federn. Schließlich war heute Samstag. Da darf man länger im Bett bleiben.

Ein leichter Nebel stieg von den Wiesen im Tal herauf.

In der Nacht musste es geregnet haben, noch immer fielen schwere Tropfen von den Zweigen und Ästen.

Zufrieden stellte er fest, dass die Kopfschmerzen langsam nachließen, während er den Waldrand entlangging. In der Ferne hörte er eine Eisenbahn rattern. Auf der anderen Seite des Tales stieg eine Felswand steil in die Höhe, deren Spitzen im Nebel verschwanden. Üppiges immergrünes Gebüsch stand am Wegrand und zog sich bis zum Wald hinauf, der wie eine bedrohliche schwarze Mauer das Tal umrandete. Der Boden war rutschig. Mit vorsichtigen Schritten ging er an einigen Häusern vorbei, aus denen man Gelächter hörte. In einer hell erleuchteten Küche saß eine Familie rund um den Tisch.

Am Ende des Waldes führte der Weg in einer leichten Kurve wieder hinunter ins Dorf. Dort stand ein niedriges Bauernhaus, vor dem ein weißhaariger Mann saß, eine Zigarette im Mundwinkel. Er hatte eine Decke um die Knie und musterte Braunschweiger interessiert. Neben dem Mann lag ein großer Hund, der gelangweilt den Kopf hob. Braunschweiger bekam den Eindruck, als ob Herr und Hund nur darauf gewartet hätten, dass er vorbeikommen würde.

»Schau an, unser neuer Dorfkünstler«, sagte der Mann, zog die Decke weg und erhob sich.

Braunschweiger wusste nicht, was er erwidern sollte. Er ging näher an den Mann heran, der ihn freundlich ansah. Erst jetzt bemerkte er, dass über der Tür des Hauses ein verwittertes Schild mit der Aufschrift SCHNAPSBRENNEREI STEINER hing.

Bei dem Wort *Schnaps* meldeten sich schlagartig seine Kopfschmerzen zurück.

»Nehmen Sie Platz, Herr Kunstmaler.« Der Mann kratzte sich zwischen den Beinen, dann klopfte er auf den Sessel, der neben ihm stand. Seine Nase sah wie ein roter Radiergummi aus. Schnapsbrenner, dachte Braunschweiger, ein treuer Kunde seiner eigenen Produkte.

»Wie heißen Sie eigentlich?«

»Braunschweiger. Maler von Beruf.«

»Künstler also?«

»Nebenerwerbskünstler.«

»Es ist trockene Luft heute, Herr Künstler«, sagte der Mann. »Finden Sie nicht auch?«

Braunschweiger war zwar anderer Meinung, stimmte der Aussage aber durch Kopfnicken zu.

»Gegen trockene Luft hilft nur ein gezieltes Anfeuchten. Möchten Sie einen Schnaps? Aus der eigenen Produktion natürlich.«

Um Himmels willen. Braunschweiger machte innerlich ein Kreuzzeichen. Nicht schon wieder Alkohol. »Eigentlich sollte ich nicht«, sagte er. »Aber jetzt haben Sie mich überredet.«

Der Alte wies auf das Schild über der Tür. »Alois Steiner ... das bin ich und das ist meine bescheidene Firma. Kommen Sie.«

In weitem Bogen warf er die Zigarette auf den Boden und erhob sich stöhnend aus dem geflochtenen Lehnstuhl. Er winkte, wandte sich der Tür zu und Braunschweiger blieb nichts übrig, als dem alten Mann ins Haus zu folgen, der müde unterwegs war und beim Gehen seine Füße ganz wenig hob, sodass sie über den Holzboden schabten, was sich anhörte, als ob er Schmirgelpapier auf den Schuhsohlen hätte.

Vorsichtig stiegen sie einige schief getretene Stufen nach unten, die aussahen, als ob sie feucht wären, und betraten einen Flur, der sich weiter hinten in einen kleinen Raum öffnete. Alois Steiner drückte auf einen Lichtschalter und mit einem vielstimmigen Klacken schalteten sich einige Leuchtstoffröhren ein und tauchten den Raum in ein viel zu helles und ungemütlich kaltes Licht.

In der Mitte des Zimmers stand ein vernarbter Holztisch mit acht bequemen Stühlen ringsherum und einem kleinen Kühlschrank an der Wand.

»Das ist unsere Probierstube. Ich habe zehn verschiedene Schnäpse, von der Quitte und Vogelbeere bis hin zu Wildkirsche und Himbeere.« Auf dem Weg zum Kühlschrank hielt er sich an Tisch und Stühlen fest. »Ich empfehle Ihnen unseren Waldhimbeergeist.« Er wandte sich Braunschweiger zu. »Wie trinken Sie ihn am liebsten?«

Mit so einer Frage hatte Braunschweiger nicht gerechnet. »Aus einem Glas.«

Steiner lächelte. »Ich meine, bei Zimmertemperatur oder aus dem Kühlschrank? Das ist nämlich eine Geschmacksfrage.«

»Geschmacksfragen entscheide ich immer aus dem Bauch heraus. Die Obstsorte ist mir egal. Aber bitte kalt.«

»Mit Begleitung oder ohne?«

»Wenn sie charmant ist, mit!«

»Mit Bauernbrot und Speck also.«

Braunschweiger schüttelte den Kopf.

»Ich trinke den Schnaps gern pur.« Er nahm einen gehörigen Schluck und wurde augenblicklich von einem Hustenanfall geschüttelt.

»Gut, nicht?« Steiner grinste. »Das ist auch meine Spezialausgabe. Fast fünfzig Prozent.«

»Fünfzig Prozent«, wiederholte Braunschweiger. »Pro Flasche?« Seine Kehle brannte.

»Kennen Sie einen Dirndlschnaps? Eine ganz besondere Spezialität, die der Friedrich herstellt, mein Schwager. Er ist im Pielachtal im Mostviertel zu Hause. In zwei, drei Tagen bekomme ich ihn, den Dirndlschnaps.« Er küsste seine Fingerspitzen und schloss kurz seine Augen. »Ein Gedicht, kann ich Ihnen sagen.«

»Der Himbeergeist war auch nicht schlecht.« Braunschweiger hielt ihm sein leeres Glas hin.

Beim nächsten Glas spürte Braunschweiger den Alkohol noch während des Schluckens in den Kopf steigen. Das lag sicher an den fünfzig Prozent.

»Einen Dirndlschnaps kenne ich nicht. Ist das Alkohol für junge Mädchen?«

»Ein Dirndl ist weder ein Mädchen noch ein Trachtenkleid, sondern ein anderes Wort für Kornelkirsche.«

»Was es alles gibt«, sagte Braunschweiger. »Und wann kriegen Sie das Dirndl in Flaschen? Dafür könnte ich mich erwärmen.«

Steiner riss ein Blatt von einem Schreibblock, der auf dem Tisch lag. »Geben Sie mir Ihre Handynummer. Ich rufe Sie an.«

Ein junges Mädchen kam herein, blieb überrascht stehen, als sie die beiden Männer erblickte, und ging mit einem leisen »Hallo« vorbei. Eine zarte Erscheinung, dachte Braunschweiger. Das könnte ein Dirndl sein. Sie blickte auf ihr Handy und tippte eine Nachricht ein.

»Ich bin dann schon mal weg«, sagte sie.

»Triffst du dich wieder mit Walter?«

Irritiert blieb das Mädchen stehen. »Na und?!«

»Ich meine nur«, sagte der Alte.

Ohne hochzublicken ging sie weiter, während sie auf ihrem Handy wischte.

»Du könntest wenigstens grüßen«, sagte der alte Mann.

»Wozu?« Sie blieb stehen und sah zuerst Braunschweiger, dann Steiner an. So als müsste sie überlegen, an wen sie ihre Frage richten sollte.

»Dieser Walter … ist das der Sohn vom Arzt?« Braunschweiger hätte hinterher nicht mehr sagen können, warum ihm die Frage herausgerutscht war.

»Ich treffe mich mit Walter, dem Arztsohn, genau. Was geht Sie das an?« Sie blies sich die blonden Haare aus der Stirn, drehte sich um und kam einen Schritt näher. »Sie sind doch der Kirchenmaler. Ich habe Sie gesehen. Am Dorfplatz.«

»Ich hoffe, das Bild von der Kirche hat Ihnen gefallen.«

Sie schüttelte den Kopf. »Hat mich nicht beeindruckt.«

»So? Warum denn das?«

Das Mädchen zuckte mit den Schultern. »Uncool. Mein Geschmack ist eben anders.« Sie winkte sparsam mit drei Fingern und verließ den Raum.

»Das war meine Enkelin Jacqueline«, sagte Steiner. »Ein Muster an Selbstbewusstsein.«

»Und die Freundin vom Arztsohn.«

»Sie meinen, das ist ein guter Umgang für meine Enkelin?«

»Der Arzt soll ein Freund von dem Möbelfabrikanten gewesen sein. Den man umgebracht hat.«

Steiner lachte. »Sie kennen sich schon gut aus bei uns im Dorf. Kuhn und Rummel waren tatsächlich gut befreundet, sagt man. Aber dann soll ihre Freundschaft einige Risse bekommen haben. Ziemlich plötzlich sogar.«

»Risse? Warum?«

»Ich weiß zwar nicht, warum Sie als Fremder das interessieren könnte, aber man redet so mancherlei im Ort.«

»Über die Risse?«

»Zum Beispiel, dass der Möbelfabrikant, wie Sie ihn nennen, eine etwas zu enge Freundschaft mit der Frau vom Doktor eingegangen ist.«

Braunschweiger tat entrüstet. »Meinen Sie die Christa?«

»Genau die.«

»Ich kenne sie. Sie ist auch eine Malerin. Nicht so begabt wie ich, aber sie hat ein eigenes Atelier. Ich habe sie besucht. Viele Bilder hängen dort.«

»Sie soll begabt sein als Malerin. Manche im Dorf vermuten, dass sie auch im Bett begabt ist.« Er warf Braunschweiger einen vielsagenden Blick zu und zündete sich eine neue Zigarette an.

»Sind deshalb die Risse gekommen?«

»Wahrscheinlich.«

»Sie meinen … die Frau vom Arzt und der Möbelfabrikant hatten was miteinander? So ein … Pantscherl?«

»Ich bewundere Ihren Scharfsinn. Von mir haben Sie aber nichts gehört.«

»Ich habe nichts gehört«, erwiderte Braunschweiger, als er mit etwas unsicheren Schritten die wenigen Stufen nach oben ging. Den letzten Fünfzigprozentigen hätte er besser ablehnen sollen.

Am Ende der Stiege wurde die Tür geöffnet und ein junger Mann rief: »Alois, bist du da unten?«

»Ich komme.« Überraschend wendig lief der Alte die Treppenstufen nach oben.

»Die Beatrix schickt mich. Drei Flaschen von dem Kornbrand will sie haben.«

Als sich Braunschweiger dazu gesellte, fühlte sich Steiner offenbar verpflichtet, ihn mit dem jungen Mann bekannt zu machen.

»Das ist Herr Braunschweiger«, sagte der Alte, dann deutete er auf den Jungen. »Und das ist Konrad Rummel. Er macht gerade eine schwere Zeit durch.«

Braunschweiger schätzte den Burschen auf kaum zwanzig Jahre. Er war schlank, fast schon dünn, mit schulterlangen Haaren und sanften braunen Augen.

Steiner verschwand in seinem Schnapskeller und kam mit einer Plastiktasche zurück, die er dem jungen Mann übergab. »Das Hochprozentige für die Beatrix. Sag ihr Grüße von mir.«

Der Bursche verabschiedete sich und Braunschweiger beschloss, sich ihm anzuschließen.

Sie schlugen den Weg zum Dorf ein, vorbei an schmucken Einfamilienhäusern, und weiter hinunter, wo wuchtige, am Hang liegende Bauernhäuser die Sicht auf die abgeernteten Felder und den dahinter liegenden Wald verdeckten. Der Himmel hatte aufgeklart und der Morgennebel war verschwunden.

»Für wen haben Sie den Schnaps gekauft?« Braunschweiger zeigte auf die Tasche, die der junge Mann in der Hand trug.

»Für unsere Haushälterin. Beatrix heißt sie. Eigentlich war sie die Angestellte von meinem Vater. Seit er tot ist, fällt sie von einer Trauer in die andere.« Er hob die Plastiktasche in die Höhe. »Und das hilft ihr, die Trauer zu bewältigen.« Er streckte die Hand aus und deutete auf den schmäleren Weg, der nach rechts abbog. »Da kommen wir direkt zur Kirche.«

Braunschweiger suchte nach einem geeigneten Einstieg in ein Gespräch. »Der Tod Ihres Vaters tut mir leid.« Keine Reaktion. »Ich bewundere Sie. Das muss ein richtiger Schock für Sie gewesen sein.«

»Ich habe mich mit ihm nicht besonders gut verstanden. Das klingt wahrscheinlich lieblos, jetzt, wo er noch nicht einmal unter der Erde liegt.«

»Wann ist das Begräbnis?«

»Keine Ahnung. Anfang oder Mitte nächster Woche. Mein Bruder hat mit der Kripo in Salzburg gesprochen. Die Leiche ist noch nicht zur Beerdigung freigegeben.«

»Ihr Bruder ... ist das der Horst?«

»Wie lange sind Sie jetzt schon bei uns in Sendltal?«

»Ein paar Tage.«

»Bleiben Sie länger?«

»Ich möchte noch ein paar typische Bauernhäuser in der Umgebung malen.«

Braunschweiger sah auf die Uhr. »Schon spät. Langsam bekomme ich Hunger. Ich hätte die Brot- und Speckbegleitung von dem Schnapsbrenner nicht ablehnen sollen. Ich lade Sie zum Essen ein. Kommen Sie mit?«

»Wohin?«

»Zum Kirchenwirt.«

»Dort gehe ich nicht hin. Unangenehme Leute. Ich weiß was Besseres. Den Fleischhacker.«

»Fleischhacker? Noch nie gehört. Ist der hier in Sendltal?«

Die schmale Halleiner Gasse führte über eine Brücke am Sportplatz und an langweiligen Neubauten vorbei, bevor sie einige hundert Meter weiter vor einer hässlichen Ziegelmauer endete. Sackgasse. Endstation. Hier stand ein niedriges Gebäude, dessen blaue Farbe im Lauf der Jahre zu einem matten Grau verkommen war. Über der Tür baumelte ein Schild an einer Kette hin und her, auf dem Braunschweiger die Aufschrift *Gasthaus Fleischhacker* entziffern konnte. Schon am Eingang roch es nach Bier und fauligen Abfällen.

Das Gasthaus war klein, dunkel und fast leer. Im Hintergrund lief irgendeine Musik, die Braunschweiger nicht kannte. Alte Schlager vermutlich. Auf dem Tisch waren Bierflecken. Ganz anders als beim Kirchenwirt. Aber nicht ungemütlich.

Konrad zog seine dicke Strickjacke aus und hängte sie über den Stuhl. Jetzt sah man, wie schlank der junge Mann war. Die Arme dünn, der Oberkörper dünn, alles dünn. Die schmalen Schultern hingen ihm nach vorn und betonten die hohle Brust, so als ob er in der Pubertät zu schnell gewachsen wäre.

Bei der Kellnerin bestellte jeder eine Halbe Bier, beim Essen einigten sie sich auf das Gulasch, vor allem, weil es billig und auf der Karte unter *fertige Speisen* aufgeführt war.

»Kennen Sie die Loni, die beim Kirchenwirt arbeitet?«

»Die Loni ist ein Tratschweib. Deshalb mag ich den Kirchenwirt nicht.«

»Von ihr weiß ich, dass Sie einen Bruder haben.«

»Stimmt. Horst ist aber fast fünf Jahre älter.« Er lachte auf. »Im Moment sitzt er an Papas Schreibtisch in der Firma.«

»Die Loni hat gesagt, er studiert.«

»Es wäre auch besser für ihn, sein Studium abzuschließen. Aber es macht ihm Spaß, den großen Chef zu spielen, der er immer schon werden wollte.«

»Mir scheint, Sie mögen Ihren Bruder nicht sehr.«

»Geht so. Ich glaube nicht, dass er zum Begräbnis unseres Vaters kommen wird. Horst ist kein einfacher Mensch.«

Braunschweiger zeigte auf sich. »Ich war mal verheiratet. Lange Jahre her. Und meine Frau hat auch immer gesagt, dass ich kein einfacher Mensch bin.«

Ein junges Mädchen brachte das Essen und Braunschweiger deutete auf die leeren Biergläser, was die Kellnerin nickend zur Kenntnis nahm.

Das Gulasch schmeckte nicht besonders. Braunschweiger sah, wie Konrad lustlos darin herumstocherte und dann den halbvollen Teller wegschob.

»Schmeckt's nicht?«

Konrad schüttelte den Kopf. »Kein Hunger.«

»Sagen Sie mal …« Braunschweiger nahm einen großen

Schluck aus seinem Bierglas. »Die Firma Ihres Vaters …
die stellt Möbel her, stimmt das?«

»Schlafzimmer- und Büromöbel sind unsere Stärke. Das
sagte mein Vater immer. Und jetzt ist er schon fast eine
Woche tot.«

»Haben Sie mal darüber nachgedacht, wer das getan haben könnte?«

»Was meinen Sie?«

»Irgendjemand muss Ihren Vater so sehr gehasst haben,
dass er …«

»Natürlich habe ich darüber nachgedacht.«

»Und?«

Konrad schüttelte den Kopf.

»War Ihr Vater beliebt in der Firma?«

»Ich glaube nicht, dass es irgendjemanden gibt, der ihn
gemocht hat. Papa war ein Ekel. Als Mensch und als Chef.«
Konrad trank das Glas leer und hob den Kopf. »Und als
Vater.«

»Er war mit dem Doktor Kuhn befreundet, habe ich gehört. Doch dann sollen sie sich zerstritten haben.«

»Mein Vater hat der Christa wohl einige Male zu tief in
ihr Dekolleté geschaut. Ich sagte ja, er war kein einfacher
Mensch.« Konrad stand auf. »Ich muss mal.«

Braunschweiger sah ihm nach, wie der junge Mann mit
weit ausholenden Schritten durch das Lokal marschierte.
Ein langbeiniger, dürrer Bursche.

Es wurde laut in der Wirtsstube. Aus unsichtbaren Laut-
sprechern erklang ein altes Lied von der Gruppe Abba. Die
Gaststube hatte sich gefüllt, wahrscheinlich hauptsächlich
Einheimische, die feierten, weil endlich das Wochenende
da war. Das Licht wurde gedimmt und das Mädchen, das
ihnen das Essen gebracht hatte, stellte eine brennende
Kerze auf den Tisch.

»Ich habe auch mal gemalt«, sagte Konrad, der zum Tisch zurückgekehrt war. »Aquarelle. Aber ich bin nicht besonders begabt.«

Ich auch nicht, wollte Braunschweiger schon sagen, unterließ es aber.

»Wollt ihr noch was?« Die Kellnerin stand da und blickte fragend von einem zum anderen.

»Auf alle Fälle.« Konrad schob ihr sein leeres Glas hin.

»Ihr Vater war nicht einfach.« Braunschweiger versuchte, beim vorher Gesagten wieder anzuknüpfen.

Konrad nickte. »Andere … in der Schule zum Beispiel … waren stolz auf ihren Vater. Wir haben nie einen gehabt. Mit *wir* meine ich Horst und mich. Sobald ich fünfzehn war, habe ich so viel Zeit wie möglich außer Haus zugebracht, um nicht den Streitereien meiner Eltern zuhören zu müssen. Meine Mutter hat entweder von ihrem Damenkränzchen erzählt oder über ihre geschwollenen Füße gestöhnt. Das war auch die Zeit, als er mit dem Saufen angefangen hat.«

Das Bier kam, sie stießen an und Braunschweiger sah zu, wie Konrad sein Glas in einem Zug austrank.

»Das hört sich nicht toll an. Ihre Jugend, meine ich.«

Konrad lachte. »Einmal habe ich eine Wanze im Schlafzimmer meiner Eltern installiert. Ab dann waren die Abende lustig. Besser als Netflix. Es gab drei Möglichkeiten. Entweder war Ruhe, wenn mein Vater besoffen ins Bett fiel, oder ich hörte eine gurrende Sexshow oder es war Streit, meist wegen seiner Weibergeschichten, und dann flogen die Fetzen, was sich in der Übertragung in mein Zimmer ganz witzig angehört hat.«

Wieder hob er sein leeres Glas, worauf die Kellnerin zustimmend mit dem Daumen nach oben zeigte.

Braunschweiger legte sein Handy auf den Tisch und

suchte nach der Fotografie mit den fünf jungen Leuten. »Wissen Sie, wann dieses Bild aufgenommen wurde?«

Konrad kniff die Augen zusammen und bewegte das Handy langsam vor und zurück, als hätte er Schwierigkeiten scharfzustellen. »Wo haben Sie das Foto her?«

»Ich habe vergessen, wer die Leute sind.«

»Sie stellen Fragen wie ein Polizist.« Konrad sprach mit schwerer Zunge und zeigte auf Braunschweiger. »Irgendwer im Dorf hat mir erzählt, dass Sie gar kein Maler sind, sondern ein Schnüffler.«

»Ein Schnüffler? Wer hat das gesagt?«

»Weiß ich nicht mehr.«

»Ich war mal in Italien auf Urlaub«, sagte Braunschweiger. »Dort gab es viele Schnüffler, mit denen Männer durch den Wald gegangen sind, um teure Pilze zu finden.«

»Trüffel.«

»Weiß ich nicht. In Italien waren aber alle Schnüffler an der Leine. Einmal habe ich sogar ein Schwein gesehen. Ich jedenfalls bin kein Schnüffler.« Braunschweiger deutete auf sein Handy. »Der ganz rechts ist doch Ihr Bruder, nicht?«

»Und der daneben ist Walter Kuhn.«

»Was macht der eigentlich?«

»Geld ausgeben. Was man eben so tut als Sohn eines reichen Arztes. Dabei hat er mal bei meinem Vater in der Firma gearbeitet.«

»Jetzt nicht mehr?«

»Jetzt nicht mehr. Nicht ganz freiwillig.«

»Kennen Sie das Mädchen neben Walter? Er hat seine Hand um ihre Hüfte gelegt und drückt sie an sich.«

»Die hat früher in Sendltal gewohnt. Fragen Sie den da …« Er zeigte auf Jakob Thurner. »Soweit ich weiß, ist das ihr Bruder.«

»Wann haben sich eigentlich Ihre Eltern scheiden lassen?«

»Wieder die Frage eines Schnüfflers. Schon ein paar Jahre her, das mit der Scheidung.«

»Wo wohnt Ihre Mutter jetzt?«

»Sie hat wieder geheiratet. Uwe Breuer. Ein richtiges Arschloch. Ich hab sie mal besucht. Einmal und nie wieder. Irgendwo in Aigen wohnen die beiden. Im Süden Salzburgs. Gleich neben dem *Gasthaus Überfuhr*. Ein hässlicher rosaroter Wohnblock.«

Als Braunschweiger eine halbe Stunde später auf unsicheren Beinen das Gasthaus verließ, war es bereits dunkel. Sein Kopfweh hatte sich zurückgemeldet. Eine echte Herausforderung, wenn der Restalkohol von gestern auf zu viel aktuellen Biernachschub trifft. Und auf mindestens drei Gläser Waldhimbeergeist.

Alles, um die Wahrheit herauszufinden. Pure Pflichterfüllung.

Etwas schwankend überquerte er den menschenleeren Dorfplatz und in die Stille hinein hörte er die Kirchenglocke läuten. Kein majestätisches Geläute. Eher ein armseliges Gebimmel. Braunschweigers Gedanken liefen zu seinem Chef, der ihm den Auftrag gegeben hatte, sich sofort zu melden, wenn interessante Neuigkeiten auftauchten. Er dachte an sein Gespräch mit Konrad Rummel. Waren da Neuigkeiten aufgetaucht? An der nächsten Kreuzung blieb er stehen und tippte im Licht einer Straßenlaterne eine SMS ins Handy.

*

Er hatte gerade lustlos seinen Schreibtisch leer geräumt, als ein kurzer Klingelton anzeigte, dass er eine SMS bekommen hatte. Eine Nachricht von Sophia:

Habe für 19 Uhr einen Tisch im Pfefferschiff
in Hallwang reserviert. DU ZAHLST!
Hol mich von zu Hause ab.

Er las die Nachricht noch einmal durch. Pfefferschiff in Hallwang … nobel geht die Welt zugrunde, dachte Peck. Er hatte das Lokal zwar in guter Erinnerung, nur die beiden groß geschriebenen Worte sowie das Rufzeichen in Sophias kurzem Text gefielen ihm nicht. Er sah auf die Uhr. Noch genügend Zeit.

Gut gelaunt betrat Peck die Küche. »Warum kochst du, wenn ich dich jetzt zum Essen einlade? Besser gesagt, einladen muss.«

»Das ist für morgen. Szegediner Gulasch. Meine Mutter hat Krautfleisch dazu gesagt. Und das muss mindestens einen Tag alt sein, damit sich der Geschmack entwickelt. Ein Krautfleisch gehört aufgewärmt, sagte meine Mutter immer. Nur den Sauerrahm muss man morgen frisch dazugeben.«

»Wir müssen los. Ich habe Hunger«, sagte Peck. Er stand unschlüssig in der Küche, in der es verführerisch duftete, während Sophia noch hektisch in ihrer Handtasche kramte. Mit vorsichtigen Schritten näherte er sich dem Topf, in dem das Szegediner Gulasch noch leise vor sich hin schmurgelte.

»Raus aus der Küche«, hörte er Sophia rufen, »wir gehen jetzt essen.«

»Hast du auch nicht auf den Rotwein vergessen? Mindestens einen halben, besser einen dreiviertel Liter.«

»Geh vom Ofen weg!«

»Nur einen kleiner Magenfüller für Paul!«

»Magenfüller sind ungesund.«

»Ich diskutiere nicht mit Leuten, die anders denken als ich«, brummte Peck, als sie schon vor dem Haus standen und zu seinem Auto gingen.

Guten Empfehlungen soll man folgen, dachte Peck und bestellte bei dem erwartungsvoll dreinschauenden Kellner das ›Menu Pfefferschiff‹, eine vielversprechende Speisenfolge, beginnend mit einem gerollten Saiblingsfilet, Langustenbisque mit Blunzen, nach den Radicchioravioli ein zarter Kalbsbraten als Hauptgericht und zum Abschluss eine Auswahl verschiedener Käsesorten.

»Einer muss ja vernünftig sein«, sagte Sophia und bestellte das Gleiche, nur ohne die Ravioli.

»Bringen Sie uns einen Grünen Veltliner *Hollenburger Schiefer*«, sagte Peck und sah zu dem Kellner hoch, der bestätigend mit dem Kopf nickte.

»Jahrgang 2019. Sie werden zufrieden sein. Fruchtig und trocken.«

Eine Viertelstunde später hob er Sophia das Glas entgegen und für einen Moment funkelte das Licht der Kerze durch und präsentierte den Grünen Veltliner in leuchtendem Gelb und grünlichen Reflexen. Sie stießen an und Peck genoss das Aroma des ersten Schlucks. Leichtfüßig, frisch und fruchtig. »Unwiderstehlich«, stöhnte er leise.

»Ich hoffe, du sprichst von mir«, sagte Sophia.

Sie genossen das vorzügliche Essen und die entspannte Atmosphäre. Bis Sophia fragte: »Wie geht's deinem Sohn Peter?«

Er zögerte mit der Antwort, als ob er sich seine Worte genau überlegen müsste. »Können wir nicht später darüber reden?«

»Nein. Das muss jetzt sein. Ich möchte, dass du mich über dein gestriges Gespräch mit Peter informierst. Er ist zwar nicht mein Sohn, aber die Geschichte mit ihm geht mir nahe.«

Er seufzte. »Die Geschichte geht mir auch nahe. Es war nicht einfach. Das Gespräch, meine ich.«

»Hast du ihn angeschrien?«

»Weiß ich nicht mehr.«

Sophia beugte sich vor.

»Wenn du etwas leiser sprichst, hören die Leute am Nebentisch nicht mit.«

Peck blickte hinüber und winkte dem älteren Ehepaar freundlich zu.

»Hast du ihn angeschrien?«

»Was soll das?«, fragte er. »Keiner hat geschrien. Weder Peter noch ich.«

»Hast du ihm Vorwürfe gemacht?«

»Ich habe zwei Stunden auf ihn eingeredet. Ständig kam er mit neuen Ausreden. Sophia, das ist nicht mehr mein Sohn, habe ich mir während der Diskussion gedacht, das ist ein Lügner, der nur noch von seiner Sucht gelenkt wird und der einmal mein Sohn war. Hinterher war ich genauso fertig wie er.«

»Wie konnte es so weit kommen? Ich meine seinen Drogenkonsum.«

Peck nahm einen großen Schluck aus dem Weinglas, wobei er vermied, sie anzusehen. »Wenn ich das wüsste. Vermutlich war seine Kindheit nicht ganz ideal.« Er fuhr sich durch die Haare und schüttelte den Kopf.

»Vermutlich …«, sagte Sophia leise.

»Wessen Kindheit ist schon perfekt und fehlerlos? Schließlich bin ich auch nur ein Mensch. Verdammt nochmal, er ist drogensüchtig, er bestiehlt die Firma, die ihn daraufhin kündigt und jetzt steht er ohne Geld auf der Straße und weiß nicht mehr, was er tun soll.«

Sophia verzog das Gesicht. »Sagst du das mir oder war das die Predigt, die du ihm gehalten hast?«

Peck reagierte mit einer ungehaltenen Handbewegung. »Ach was! Schlussendlich hat er dem Entzug zugestimmt.«

»Das ist erstaunlich. Und es überrascht mich.«

»Ich habe ihm auch versprochen, dass ich seine Schulden übernehme. Das, was er bei der Firma unterschlagen hat. Wenn Peter Glück hat, verzichten die auf eine Anzeige.«

»Ich frage nicht, wie hoch die Summe ist.«

Peck warf sie Stoffserviette auf den Tisch.

»Sophia, ich habe mir das Abendessen anders vorgestellt. Im zweiten Teil war unser Gespräch deutlich besser. Ruhiger. Ich habe in Peters Beisein Bernhard angerufen. Wir waren mal befreundet. Er ist Arzt in Seekirchen, war selber mal Alkoholiker und arbeitet jetzt vorwiegend mit Drogenabhängigen. Peter war schließlich einverstanden und wir haben das Gespräch mit dem Arzt gemeinsam geführt. Bernhard hat ein Spital im Flachgau empfohlen, das auf Crystal-Abhängigkeiten spezialisiert ist. *Psychosomatische Klinik Flachgau* heißt die Anstalt und liegt abgelegen und in schönster Lage irgendwo nördlich von Henndorf am Wallersee.«

»Der Entzug ist nur der erste Schritt«, sagte Sophia.

»Das hat Bernhard auch gesagt. Er hat Peter einen lauwarmen Entzug vorgeschlagen.«

»Was ist das?«

»Bei Depressionen und Angstzuständen gibt es zwar Medikamente, der eigentliche Entzug funktioniert aber ohne Substitutionsmittel. Cold Turkey. Ziemlich schlimm.«

»Ziemlich schlimm. Wann startet das Programm?«

»Morgen ist Anreisetag und am Montag wird es ernst für ihn.«

»Begleitest du ihn?«

»Ich habe es ihm angeboten. Er wollte nicht. Bernhard erwartet Peter morgen am frühen Nachmittag.«

»Und dann? Wie lange dauert so eine Tortur?«

»Bernhard hat es uns erläutert. Zuerst kommt die Entgiftung. Zwei bis drei Wochen. Die eigentliche Entwöhnung dauert ein halbes Jahr. Wenn er durchhält.«

»Wenn er durchhält«, wiederholte Sophia. »Er muss durchhalten. Wie sind die Erfolgsaussichten?«

»Das habe ich Bernhard auch gefragt. Neun von zehn Abhängigen werden rückfällig.«

»Armer Peter«, sagte Sophia.

»Zum Wohl.« Peck lächelte und hob sein Glas. »Trinken wir auf meinen Sohn.«

Zwei Stunden später verließen sie angenehm gesättigt, aber immer noch in etwas gedrückter Stimmung das alte Gebäude. »Ich habe weniger getrunken«, sagte Peck. »Ich fahre.«

Als Peck die Handbremse löste, ergriff Sophia seine Hand. »Hast du eigentlich früher die Frau, mit der du gerade beim Abendessen warst, hinterher in der Dunkelheit nie geküsst?«

Natürlich hatte er das, fand es aber nicht besonders klug, ihr dies jetzt zu sagen.

Früher waren die Parkplätze vor einem Restaurant auch dunkel und nur notdürftig beleuchtet gewesen. Heute erstrahlen öffentliche Plätze mit ganz geringem Flirtfaktor hell ausgeleuchtet, wie ein Stadion bei einem Weltmeisterschaftsspiel. Peck gab Sophia einen Kuss, die dabei irgendetwas brummelte, das sich nach »Na endlich« anhörte.

Peck öffnete die Augen und stellte fest, dass im Bett neben ihm Sophia und nicht Penelope Cruz lag.

In einem angenehmen Traum war er mehrere Stunden gemeinsam mit der dunkelhaarigen Schauspielerin auf einer weichen, elastischen Luftmatratze am sonnigen Strand gelegen.

Während sein Gehirn langsam auf Touren kam, öffnete Sophia die Augen und murmelte ein paar Worte, die nach ›Guten Morgen‹ klangen.

Peck besah sich das Frühstück, das Sophia auf den Tisch stellte. Glutenfrei, zuckerarm, low carb und beinahe vegetarisch.

Er schluckte einige aufmüpfige Bemerkungen herunter, die ihm in den Sinn kamen. Man soll die gute Sonntagsstimmung nicht aufs Spiel setzen.

»Wie gestalten wir heute unseren gemeinsamen Sonntag?«, fragte Sophia.

Peck deutete auf sein Handy. »Ich habe gerade eine Nachricht von Braunschweiger gesehen, die er mir gestern spät abends übermittelt hat.«

»Neuigkeiten?«

Peck nickte. »Er hat die Adresse von Karin und Uwe Breuer herausgefunden.«

»Wer ist das?«

»Karin ist die geschiedene Frau des Toten im Museum.« Peck zeigte mit dem ausgestreckten Arm Richtung Salzach.

»Sie lebt mit ihrem zweiten Mann da drüben. Hässliches rosarotes Gebäude irgendwo beim *Gasthaus Überfuhr*, stand in Braunschweigers Botschaft.«

»Das Haus kenne ich«, sagte Sophia. »Es ist in der Nähe vom Bäcker Holztrattner. Willst du heute dorthin?«

»Habe ich vor.«

»Am Sonntag?«

»Ein Detektiv kennt keine Freizeit.«

Sie brummelte etwas Unverständliches, dann fragte sie: »Bist du eigentlich mit meinem Cousin Braunschweiger zufrieden?«

»Er macht sich. Note zwei bis drei nach österreichischem Schulnotensystem. Er bekommt klare Aufträge, die ihn auf Trab halten, auch wenn ich ihn nicht ständig an der Kandare habe.«

»Das sind doch Fortschritte, oder?«

Peck nickte. »Ich habe viel in ihn investiert und nun hat er den Weg fast geschafft.«

»Welchen Weg?«

»Vom betreuten Denken zum eigenständigen Denken.«

*

Das Haus der Breuers lag am Ende der Überfuhrstraße, einen Steinwurf vom *Gasthaus Überfuhr* entfernt. Es war kein besonders eindrucksvolles Haus mit einer schäbigen Fassade und einem kleinen Schild neben der Holztür, auf dem K & U BREUER zu lesen war.

Hatte die Frau hinter der Tür auf ihn gelauert? Nur Sekundenbruchteile nach seinem Läuten stand eine spitznasige, blonde Frau vor ihm, die vor Peck wie aufgezogen herumtänzelte und sich dabei die Hände in der Schürze abtrocknete.

»Ich habe angerufen«, sagte Peck. »Danke, dass Sie Zeit für mich haben.«

»Immerhin ist Sonntag«, sagte die Frau, die sich als Karin Breuer vorstellte. Nicht unhübsch, dachte Peck. Nur ihr Kleid war von äußerst zweifelhaftem Geschmack.

»Für den Fall, dass Sie hereinkommen wollen, treten Sie sich sauber die Füße ab.« Sie zeigte auf den Fußabstreifer, der mit den Worten HERZLICH WILLKOMMEN WÄRE ÜBERTRIEBEN beschriftet war.

»Was möchten Sie trinken? Wasser, Saft oder ein Bier?«

»Ein Bier würde gut zum Sonntag passen.« Peck wunderte sich, wie leicht ihm diese Aussage über die Lippen kam.

Das Wohnzimmer hatte einen eigenartigen, trapezförmigen Grundriss. Beide Fenster waren gekippt und es war eiskalt im Raum. Die Frau schloss die Fenster und zeigte auf die Couch. »Setzen Sie sich doch.«

»Uwe … mein Mann … er kauft gerade an der Tankstelle noch was ein«, sagte sie und stellte das Glas auf das kleine Tischchen neben dem Sofa. Karin Breuer sprach starken Flachgauer Dialekt, sodass Peck sie nur mit Mühe verstehen konnte.

»Herzliches Beileid zum Tod Ihres Mannes … Ihres Ex-Gatten«, stotterte Peck.

Sie nickte, worauf ihr blond gefärbtes Haar, das im Hinterkopf zusammengebunden war, begann, hin und her zu schwingen.

»Die Trauer um Volkmar hält sich in Grenzen«, sagte sie teilnahmslos. Ihre Zungenspitze kam kurz zum Vorschein, fuhr über die Oberlippe und verschwand wieder. Wie bei einer züngelnden Schlange.

»Sie hatten kein gutes Verhältnis zueinander?«

Sie lachte und eine ihrer blonden Locken kam ins Tanzen. »Dreimal dürfen Sie raten. Sie können mir glauben, ich hatte gute Gründe, mich von Rummel scheiden zu lassen.«

»Ging Ihr geschiedener Mann öfter ins Museum? Als Sie noch verheiratet waren, meine ich.«

Kaum hatte Peck die Frage gestellt, als ein Mann ins Zimmer kam, bei dem es sich offenbar um den Hausherrn handelte. Wie ein englischer Dandy sieht er aus, war Pecks erster Eindruck. Herr Breuer war exzellent gekleidet: Dunkelgrauer Anzug mit Weste, gestreiftes Hemd und um seinen Hals war ein getupftes Tuch zu einer Fliege gebunden. Nur die struppigen Haare passten nicht zu seiner vornehmen Kleidung.

»Meine Frau sagte mir, dass Sie kommen. Ziemliche Zumutung. Immerhin ist Sonntag«, sagte der Mann. In der Plastiktasche, die er auf den Tisch stellte, zeigte ein leises Klingeln an, dass sich darin mindestens zwei Flaschen befanden. Peck überlegte, ob es Bier- oder Weinflaschen waren.

»Wir ermitteln in einem Mordfall und solche Ermittlungen dulden keinen Aufschub.« Peck machte eine bedeutungsvolle Geste mit der Hand, die die Wichtigkeit seiner Worte betonen sollte.

»Wissen Sie, mich geht die ganze Geschichte eigentlich nichts an«, sagte Uwe Breuer und grinste. »Ich bin ja nur der angeheiratete Ehemann von Karin. Natürlich hat uns das sehr betroffen gemacht, das mit ihrem ersten Mann.«

Die Frau saß tief in den Kissen des Polstersessels versunken. Peck warf ihr einen kurzen Blick zu, um ihr zu signalisieren, dass die nächste Frage ihr galt.

»Was war Volkmar Rummel für ein Mensch?«

»Habe ich doch schon angedeutet. Er war ein herrschsüchtiger Ehemann und ein lausiger Vater. Horst, mein Sohn, redet bis heute kein Wort mit ihm und Konrad, der

Jüngere … er hätte so dringend einen Vater gebraucht. Doch Volkmar war entweder beruflich unterwegs oder besoffen. Oder mit anderen Weibern unterwegs.«

Auf dem Couchtisch vor Peck lagen eine Fernsehzeitung und daneben ein Kriminalroman. In der Ecke neben der Tür zu einem Nachbarzimmer stand ein wuchtiger Fernseher. Uwe Breuer saß etwas abseits in einem Lehnstuhl und las in einer Zeitung. Oder tat so.

Jetzt ließ er die Zeitung sinken und sagte: »Rummel war ein Psychopath. Er hat Karin ständig bedroht und ist ihr bis zuletzt nachgelaufen.«

»Du übertreibst«, sagte sie.

»Ich übertreibe nicht. Vielleicht möchte nur Herr …«

»Peck«, sagte Peck mit einer angedeuteten Verneigung.

»Vielleicht möchte Herr Peck nicht nur deine Meinung, sondern die ganze Wahrheit wissen. Wie dein Volkmar wirklich war. Nämlich, dass er dir ständig nachgestiegen ist. Erst eine Woche her, als er dich wieder bedrängt hat.«

Peck sah zu Karin, die nur die Augen rollte, aber nichts sagte.

»Vielleicht könnten Sie mich aufklären, Frau Breuer, welcher Art dieses Bedrängen war, von dem Ihr Mann gerade gesprochen hat.«

»Alles ganz harmlos.« Die Frau sah Peck beim Reden nicht an, als wollte sie damit zeigen, dass ihre Aussage eigentlich nicht für ihn bestimmt war. »Wir haben uns zufällig getroffen, am Alten Markt in Salzburg. Er hat mich ins *Tomaselli* eingeladen und wir haben ein Glas Wein getrunken.« Sie funkelte ihren Mann an, der wieder die Zeitung vor dem Gesicht hatte. »Er war höflich zu mir. Und mehr war nicht. Außerdem bist du auf einen Toten eifersüchtig.«

»Frau Breuer, wann haben Sie Volkmar Rummel zuletzt gesehen?«

Sie dachte einige Augenblicke nach und ihr Blick lief zu ihrem Mann. »Einmal noch, glaube ich. Ein oder zwei Tage nach dem Treffen am Alten Markt. Er war hier.«

»Er war wo …?« Die Frage kam von Uwe Breuer, der die Zeitung wieder gesenkt hatte.

»Du warst in der Arbeit und Volkmar stand vor der Tür und wollte mich sprechen. Man sah, dass es ihm mies ging, und er tat mir leid.«

»Sag bloß, du hast ihn hereingelassen.« Uwes Stimme war laut geworden.

»Ich sagte, er tat mir leid. Schließlich war ich mal verheiratet mit ihm und er ist der Vater meiner Kinder.«

»Darf ich fragen, warum Volkmar Rummel zu Ihnen gekommen ist?«

Sie wischte sich eine blonde Strähne aus der Stirn. »Ich habe nicht genau verstanden, was er wollte. Jedenfalls ging es darum, dass seine Firma beschissen läuft.« Verunsichert sah sie zuerst Peck an, dann wanderte ihr Blick zu ihrem Mann. »Ich glaube, er wollte wissen, ob er von mir Geld haben kann.«

Uwe lachte leise im Hintergrund. »Geld. Ausgerechnet von uns.« Immer wenn sich der Ehemann aufregte oder missverstanden fühlte, blies er die Backen auf und ließ die Luft mit lautem Geräusch entweichen, wobei sein Gesicht eine ungesunde Röte annahm.

»Ich glaube nicht, dass er Geld von dir wollte«, sagte Karin. »Davon war keine Rede.« Sie drehte sich Peck zu und sagte: »Ob er öfter ins Museum ging, haben Sie mich vorher gefragt. Als ich die Anzeige von Volkmars Tod in der Zeitung fand, habe ich mich gefragt, was er im Museum wollte.«

»Edward Hopper«, warf Peck dazwischen.

Sie schüttelte den Kopf. »Er hat sich früher nie für sowas interessiert. Aber vielleicht ist er ja nach der Scheidung zum Kunstfreak geworden.«

Uwe Breuer faltete die Zeitung zusammen, warf sie auf den Fußboden und richtete seinen Zeigefinger auf seine Frau. »Ich habe dir genau zugesehen, Karin. Alleine in der letzten Viertelstunde hast du fünfzehn Mal die Zunge herausgestreckt und deine Oberlippe abgeschleckt. Ich habe dir schon tausend Mal gesagt, dass mich das verrückt macht. Gewöhn dir das ab!«

Karin Breuer brach in Tränen aus. »Du liebst mich nicht mehr«, schluchzte sie.

Peck sprang von der Couch hoch, bedankte sich für das Gespräch und floh Richtung Ausgang.

*

»Heute ist Sonntag«, sagte Braunschweiger zu seinem Spiegelbild. »Und da geht man in die Kirche.«

In einem blütenweißen Hemd, einer pelzigen Zunge sowie mit heftigen Kopfschmerzen, die dem gestrigen Alkoholkonsum geschuldet waren, trat er in den Sonnenschein vor das Haus. Es war still auf der Straße, nur der Wind in den Büschen und Bäumen war zu hören. Er schlenderte an der Kirche vorbei, die er bereits zwei Mal mehr oder minder erfolgreich auf die Leinwand gebannt hatte, und überquerte den Dorfplatz, auf dem nur wenige Leute unterwegs waren.

So gut er das Gotteshaus von außen kannte, den schlichten, weiß getünchten Baukörper, über dem sich der üppig geformte Turm erhob, betreten hatte er die Kirche noch nie.

Der Innenraum war mit enggedrängten hölzernen Bankreihen vollgestellt, die mit messingfarbenen Namensschildern gekennzeichnet waren. Neben dem goldgelb lackierten Tabernakel hing eine lebensgroße Christusstatue an einem Holzkreuz. Besonders fielen Braunschweiger die verrenkten Glieder und das schmerzverzerrte Gesicht mit den geschlossenen Augen des Heilands auf, sowie die überdimensional großen, kantigen Eisennägel, die durch Hände und Füße der Statue getrieben waren. Die Figur erinnerte ihn an das Kreuz mit dem sprechenden Jesus, der im Film dem Dorfpfarrer Don Camillo wertvolle Tipps für den Umgang mit dem kommunistischen Bürgermeister Peppone gab. An den Wänden führten als Stationen des Kreuzwegs dunkel gerahmte Hinterglasbilder rund um den Innenraum der Kirche.

Braunschweiger marschierte die Friedhofsmauer entlang. Er wollte schon in die Straße Richtung Kirchenwirt abbiegen, änderte aber sein Ziel und betrat durch ein schmiedeeisernes Tor den Friedhof, der die Kirche fast kreisförmig umschloss. Ehrfürchtige Stille herrschte im Schatten der kahlen Bäume, selbst das Vogelgezwitscher war nur gedämpft zu hören, wie aus weiter Ferne. Von der Trockenheit braun gewordenes Moos wucherte die Grabsteine hoch. Plötzlich vernahm er ein Geräusch hinter einer kleinen Kapelle. Braunschweiger erstarrte, nahm allen Mut zusammen und ging um das kleine Bauwerk herum. Doch da war niemand.

Gedankenverloren schlenderte er über den Gottesacker und entzifferte die Namen auf den überwachsenen Grabplatten. Es gab auffallend viele Gedenksteine mit den Namen Meier, Huber und Gruber. Neben einer efeuumrankten Steinsäule lehnte ein verwelkter Blumenstrauß in einer Plastikvase. Eine Frau trat zum benachbarten Grab und nickte Braunschweiger zu. Als die Frau gegangen war, nahm Braunschweiger die verwelkten Blumen und warf sie in einen Abfallbehälter neben dem Ausgang. Ordnung muss sein.

Im hinteren Teil des Friedhofs arbeiteten zwei Männer, die stöhnten und sich den Schweiß von der Stirn wischten, während sie mit Schaufeln eine Grube aushoben.

Braunschweiger sah den beiden eine Weile zu, dann sagte er: »Wie tief muss das Grab sein?«

»Ein Meter achtzig«, sagte der eine, ohne seine Arbeit zu unterbrechen.

»Warum so tief?«

»Weil wir alle Gräber so tief graben, verstehen Sie? Wir behandeln alle gleich, egal ob ein hoher Politiker oder ein Straßenkehrer hier reinkommt.«

»Es gibt doch Friedhofsbagger«, sagte Braunschweiger. »Warum arbeiten Sie noch mit der Schaufel? Wie vor hundert Jahren.«

Einer der Arbeiter richtete sich stöhnend auf und stützte sich auf seine Schaufel ab. »Sie sind ein Klugscheißer, stimmt's?«

»Stellen Sie die Frage unserem Bürgermeister«, sagte der andere Mann. »Ein kleiner Bagger kostet zehntausend Euro und dieses Geld hat die Gemeinde nicht. Oder sie hat es und kauft stattdessen das blöde Gemälde unserer Dorfkirche für die Tourismuswerbung.« Der Mann schwenkte die Grabschaufel bedrohlich hin und her.

»Schönen Tag noch«, murmelte Braunschweiger, wandte sich um und ging eiligen Schrittes Richtung Ausgang, wo er auf einen großgewachsenen, beleibten Mann in bodenlanger, schwarzer Soutane stieß, der soeben den Friedhof betrat.

»Ah, unser Künstler«, sagte der Pfarrer. »Sie verewigen unser Gotteshaus auf Leinwand. Wie weit ist denn das Bild gediehen?«

Braunschweiger dachte an den Mann mit der Schaufel und dessen lästerlichen Vergleich seines Bildes mit einem Bagger. »Die Grube, die da drüben gerade gegraben wird, ist die für unseren so tragisch zu Tode gekommenen Herrn Rummel?«

Etwas vorgebeugt blieb der Pfarrer knapp vor Braunschweiger stehen. »Sogar am Sonntag arbeiten wir für unsere Toten. In der Tat, das Grab ist für unseren lieben Volkmar bestimmt.«

»Wann ist die Beerdigung?«

»Das entzieht sich meiner Kenntnis.« Die Stimme des Priesters klang weich und samtig. Der Mann war kein feuriger, wortgewaltiger Redner, sondern eher von der sanften Sorte. Außerdem roch der Pfarrer eindeutig nach Alkohol. Wein, wie Braunschweiger feststellen konnte.

»Ich zeige Ihnen gern das Bild Ihrer schönen Kirche, wenn es demnächst fertig ist.« Braunschweiger lächelte und versuchte, einen möglichst freundschaftlichen Ton anzuschlagen. Dann kam ihm plötzlich die Idee, sich nach Rudolf Thurner zu erkundigen, mit dem er vor zwei Tagen geredet hatte. »Durch meine künstlerische Tätigkeit sind mir Sendltal und die Dorfbewohner ans Herz gewachsen.«

»Das gefällt dem lieben Gott, wenn wir alle Brüder und Schwestern in unser Herz schließen.«

Der Pfarrer sah wie eine Zeichnung in Ludwig Thomas *Lausbubengeschichten* aus. Seine Soutane war vorne mit geschätzten hundert Knöpfen verschlossen, und Braunschweiger überschlug, dass es mehr als zehn Minuten dauern musste, bis der Pfarrer alle geschlossen hatte.

»In unser Herz schließen … das gefällt mir«, sagte Braunschweiger. »Besonders die Schwestern.« Er trat einen Schritt näher. »Und zu einem der Brüder habe ich eine Frage. Kennen Sie den Rudolf Thurner näher?«

Der Pfarrer hob beide Hände. »Rudi Thurner ... eine arme, ungläubige Seele, die ich noch nicht auf den rechten Weg weisen konnte.«

»Und die beiden Kinder der Thurners? Sie kennen doch alle Schäfchen in Ihrer Gemeinde.«

»Jakob ist ein rechtschaffener Automechaniker. Und Marie ...« Er seufzte tief und streckte beide Hände in die Luft. »Marie ist ein zartes Pflänzchen. Seelisch, meine ich. Und großes Unheil ist geschehen. Das Mädchen hat unserem Dorf den Rücken gekehrt und lebt jetzt in Salzburg.«

»Wo wohnt sie?«

»Großes Unheil ist geschehen«, wiederholte der Pfarrer. »Nein, ich kenne ihre Adresse nicht. Vielleicht fragen Sie Erni, die Kirchenwirtin. Sie trifft sich von Zeit zu Zeit mit der Marie in der Stadt. Der liebe Gott wünscht, dass wir bedrängten Geschöpfen beistehen. Und diesem Wunsch entspricht die Erni. Vorbildlich. Aber nein, mehr weiß ich wirklich nicht.«

»Sie haben gerade von einem großen Unheil gesprochen, Herr Pfarrer. Was meinen Sie damit?«

Wieder hob der Seelenhirte beide Hände. »Das unterliegt dem Beichtgeheimnis.«

Braunschweiger bedankte sich und wandte sich zum Gehen, als ihm der Pfarrer nachrief. »Und vergessen Sie nicht: Marie ist seelisch ein zartes Pflänzchen.«

Von der Kirche aus führte die schmale Schotterstraße den Hügel hinauf. Oben angekommen, pfiff der Wind von allen Seiten und Braunschweiger überlegte, ob er die Wärme eher an Lonis Busen oder in der Probierstube der Schnapsbrennerei Steiner suchen sollte. Eine typische Gewissensentscheidung, dachte er und stellte fest, dass der Schnaps die Oberhand gewonnen hatte. Wenn auch nur knapp.

Das Haus, in dem sich die Schnapsbrennerei befand, lag still in der Sonne, die Vorhänge zugezogen. Wuchtig, abgeriegelt und menschenleer. Ein Blick nach oben zeigte Braunschweiger eine dünne Rauchsäule, die aus dem schwarz verfärbten Kamin stieg. Aus dem Inneren des Gebäudes waren leise Geräusche zu vernehmen, die sich wie dumpfe Schläge anhörten. Holz auf Metall. Oder Metall auf Holz. Was ging da drinnen vor sich? Hinter dem schmiedeeisernen Gitter, das den Eingang des Hauses schützte, erschien eine schmale Gestalt, die, schräg von hinten beleuchtet, einen verzerrten Schatten auf die weiße Mauer warf. Braunschweiger kniff die Augen zusammen, weil er nicht sicher war, wer da aus dem Haus trat. Es war das blonde Mädchen, das ihm der Schnapsbrenner als seine Enkelin Jacqueline vorgestellt hatte.

Als das Mädchen Braunschweiger erkannte, blieb sie stehen und starrte ihn wortlos an.

»Wo ist Ihr Großvater?«

»Keine Ahnung«, sagte sie, drehte sich auf dem Absatz um und verschwand.

Peck hat sich beeilt an diesem Morgen, blieb dann aber kurz nach der Einbiegung in die Alpenstraße im Berufsverkehr stecken. Er hätte daran denken müssen, dass an einem Montag um diese Zeit hier Verkehrsstau herrschte. Wo wollen all diese vielen Autos hin? *Man steckt nicht im Stau, man ist der Stau.* Gerade als der Verkehr wieder anzog, fiel ihm dieses Sprichwort ein.

In Salzburg Süd verließ er die Schnellstraße, schob eine Erik-Satie-CD ein und freute sich über die ruhig plätschernden Klavierakkorde. Peck genoss den Umstand, ohne Braunschweiger im Auto zu sitzen, da er sich dann nicht nach dessen zweifelhaftem Musikgeschmack richten musste.

Jedes Mal, wenn Peck während des Fahrens ohne Freisprechanlage telefonierte, beschlich ihn ein schlechtes Gewissen. Darum hielt er das Gespräch kurz und beschränkte sich darauf, Braunschweiger seine ungefähre Ankunftszeit mitzuteilen.

Zur vollen Stunde schaltete Peck auf das Radio und die aktuellen Nachrichten um, die von der sonnigen Stimme eines Mannes vorgelesen wurden. Die Demokraten in den USA tun alles, um ein sich abzeichnendes Wahldebakel zu verhindern und das frühere Wunderkind der Konservativen hat die Politik verlassen.

Danach kündigte eine Sprecherin in faserweichem Vibrato einen Schlagercocktail an, der von Connie Francis eingeleitet wurde, deren Stimme er schon zwanzig Jahre nicht mehr gehört hatte.

Es wird, solange ich lebe,
keinen andern geben für mich,
yeah, yeah, yeah, yeah.

Peck mochte den Refrain und sang ihn begeistert mit.

In Sendltal angekommen, erwartete ihn Braunschweiger am Dorfplatz.

»Braunschweiger, Sie sehen blass aus«, sagte Peck zur Begrüßung. »Zu wenig Schlaf oder zu viel Alkohol?«

»Na ja«, antwortete Braunschweiger.

»Es gibt einiges zu klären.« Peck schlug Braunschweiger auf die Schulter. »Starten wir mit einem prägnanten Reporting. Berichten Sie mir über Ihre Erkenntnisse und Ergebnisse.«

»Reporting ist meine Stärke«, sagte Braunschweiger. »Und ich habe mich gut vorbereitet.«

Peck deutete quer über den Dorfplatz. »Machen wir einen Rundgang und dabei erzählen Sie, was Sie bisher herausgefunden haben.«

»Reporting und dabei wandern wird schwierig.«

»Warum das?«

Braunschweiger zog sein Notizbuch aus der Tasche. »Es steht alles hier drin. Lesen, gehen, denken und dabei reden. Nicht so einfach. Ich würde beim Reporting lieber sitzen.«

»Meinen Sie im Gasthaus?«

»Chef, Sie müssen Gedanken lesen können.«

»Später. Zuerst die Pflicht.«

Pecks Handy klingelte. Er war fast entschlossen, den Anruf wegzudrücken. Als er Funkes Namen auf dem Display las, meldete er sich mit den Worten: »Ich bin gerade im Dorf unterwegs.«

»Deshalb rufe ich an. Dolezal kommt nach Sendltal.«

»Um Gottes willen! Wann?«

»Ich habe es von meinem früheren Mitarbeiter im LKA erfahren. Wahrscheinlich taucht er heute noch bei euch auf.«

Sie wechselten ein paar Worte, bevor sie das Gespräch beendeten.

»Das war Funke«, sagte Peck und verstaute sein Handy in der Hosentasche. »Dolezal ante portas.«

»Wie lange ist Funke schon in Pension?«

»Vier, fünf Jahre vielleicht. Genau weiß ich es nicht.«

Sie bummelten langsam die schmale Kirchengasse hinunter und Peck fiel auf, dass sie in einen exakten Gleichschritt verfallen waren.

»Also, Chef, ich möchte das Reporting mit dem Hinweis beginnen, dass ich schon mit meinen ersten Auftritten als Kunstmaler das ganze Dorf beeindruckt habe. Dadurch bin ich an viele Informationen herangekommen. Ich habe Konrad, den jüngeren Sohn des Ermordeten, unter Einsatz von berufsbedingtem Alkohol, einem ausgiebigen Verhör unterzogen, habe einiges über Horst, dessen Bruder erfahren, den ich aber noch nicht zu Gesicht bekam. Kennengelernt habe ich aber Rudolf Thurner, den Vater von Jakob und dem Mädchen, die …« Braunschweiger blieb stehen und blätterte in seinem Notizbuch. »… Marie heißt und die in Salzburg wohnt. Der Herr Thurner ist höchst verdächtig, derjenige zu sein, der als Erster hier im Dorf von dem Mord im Museum erfahren hat. Und ich habe herausgefunden, dass der Dorfarzt früher ein enger Freund von Volkmar Rummel war, die Freundschaft ist aber zerbrochen.« Braunschweiger klappte das Notizbüchlein zu. »Zuletzt darf ich Ihnen noch verraten, dass ich einen Schnapsbrenner kennengelernt habe.«

»Und was hat der mit unserem Mordfall zu tun?«

»Nichts, aber er hat einen herrlichen Waldhimbeergeist mit fast fünfzig Prozent.«

»Zum Schluss eine Frage, Braunschweiger. Wer ist aus Ihrer Sicht der Hauptverdächtige? Denken Sie dabei an die wichtigste Frage des Detektivs: Cui bono?«

»Ich denke an nichts anderes, Chef. Der Hauptverdächtige ist der Arzt.«

»Doktor Kuhn? Warum?«

»Er hat jede Menge Cui bono.«

»Das müssen Sie mir erklären, Braunschweiger.«

»Bevor ich das mache, noch eine Frage, Chef. Haben Sie keinen Hunger?«

»Sie können Gedanken lesen.«

»Es geht nicht nur um Speis und Trank, Chef. Ich denke auch an die knochige Kirchenwirtin. Sie müsste nämlich wissen, wo das Mädchen in Salzburg wohnt, diese Marie Thurner.«

»Das klingt gut, Braunschweiger. Bevor wir uns aber dem Essen widmen, möchte ich dem Arzt einen Besuch abstatten. Schließlich ist er Ihr Hauptverdächtiger.«

»Wenn Sie meinen, Chef.« Mit enttäuschtem Gesicht streckte Braunschweiger den Arm aus und zeigte die Straße hinunter. »Das ist ganz in der Nähe. Kirchengasse Nummer 16. Dort ist seine Arztpraxis.«

Sie überquerten die Straße und fanden alle Türen unversperrt. In einer fensterlosen Ecke des Vorzimmers thronte eine weißgekleidete Blondine in erhöhter Sitzposition. Die Sprechstundenhilfe, dachte Peck. Oder eine Sekretärin. *Wir sorgen uns um Ihre Gesundheit* stand auf einem klobigen Schild, das an zwei Ketten über der mannshohen Theke hing, die einer veritablen Bar alle Ehre gemacht hätte. SYLVIA HÖLLERER stand auf dem Namensschild an ihrer Brust.

Konzentriert sortierte sie einen Packen Karteikarten. Peck war sicher, dass sie ihn und Braunschweiger gesehen hatte, doch war sie offensichtlich zu der Meinung gekommen, dass weder Peck noch sein Mitarbeiter Probleme mit der Gesundheit hatten. Schließlich fand sie Erbarmen und beugte sich mit frostigem Blick zu Peck herunter.

»Kann ich Ihnen helfen?« Ihr Tonfall zeigte, dass sie ihm lieber nicht geholfen hätte. »Wenn Sie ein Patient sind oder werden wollen, muss ich Ihnen leider mitteilen, dass unsere Arztpraxis heute geschlossen ist. Herr Doktor Kuhn ist auf einem Kongress in Wien. Kommen Sie morgen wieder.«

Braunschweiger war im Hintergrund geblieben. »Gehen wir«, sagte er und als sie auf dem Gehsteig standen, ergänzte er: »Manche Leute sind einem auf Anhieb unsympathisch, und sie gehört zu dieser Gruppe. Kennen Sie Oberschwester Ratched, Chef? Aus dem Film ›Einer flog über das Kuckucksnest‹. Haben Sie den Streifen gesehen? War vor kurzem im Fernsehen. Die ist genauso wie diese Sylvia Höllerer.«

Bevor Peck antworten konnte, blieb ein Auto mit quietschenden Reifen vor der Villa stehen. Die Tür flog auf und ein junger Bursche stieg aus, der nicht nur Peck bekannt vorkam, denn auch Braunschweiger trat einen Schritt vor und sagte: »Sie sind Walter Kuhn, nicht wahr?«

»Haben Sie einen Moment Zeit?«, fragte Peck.

Der junge Mann wollte die Stufen zur Eingangstür hinaufsteigen, stoppte aber dann und drehte sich um. »Warum?«

»Wir untersuchen den Mord an Volkmar Rummel«, sagte Peck. »Wo können wir miteinander reden? Dauert nur fünf Minuten.«

»Dauert nur fünf Minuten«, sagte Walter Kuhn verdrossen und deutete mit einer Kopfbewegung, ihm ins Haus zu folgen.

Sylvia Höllerer hatte das Sortieren der Karteikarten abgeschlossen und war gerade damit beschäftigt, ihre Fingernägel zu lackieren.

»Das Wartezimmer ist im Moment leer«, sagte Walter und öffnete eine Tür. In dem kleinen Raum standen eine Rutsche, ein Schaukelpferd und fünf unbequeme Schalensitze aus Plastik. Der junge Mann setzte sich rittlings verkehrt auf einen Stuhl und legte die Arme auf der Oberkante der Lehne ab. »Also … was habe ich Ihrer Meinung mit dem Mord an dem Möbelfabrikanten zu tun?«

»Keine Angst«, sagte Peck in beruhigendem Ton. »Sie sind keiner der Tatverdächtigen. Wir versuchen uns derzeit einen Überblick zu verschaffen. Dazu gehört auch, die Menschen kennenzulernen, die Herrn Rummel kannten.«

»Zumal Ihr Vater mit ihm gut bekannt war, befreundet sogar«, ergänzte Braunschweiger.

Walter nickte ungeduldig. »Und weiter?«

»Darf ich Sie fragen, wo Sie arbeiten, Herr Kuhn?«, fragte Peck freundlich bemüht.

»Ich habe einen Job in Hallein. Bei einer Mechatronikfirma.«

Braunschweiger hob die Hand. Wie ein Schüler in der Klasse. »Haben Sie nicht früher in der Möbelfirma von Herrn Rummel gearbeitet?«

»Schon seit einem Jahr nicht mehr.«

»Gab es Differenzen?«, fragte Peck.

Walter schüttelte den Kopf. »Es gab keinen Streit. Mein Vater verstand sich nicht mehr so gut mit Rummel. Dann habe ich die Stelle in Hallein angeboten bekommen.«

»Also hatte Ihr Vater Streit mit ihm.«

»Sie verdrehen mir das Wort im Mund. Mein Gott, Freundschaften kühlen manchmal ab. So war es wohl auch zwischen Rummel und meinem Vater.«

Peck zog sein Handy aus der Tasche und legte es auf den Stuhl neben sich. »Sie kennen Rummel gut. Hatte er Feinde?«

»Keine Ahnung. Mindestens einen jedenfalls. Und der hat ihn umgelegt.«

»Kennen Sie das *Museum der Moderne*?«, fragte Peck. Kopfschütteln. »Ich bin kein Kulturfreak.«

»Waren Sie nie dort? Im Museum, meine ich.«

»Ich bin kein Tatverdächtiger, haben Sie vorher gesagt und jetzt löchern Sie mich mit solchen Fragen.«

»Wissen Sie«, sagte Braunschweiger gedehnt. »Wir arbeiten nach dem Ausschlussverfahren. Und wir würden Sie gern ausschließen.«

»Wovon?«

»Aus dem Kreis der Verdächtigen.«

Walters Gesicht färbte sich langsam rot. »Zu Ihrer Frage: Nein, ich war überhaupt noch nie in einem Salzburger Museum.«

Peck schaltete sein Handy ein und suchte die Fotografie mit den fünf jungen Leuten.

»Eine freundliche Dame im *Museum der Moderne* sagt genau das Gegenteil.« Peck deutete auf das Foto. »Ich habe ihr dieses Bild gezeigt und die Frau an der Kasse hat Sie sofort erkannt.«

Wutschnaubend sprang Walter auf. »Das können Sie mit mir nicht machen!«

»Ganz ruhig«, sagte Peck. »Heute kommt ein Sonderermittler des LKA Salzburg nach Sendltal. Wenn der erfährt, was uns die Frau im Museum erzählt hat, landen Sie in Untersuchungshaft.«

Walter Kuhn schnaufte wütend, überlegte einen Moment, wie er sich verhalten sollte, dann setzte er sich wieder auf den Stuhl, die Hände zu Fäusten geballt.

»Sie haben also noch nie das Museum besucht, sagen Sie. Dann erzählen Sie uns, wo Sie sich am vergangenen Sonntag aufgehalten haben.«

»Vergangenen Sonntag?«

»Genau. Gestern vor einer Woche.« Braunschweiger lehnte sich zurück, und trommelte mit seinem Mittelfinger auf die Sessellehne.

»Da war ich unterwegs. Mit Jacqueline.«

»Jacqueline … reden Sie von der Enkeltochter des Schnapsbrenners?«

Walter machte ein überraschtes Gesicht. »Sie kennen sich verdammt gut aus in Sendltal. Jacqueline Steiner … ich bin mit ihr befreundet.«

»Sie sind mit Jacqueline befreundet«, wiederholte Braunschweiger und deutete auf Pecks Handy, das immer noch die Fotografie der fünf Freunde zeigte. »Das Mädchen in der Mitte heißt Marie. Sind Sie mit der auch befreundet? Immerhin haben Sie gerade Ihre Hand auf dem Hintern des Mädchens.«

Walter blickte zu Braunschweiger, dann auf das Foto. »Meine Hand ist auf Maries Hüfte, verdammt nochmal.«

»Haben Sie Kontakt zu ihr?«, fragte Peck.

»Nicht mehr.« Walter Kuhn schüttelte den Kopf. »Sie lebt nicht mehr in Sendltal.«

»Wissen Sie, wo sie jetzt wohnt?«

Wieder Kopfschütteln. »Wozu wollen Sie das wissen?«

»Irgendjemand hat mir erzählt, dass sich die Marie Thurner nicht mehr wohlgefühlt hat in Sendltal. Stimmt das?«

»Keine Ahnung. So gut kannte ich sie nicht.«

Mit den Worten »Der Mann lügt« drehte sich Braunschweiger Peck zu.

In diesem Moment flog die Tür auf und Christa Kuhn kam ins Zimmer. Sie trug einen mit Farbe vollgekleckerten

Malerkittel. »Was ist hier los?«, sagte sie und stellte sich vor Peck hin. »Sind Sie auch ein Maler oder so ein Malerschwindler wie der da?« Dabei zeigte sie auf Braunschweiger.

Sie standen auf dem Gehsteig und blinzelten in die Sonne. »Was meinen Sie, Braunschweiger … als ich dem jungen Mann erzählt habe, dass ihn die Frau im Museum erkannt hat … war da seine Wut echt oder geschauspielert?«

»Walter Kuhn ist ein guter Schauspieler, Chef. Ich glaube dem kein einziges Wort. Und ich kann beweisen, dass seine Hand auf Maries Popo lag.«

»Braunschweiger, ich muss Sie loben.«

»Warum tun Sie es dann nicht?«

»Ich sagte es neulich schon zu Ihrer Cousine Sophia … Sie machen in der Tat Fortschritte.«

»Fortschritte im Job führen oft zu einer Gehaltserhöhung, Chef.«

»Wo haben Sie denn dieses Märchen aufgegabelt?«

»Ich studiere jeden Tag den Wirtschaftsteil in der Zeitung, Chef. Da kann man solche Messages finden. Ich liebe Messages.«

»Über Gehaltserhöhungen reden wir später«, sagte Peck. »Zuerst gehen wir ins Gasthaus. Hoffentlich treffen wir dort den Bürgermeister nicht. Der kann Detektive nämlich nicht leiden.«

»Hoffentlich treffen wir Dolezal nicht«, ergänzte Braunschweiger.

Das Gasthaus war gut besucht, im Schankraum drängten sich einige gut gelaunte Stammgäste um die kleine Theke. Braunschweiger blieb bei der Tür stehen und sah sich um, als suchte er jemanden. Er entdeckte Loni am anderen Ende der Gaststube und winkte ihr zu.

Nach kurzer Diskussion einigten sie sich bei der Vorspeise auf eine Tafelspitzsulz mit pikanter Krenmarinade und Blattsalat und hinterher die rosa gebratene Beiriedschnitte mit Pfefferrahmsoße, Erdäpfelroulade und Wintergemüse.

»Besonders empfehlen kann ich heute das naturtrübe Weißbier«, sagte Loni, die die Bestellung aufnahm. Bei ihrer Bluse hatte sich ein Knopf mehr als notwendig geöffnet und während sie lächelnd den Oberkörper nach vorne beugte, schwang sie nach einem nicht hörbaren Rhythmus mit den Hüften.

»Das nehme ich«, sagte Braunschweiger. »Sag deiner Chefin, dass wir später etwas mit ihr besprechen möchten.«

»Mach ich«, sagte Loni und deutete einen kleinen Knicks an.

Mit verschwommenem Blick verfolgte Braunschweiger die schwingenden Hüften, als sich die Kellnerin entfernte, wischte sich mit dem Handrücken über den Mund und sagte zu Peck: »Lonis Empfehlungen kann man vertrauen. Ich bin nämlich hier Stammgast, Chef.«

»Braunschweiger … haben Sie mit der Dame angebandelt? Vielleicht sogar auf erotischen Pfaden? Und vielleicht während der Dienstzeit?«

»Alles zum Wohle der Detektei, Chef. Die Idee, dass ich hier im Dorf die Rolle eines Malers spielen soll, kam von Ihnen. Jeder Maler braucht drei Dinge, steht in dem Fachbuch, das ich mir gekauft habe: Ölfarben, eine Leinwand und ein Modell. Zuerst war die Kirche mein Modell, dann kam der innere Drang, etwas Lebendiges zu malen.« Er deutete zu Loni, die gerade hinter der Schank stand und zwei Halbe Bier zapfte. »Wenn sich mein Wunsch nach der Gehaltserhöhung erfüllt, Chef, zeige ich Ihnen mein Gemälde. *Die kurvige Loni* habe ich das Bild genannt. Ein Meisterwerk.«

Sie hatten das Essen beendet, als Erni, die Wirtin, mit den Worten »Schön, Sie wieder bei uns zu sehen« an ihren Tisch kam. Sie trocknete sich die Hände an der fettigen Schürze ab und setzte sich neben Braunschweiger.

»Viel los heute bei Ihnen«, sagte Braunschweiger und wedelte mit der Gabel herum. »Eine Frage möchten wir Ihnen stellen, Frau Wirtin.«

Sie nickte Peck zu. »Sie waren vor einer Woche schon einmal bei uns.«

»Die Frage, die wir haben, betrifft Marie Thurner.«

»Marie Thurner«, wiederholte die Wirtin und man konnte sehen, dass ihre Neugier erwacht war.

»Was Marie betrifft … ein großes Unheil muss vor einiger Zeit geschehen sein«, sagte Braunschweiger. »Was war da los?«

Erni ballte die Faust und wies mit dem Zeigefinger auf Braunschweiger. »Das hat Ihnen der Pfarrer erzählt.«

»Das stimmt«, sagte Braunschweiger. »Er hat sehr mitfühlend über das Mädchen gesprochen. Ein seelisch zartes Pflänzchen hat er Marie genannt.«

»Weiß Gott, das ist sie. Was genau geschehen ist damals, hat sie mir nie erzählt, es muss nicht einfach gewesen sein für sie.« Sie beugte sich etwas nach vorne. Mit ihrem hageren Gesicht und der scharf gebogenen Hakennase sah sie aus wie ein Geier. »Manche behaupten ja, dass sie nicht ganz richtig ist im Kopf, aber das halte ich für übertrieben. Ihr Bruder, der Jakob, hat mir erzählt, dass Marie sehr scheu geworden ist und nicht mit Fremden redet.« Erni richtete sich etwas auf und zeigte zum Fenster. »Da draußen habe ich die Marie damals getroffen. Sie war ganz durcheinander.«

»Wann war das?«, fragte Peck.

»Vielleicht ein Jahr her.«

Peck wandte sich um und blickte aus dem Fenster. »Was war da draußen?«

»Sie kam die Kirchengasse heraufgelaufen. Wie ich sagte … ganz durcheinander.«

»Das verstehe ich nicht«, sagte Braunschweiger. »Ich war mal bei den Thurners. Deren Haus liegt ziemlich weit nach Norden raus, Richtung Ebenau. Was macht die Marie in der Kirchengasse?«

»Keine Ahnung.« Bedauernd hob Erni beide Hände. »Vielleicht hatte sie hier etwas zu erledigen. Jedenfalls kam sie da heraus auf den Dorfplatz. Und war komplett durch den Wind.«

»Der Pfarrer hat sehr lieb über Marie gesprochen. Er hat mir auch gesagt, dass Sie sich um das Mädchen kümmern und sie manchmal in Salzburg treffen.«

Erni sah sie traurig an. Ihr Mund lächelte, während sich in ihren Augen eine Träne zeigte. »Viel zu selten. Marie hat großes Heimweh nach dem Dorf, aber dennoch will sie nicht zurück.« Sie schnäuzte sich geräuschvoll. »Es ist schlimm. Maries Eltern kümmern sich nicht um ihre Tochter, vor allem der Vater. Leider. Nur der Jakob besucht sie.«

»Wo wohnt das Mädchen? Können Sie mir die Adresse geben?« Braunschweiger sprach langsam und leise.

Die Wirtin sah Braunschweiger einen Augenblick skeptisch an, dann fischte sie ihren Block aus der Tasche, schrieb etwas darauf und schob den Zettel über den Tisch. »Seien Sie vorsichtig mit Marie. Sie ist ein zartes Pflänzchen.«

Peck bedankte sich bei der Wirtin, die ihnen noch einmal zunickte und dann quer durch den Raum zur Schank ging. Peck sah, dass dort Loni stand, die aus der Ferne ihr Gespräch mit der Wirtin genau verfolgt hatte.

Von der Straße drang der Lärm mehrerer Autos herein. Irgendwo draußen lachten Männer und schlugen Wagentüren zu. Peck machte einen langen Hals und sah aus dem Fenster. Direkt vor dem Gasthaus waren drei Autos mit Salzburger Nummern stehen geblieben. Peck verfolgte interessiert, wie aus dem Wageninneren zuerst glänzend geputzte Schuhe, danach exakt gebügelte Hosenbeine und schließlich mit elastischem Schwung einige Männer zum Vorschein kamen, die sich zuerst langsam aufrichteten, und dann gleichzeitig streckten. Zwei der Männer trugen Polizeiuniform. Den braungebrannten Schönling mit dem exakt gescheitelten senffarbenen Haar kannte Peck genau: Georgius Dolezal vom LKA Salzburg.

»Jetzt wird's interessant«, sagte Peck und erhob sich. »Ich komme gleich wieder.« Der Weg zur Toilette war lang und schlecht ausgeschildert. Peck musste an der Schank vorbei und durch einen dunklen Gang, der ihn an einem antiquierten Spielautomaten vorbeiführte.

Als Peck von der Toilette zurückkam, betraten gerade zwei Männer die Wirtsstube, ein junger Mann in Polizeiuniform, der andere war Georgius Dolezal. Wie sagte Funke immer? Mutter Griechin, Vater aus Wien, Ottakring. Und ein Arschloch. Um Gottes willen. Nur dem nicht begegnen.

Erschrocken trat Peck einen Schritt zurück und lugte vorsichtig durch den Türspalt. In der Gaststube war es schlagartig still geworden. Dolezal nestelte eine runde Metallplakette aus seiner Hosentasche, dann begannen er und sein junger Begleiter, von Tisch zu Tisch zu gehen. Sie redeten leise auf die an den Tischen Sitzenden ein und ließen sich von einigen Ausweise zeigen. Pecks Blick fiel auf Braunschweiger, der nichts Böses ahnend am Tisch saß. Von seinem Platz hinter dem Türspalt versuchte Peck seinem Mitarbeiter ein Zeichen zu geben, endlich zu verschwinden, bevor ihn Dolezal mit unangenehmen Fragen konfrontieren würde. Doch Braunschweiger sah entweder in eine andere Richtung oder war damit beschäftigt, sein Bierglas zu leeren.

»Pst!« Peck versuchte, Loni auf sich aufmerksam zu machen, die gelangweilt am Schanktisch lehnte. Beim dritten »Pst!« wandte sie ihm endlich den Kopf zu. Unauffällig schlenderte sie die Schank entlang, an den beiden Polzisten vorbei, die gerade in ein Gespräch mit einem Ehepaar vertieft waren.

»Sagen Sie Braunschweiger, er soll endlich verschwinden. Ich warte draußen auf ihn.«

»Und wer bezahlt Ihre Rechnung?«

»Ich. Aber später. Jetzt gehen Sie schon. Sagen Sie ihm, ich erwarte ihn draußen.«

»Wie Sie meinen«, sagte sie grantig.

Peck ging den dunklen Gang zurück, gelangte in einen mit altem Gerümpel vollgeräumten Hof, von wo ihn eine eiserne Tür in eine schmutzige Nebenstraße führte.

Braunschweiger wartete vor dem Gasthaus und begrüßte ihn mit einem beleidigten Gesicht. »Chef, ich wollte mir gerade noch ein Bier bestellen.«

»Das war Dolezal, der in der Gaststube von Tisch zu Tisch ging. Haben Sie den nicht bemerkt?«

»Keine Vorwürfe, Chef. Ich habe einen Mann gesehen. Von Funke und Ihnen weiß ich, dass er ein Arschloch ist, aber wie so eines aussieht, weiß ich nicht. Was machen wir jetzt?«

»Wir sollten uns bei der Möbelfirma umsehen. Kennen Sie dort jemanden?«

Braunschweiger dachte einen Moment nach, dann hellten sich seine Züge auf. »Wenn Sie mich so fragen, annäherungsweise. Ich habe mit Konrad Rummel dienstlich Alkohol getrunken und weiß, dass es in der Firma eine gewisse Beatrix gibt. Die ist eine Haushälterin, oder so etwas Ähnliches.«

»Beatrix Ragginger«, sagte Peck. »Den Namen habe ich schon irgendwo gehört.«

Die Möbeltischlerei Rummel lag außerhalb des Dorfes, nahe der Straße nach Hallein. Sie umrundeten zweimal die beiden Fabrikhallen, bis Peck die Zufahrt zum Firmenparkplatz entdeckte.

»Hier sieht alles ruhig und friedlich aus«, sagte Braunschweiger.

»Für ein Unternehmen ist das kein gutes Zeichen.«

Peck zeigte auf die Pförtnerloge, die dunkel und leer war. Direkt neben dem Eingang des Bürogebäudes war ein Parkplatz frei.

Sie stiegen aus und sahen sich um. Eine Frau ging über den asphaltierten Platz und verschwand im Gebäude. Linker Hand befand sich eine Art Transporthof, auf dem ein Lastwagen stand. Zwei Fahrer standen diskutierend zusammen und rauchten dicke Wolken in die Luft. Als Peck und Braunschweiger vorbei gingen, dämpften sie ihre Stimme und grüßten. Einer nahm sogar seine Mütze vom Kopf und nickte ihnen zu.

Die Vorderfront des Bürogebäudes hatte schon bessere Zeiten gesehen. Der Putz war rissig und die ehemals gelbe Farbe der Fassade blätterte großflächig ab. Auf einer Sprossenleiter stand eine Frau und putzte die Fenster. Mieses Geschäft, aber saubere Fenster, dachte Peck. Er sah zu der Frau hoch und rief: »Wir suchen Frau Beatrix Ragginger.«

»Das bin ich. Was wollen Sie?« Die Frau unterbrach ihre Arbeit, machte aber keine Anstalten von der Leiter herunterzusteigen.

»Ich würde gern den Geschäftsführer sprechen«, sagte Peck unnötig laut.

»So etwas haben wir nicht. Herr Rummel ist vor einer Woche gestorben.«

»Das weiß ich. Aber irgendwer muss doch die Leitung des Unternehmens in der Hand haben.«

»Meinen Sie? Gehen Sie ins Büro. Dort sitzt Horst Rummel. Das ist der Sohn des toten Firmenchefs. Sie können ihn ja fragen, ob er das Unternehmen leitet.« Sie lachte und setzte das Putzen des Fensters fort.

Sie betraten die schmucklose Eingangshalle und stiegen in den zweiten Stock.

»Chefbüros sind immer oben«, sagte Peck.

Ihre Schritte hallten in dem leeren Flur, in dem es leicht nach Reinigungsmitteln roch. Auffallend waren die Sterilität und die Kühle überall.

Am Ende des Flures entdeckte Braunschweiger eine weiß lackierte Tür mit der Aufschrift *Volkmar Rummel, CEO*. Der erste Raum, in den sie kamen, war ein schmaler Schlauch, offenbar für eine oder zwei Sekretärinnen gedacht. Das Büro war leer. Keine Sekretärin in Sicht.

Die dick gepolsterte Tür im Hintergrund stand offen. Hier geht's ins Allerheiligste, dachte Peck, trat ein und wedelte mit der Hand in Richtung des jungen Mannes, der sich hinter dem Schreibtisch halb von seinem Sessel erhoben hatte. »Was zum Teufel …«

»Entschuldigen Sie unser unangemeldetes Eindringen«, unterbrach ihn Peck. »Sie sind ein viel beschäftigter Mann, aber wir bitten Sie um zehn Minuten Ihrer Zeit. Es geht um den Tod Ihres Vaters.«

»Es geht um den Tod Ihres Vaters … So begann auch der blöde Polizist, der vor einer Stunde hier war.«

»Dolezal.« Der Name entfuhr Braunschweiger.

»Genau der«, sagte Rummel junior. »Er hat mich zwei Stunden lang gelöchert, der Affe.«

»Ich schätze Ihre Meinung über den Herrn.« Braunschweiger deutete Applaus an.

Horst Rummel sah auf die Uhr. »Worum geht es?« Er zeigte auf einige Papiere und zwei Aktenordner auf dem Schreibtisch. »Ich muss hier weiterarbeiten.«

Peck zog seinen Detektivausweis aus der Tasche und hielt ihn dem jungen Mann hin. »Aus gegebenem Anlass weise ich darauf hin, dass wir nicht mit Dolezal zusammenarbeiten.«

Mit spitzen Fingern blätterte Horst den Ausweis durch und legte ihn vor sich auf den Tisch. »*Seriosität & Durchblick* … was bedeutet das?«

»Das steht in meinem *Liber Latinus*«, sagte Braunschweiger. »Seriositas ist Lateinisch und beweist unsere unbegrenzte Ernsthaftigkeit, Durchblick steht für Horizont und Grips.«

Sie saßen in dem ziemlich austauschbaren Büro eines Mitarbeiters im mittleren Management: Schwarzes Telefon, Notebook und zwei geflochtene Körbe auf dem Schreibtisch, die mit *Eingang* und *Ausgang* beschriftet waren. Beide Körbe waren leer. Ein eindrucksvoller Philodendron stand auf einem Holzständer neben dem Fenster und wucherte wie mit gierigen Krallen in alle Richtungen.

»Unser herzliches Beileid zum Tod Ihres Vaters.«

»Darüber werde ich hinwegkommen«, sagte Horst.

»Wer hat Ihren Vater ermordet?« Peck suchte Augenkontakt mit Rummel.

»Wer hat meinen Vater ermordet? Das klingt wie die Rätselfrage in einem Ratekrimi. Ich weiß es nicht.« Er sah Peck an und lächelte. »Natürlich weiß ich es nicht. Aber es gibt ein paar Bewerber.«

»Zum Beispiel?«

»Mein Vater war das, was die Briten einen *Womanizer* nennen.«

»So etwas Ähnliches meinte auch Ihr Bruder«, sagte Braunschweiger.

»Sie haben mit Konrad gesprochen?«

Braunschweiger nickte. »Er sagte … entschuldigen Sie die unverblümte Bemerkung … er sprach in höchsten Tönen von Frau Kuhn und ihrem reizvollen Dekolleté.«

»Natürlich, Christa, die dumme Nuss! Mein Vater hat sie gebumst.«

»Er soll sich auch mit Ihrer Mutter wieder getroffen haben. Ein Jahr nach der Scheidung. Das sagte mir Uwe Breuer. Kennen Sie den?«

»Wer kennt ihn nicht? Uwe, das intellektuelle Leichtgewicht. Ich mag meine Mutter … warum sie sich für diesen Idioten entschieden hat, weiß ich nicht.«

»Wann wird Ihr Vater beerdigt?«

»Übermorgen. Wenn nichts dazwischenkommt, sagte der Polizist am Telefon.«

»Sie sind Student, habe ich gehört«, sagte Peck.

»BWL. Ich werde mein Studium aber für ein Jahr zur Seite legen.« Wieder deutete er auf den Papierkram am Tisch. »Zuerst muss ich das hier in Ordnung bringen. Der Firma geht es beschissen. Die Aufträge sind größer gleich null und der Gewinn ist im Keller.«

»Ich kann Ihre Situation gut verstehen.« Peck machte einen Blick in sein Notizbuch. »Noch eine Frage. Wie gut kennen Sie eigentlich Marie Thurner? Ihr Vater ist bei der Straßenmeisterei beschäftigt.«

Horst tat überrascht und zuckte mit den Achseln. »Ich habe sie total aus den Augen verloren. Soweit ich weiß, ist sie nicht mehr in Sendltal.«

»Und wie ist Ihr Kontakt zu Walter Kuhn?«

Wieder Schulterzucken. »Es geht.«

»Was heißt das?«

»Das heißt, dass er mir egal ist.«

Peck dachte an die Fotografie, auf der fünf gut gelaunte junge Menschen nebeneinander stehen. Marie in der Mitte, links von ihr Walter Kuhn und daneben Horst Rummel.

Eine lange Pause entstand. Horst Rummel hatte den Oberkörper nach vorne gebeugt und schien tief in Gedanken versunken zu sein. Endlich fuhr er fort: »Ich möchte wissen, wer meinen Vater ermordet hat.« Er hob den Kopf. »Das ist doch ein lohnenswerter Auftrag für ein Detektivbüro. Finden Sie den Mörder meines Vaters.«

»Jeder Auftrag ist ein lohnenswerter Auftrag.« Die Aussage kam von Braunschweiger.

»Ihr Auftrag befindet sich bei uns in guten Händen«, sagte Peck, deutete eine Verbeugung an und erhob sich. »Wir melden uns, sobald es neue Erkenntnisse gibt.«

Sie waren schon halb aus der Tür, als ihnen Horst Rummel hinterherrief: »Halt!«

Peck drehte sich um. Horst stand wie versteinert da. »Sie haben mich vorhin gefragt, wer meinen Vater getötet hat.«

»Sie wüssten es nicht, haben Sie geantwortet.«

»Das stimmt nicht ganz.«

»Sie kennen also den Mörder?«

»Ich meine … ich kann es nicht beweisen.«

»Wer? Sagen Sie's mir!«

»Dr. Kuhn. Ich glaube, er war's.«

»Rate mal, wer mich heute zum Essen einlädt.«

Mit diesen Worten betrat Peck die Buchhandlung am Waagplatz.

»Rate mal, wer mir jetzt gleich hilft, die fünfhundert Bücher zu verräumen, die gerade angeliefert worden sind.« Er konnte Sophias Stimme hören, sie selbst wurde von einem raumhohen Bücherberg verdeckt. »Zwei Paletten Belletristik«, stöhnte sie. »Wenn du mir hilfst, die Bücher in die Regale einzuordnen, können wir in einer Stunde beim *Wilden Mann* sitzen.«

»Na, dann«, sagte Peck, rieb sich mit gespielter Begeisterung die Hände und zog seine Jacke aus. »Geteilte Bücher sind halbe Bücher.«

Nach einer guten Stunde war das Werk vollbracht und ihm tat der Rücken weh. »Bücher lesen ist weniger anstrengend als mit ihnen auf Leitern zu steigen. Noch dazu nach Autoren und Themen sortiert.«

»Das ist ein lobenswertes Workout«, sagte Sophia. »Gut für Männer in deinem Alter. Danke für deine Hilfe.«

»Wie gut, dass keine Kunden da sind«, sagte Peck und zog sie an sich. Er küsste sie und vergrub dann sein Gesicht in ihren Haaren.

Als sie aus der Haustür traten, blies ihnen ein kalter Wind entgegen und Pecks Haare wirbelten durcheinander. Ich muss zum Friseur, bevor es Sophia anmahnt, dachte er. Mit raschen Schritten marschierten sie durch die Judengasse, die wie zu jeder Tageszeit von Touristen vollgestopft war.

Sie bogen von der Getreidegasse rechts ab und betraten ein Durchhaus, das sie nach einigen Metern zum *Wilden Mann* führte. Das Gasthaus war ziemlich voll. Peck kannte kein anderes Lokal in Salzburg, wo es einfach selbstverständlich war, sich an einem Tisch dazuzusetzen, auch wenn dort bereits andere Gäste saßen.

Der Kellner in der ledernen Knickerbockerhose nickte ihnen freundlich zu und zeigte auf den letzten Tisch am Ende des Raumes.

»Du hast mich einmal furchtbar beschimpft, weil ich mich geweigert habe, dich hierher in das Lokal zu begleiten.« Sophia hob den Kopf von der Speisekarte und sah ihn vorwurfsvoll an. »Erinnerst du dich? Eine kleinkarierte Spielverderberin hast du mich genannt.«

Peck dachte nach. Das hatte er tatsächlich gesagt. Viele Jahre her. Frauen vergessen nie etwas, schon gar nicht, wenn man sich wünschte, sie täten es. Er beobachtete Sophia, während sie die Speisekarte studierte. Seit wann kannten sie sich jetzt schon? Zwanzig Jahre ungefähr. Er kam zu keinem genauen Ergebnis. Sie würde es wissen. Auf den Tag genau wahrscheinlich.

Sophia wählte einen gemischten Salatteller mit Zanderfilets, er bestellte das Wiener Schnitzel mit Reis. Dazu nahmen sie je ein Glas Grünen Veltliner.

»Machst du Fortschritte in deinen Ermittlungen? Was steht als Nächstes auf dem Programm?«

»Wenn ich das wüsste.«

Sophia begann zu lächeln. »Ein Detektiv braucht glasklare Ziele und er muss zu jeder Zeit wissen, was zu tun ist.«

»Und? Was ist deiner Meinung nach zu tun?«

»Du musst dringend zum Friseur, mein Schatz.«

Sie genossen das Essen, das wie immer hervorragend schmeckte.

Nachdem der Kellner in der Lederhose die Teller abserviert hatte, erkundigte sich Sophia nach Pecks Sohn. »Wie lange ist er jetzt schon in der Klinik?«

»Ich habe mit dem Arzt gesprochen, der ihn betreut. Peter hat sofort einen Platz bekommen. Aber es geht ihm beschissen. Der Anfang der Entwöhnung muss die Hölle sein. Sie haben ihn mit Tabletten ruhiggestellt, damit er darüber hinwegkommt.«

Es trat eine kurze Pause ein, bevor er sagte: »Übermorgen wird Volkmar Rummel begraben.«

»Fährst du hin?«

»Ja. Gemeinsam mit Braunschweiger. Der Sohn des Ermordeten ist übrigens furchtbar enttäuscht vom Auftreten Dolezals in Sendltal, also hat er mir den Auftrag gegeben, den Mörder seines Vaters zu suchen.«

»Nicht zu suchen«, sagte Sophia. »Zu finden. Hast du dich eigentlich noch einmal bei meiner Freundin Carla gemeldet? Sie hätte sich vielleicht darüber gefreut.«

»Ich wollte es tun, aber die Recherchen vor Ort waren zu zeitaufwendig. Da gibt es ein junges Mädchen, das früher bei ihren Eltern in Sendltal gelebt hat, und jetzt in Salzburg wohnt. Sie heißt Marie und ich möchte ihr gern ein paar Fragen stellen.«

»Du schaust verzweifelt. Hast du Angst, mit einem jungen Mädchen zu reden?«

Peck zog einen Zettel aus der Tasche und faltete ihn auseinander. »Braunschweiger ist es gelungen, die Adresse des Mädchens herauszufinden.« Er schob den Zettel zu Sophia hinüber.

»Vermutest du einen Zusammenhang zwischen dem Mädchen und der Leiche im Museum?«

»Ich verfolge alle Spuren, die sich mir bieten. Das könnte eine davon sein. Das Problem ist, dass Marie irgendetwas Schlimmes zugestoßen sein soll. Keine Ahnung, was, vielleicht hatte sie auch eine katastrophale Kindheit. Die Wirtin im Dorf nennt Marie ein zartes Pflänzchen und der Pfarrer redet von einem großen Unheil, das Marie mitgemacht hat.«

»Wenn ein Mädchen schlechte Erfahrungen macht, sind immer Männer im Spiel, glaub mir. Davon kann ich auch ein Lied singen.«

»Marie soll sehr schüchtern sein und irgendjemand hat sogar behauptet, sie sei verwirrt oder sogar nicht ganz richtig im Kopf.«

Langsam beugte sich Sophia vor und sah Peck mit einem verschwörerischen Blick an. »Du schiebst mir einen Zettel mit der Adresse dieses Mädchens vor die Nase und siehst mich mit bittenden Dackelaugen an. Möchtest du wissen, welche Botschaft du mir vermittelst? Ich soll dir helfen, heißt das.«

»Du denkst prinzipiell in die richtige Richtung.« Peck nahm einen Schluck und ließ den Wein im Mund kreisen, bevor er ihn hinunterschluckte. »Ich meine … vielleicht könntest du mit Marie reden. So von Frau zu Frau.«

»Von Frau zu Frau. Wie stellst du dir das vor?«

»Vielleicht könnten wir sie zu uns einladen … zu einem vorsichtigen Gespräch.«

Sophia schüttelte den Kopf.

»Ich weiß ja nicht, was dem Mädchen widerfahren ist. Angenommen es gab tatsächlich üble Vorkommnisse, was auch immer, und weiter angenommen, sie hat Gewalt erlebt, dann könnte das eine Traumareaktion auslösen. Das kommt häufig vor, besonders, wenn es sich um ein junges Mädchen handelt.«

»Und was hast du gegen ein Gespräch bei uns im Wohnzimmer?«

»Angenommen, das Mädchen befindet sich in einer … sagen wir, psychischen Schieflage, dann braucht sie einen geschützten Raum, um sich einem anderen zu öffnen.«

»Also kein Gespräch bei uns?«

»Genau«, sagte Sophia und nahm den Zettel in die Hand. »Ich werde Marie besuchen und mit ihr reden. Zu mir wird sie Vertrauen haben, da bin ich sicher. Vertrauen zu einem Mädchen aufbauen … das geht nur mit viel Empathie. Männer können sowas nicht.« Sophia lächelte ihn an und nahm den Zettel und strich ihn glatt. »Ich werde das Gespräch damit starten, dem Mädchen beste Grüße aus ihrem Heimatdorf auszurichten. Zeig mir nochmal das Foto mit den fünf jungen Leuten und dann sag mir ein paar Namen, damit ich Marie beweisen kann, dass ich tatsächlich Sendltal und die Menschen dort gut kenne.«

»Namen kann ich dir genügend aufzählen. Braunschweiger hat ein Bild der Sendltaler Kirche gemalt. Ich werde ihn bitten, das Gemälde zu fotografieren und dir zuzusenden. Das Bild kannst du als Aufhänger für das Gespräch mit Marie gut gebrauchen.«

»Erzähle mir, was du wissen willst.« Nach einer kurzen Pause fügte sie hinzu: »Du weißt, was das bedeutet? Honorar-Sharing. Mindestens sechzig Prozent für mich.«

*

Braunschweiger schätzte, dass er nicht einmal eine halbe Stunde zum Haus der Thurners brauchen würde. Mit einem überlegenen Lächeln startete er den Motor und stieg auf das Gaspedal. Er verließ Sendltal in nördlicher Richtung und freute sich über die Leistungsfähigkeit seines

Wagens sowie seine geschmeidige Fahrweise. Als er von der Hauptstraße abbog, kam ihm auf dem schmalen Weg, der den Hang zum Haus der Thurners führte, ein Wagen entgegengeschaukelt. Deutlich konnte er den Bürgermeister Karl Gstöttenmayr hinter dem Steuer erkennen. Weiter oben wurde der Oktobernebel dichter und gab der Landschaft ein beinahe unheimliches Aussehen. Die vereinzelten Häuser links und rechts der Straße schauten wie in einem Gruselfilm aus, den er vor kurzem im Fernsehen gesehen hatte.

Braunschweiger parkte vor dem breiten Tor der Thurners und prüfte, ob er das Handy und sein Notizbuch eingesteckt hatte. Kurz bevor er aus dem Wagen stieg, blickte er in den Rückspiegel und legte sich einen überlegen nüchternen Gesichtsausdruck zu, mit dem er das Gespräch mit den Thurners zu führen gedachte.

Er machte einen neugierigen Blick in den alten Ford Fiesta, der vor dem Haus stand, dann knallte er den eisernen Türklopfer zwei Mal gegen die Holztür und wartete. Der junge Mann, der öffnete, schien gerade erst aufgewacht zu sein. Braunschweiger hatte das Foto der fünf jungen Leute oft genug gesehen und so erkannte er Jakob Thurner sofort, der sich verschlafen die Augen rieb und ihn misstrauisch anblickte.

»Was wollen Sie?«

»Ein paar Fragen. Unter anderem geht es um Ihre Schwester.«

»Was ist mit Marie? Und wer sind Sie?«

Jakob sah ihn einige Augenblicke unfreundlich an, dann trat er von der Tür zurück. Braunschweiger drückte Jakob Thurner den Detektivausweis in die Hand und ließ sich in den abgewetzten Polstersessel fallen.

»Meine Eltern sind beim Einkaufen oder im Kino ... keine Ahnung.« Jakob setzte sich Braunschweiger gegenüber und blätterte in dem Ausweis. »Täusche ich mich oder haben Sie nicht schon mal mit meiner Mutter gesprochen … und danach mit meinem Vater?«

»Das stimmt.«

»Sie haben ihm ein paar komische Fragen gestellt. Irgendetwas, das im Zusammenhang mit dem Tod von Volkmar Rummel stehen soll.« Jakob fischte eine zerdrückte Zigarettenschachtel aus der Hosentasche und zündete sich eine an. Er inhalierte tief und gab Braunschweiger den Ausweis zurück. »Wer ist eigentlich Ihr Auftraggeber? Ein Detektiv braucht doch immer einen, oder?«

»Wer unser Klient ist, kann ich Ihnen leider nicht verraten.«

Mit der Hand deutete Braunschweiger nach draußen. »Auf dem Weg hierher ist mir der Bürgermeister begegnet. War er bei Ihnen zu Gast?«

»Nein. Er ist praktisch der Chef von meinem Vater. Mehr haben wir nicht mit ihm zu tun. Und wollen wir auch nicht. Es geht um meine Schwester, haben Sie gesagt. Sie ist nicht da.«

Braunschweiger war durstig und überlegte, Jakob um ein Getränk zu bitten, traute sich aber nicht zu fragen. »Fahren Sie manchmal nach Salzburg?«

»Marie, meine Schwester, arbeitet und wohnt dort. Ich besuche sie von Zeit zu Zeit.«

»Wie gut kennen Sie eigentlich Walter Kuhn?«

»Den Arztsohn? Nicht besonders. Er ist etwas zu eingebildet für mein Gefühl.«

»Aber Ihre Schwester stand ihm wohl sehr nahe, oder?«

»Lockere Bekanntschaft würde ich es nennen. Seit Marie weg ist, haben sie sich nicht mehr gesehen.«

»Das ist wie lange her?«

»Lassen Sie mich nachdenken. Ein Jahr. Mindestens.«

»Ich habe mit ein paar Leuten im Dorf geredet. Ein Unheil soll geschehen sein, sagen manche und beziehen das wohl auf Ihre Schwester. Was könnte das bedeuten?«

»Ein Unheil soll geschehen sein«, äffte er Braunschweigers Tonfall nach.

Dann sprang er auf und ging ein paar Schritte unschlüssig im Zimmer herum.

»Ich dachte, Sie kümmern sich um den Mord an Volkmar Rummel. Und jetzt stellen Sie Fragen über meine Schwester. Was soll der Scheiß? Es gab einen Streit in der Familie. Das war das ganze Unheil, wie Sie es nennen. So etwas kommt überall vor. Nichts Besonderes.«

»Noch eine Frage, Herr Thurner. Interessieren Sie sich für Kunst?«

»Ich bin Automechaniker. Meine Leidenschaft gehört den schnellen Schlitten.«

»Waren Sie am vergangenen Sonntag in Salzburg? Am Nachmittag vielleicht?«

»Ist das die Alibifrage?«

Zögerlich hob Braunschweiger die Schultern. »Kennen Sie das *Museum der Moderne*?«

»Wo soll das sein?«

»Hoch über den Dächern der Salzburger Altstadt. Auf dem Mönchsberg.«

»Kenne ich nicht. Und bevor Sie mich fragen: Dort war ich auch noch nie.«

»Und wo haben Sie sich am vergangenen Sonntag aufgehalten, wenn ich fragen darf?«

»Sie dürfen. Zu Hause. Auf der Couch. Am Vormittag war ich beim Frühschoppen, wo ich einige Biere zu viel erwischt haben dürfte. Dann hab ich unsere Couch im warmen Wohnzimmer umarmt.«

Jakob ging zur Tür und deutete in den Flur hinaus. »Jetzt ist der beste Zeitpunkt, dass Sie verschwinden.«

Wortlos verließ Braunschweiger das Haus, was er in gewisser Weise als Niederlage ansah. Das Gespräch hatte keine wesentlichen Erkenntnisse gebracht. Langsam fuhr er ins Dorf zurück und stellte sein Auto vor dem Kirchenwirt ab. Ob Alois Steiner den Dirndlschnaps schon bekommen hat, von dem er so sehr geschwärmt hatte? Einige Augenblicke lang überlegte er, dem Schnapsbrenner einen Besuch abzustatten, entschied sich aber dagegen. Sein Chef hatte ihm diesmal keine konkreten Aufträge hinterlassen. Sollte Braunschweiger zu Herbert Kuhn gehen, um den Arzt einem peinlich genauen Verhör zu unterziehen? Schließlich hatte auch Horst Rummel den Arzt als höchst mordverdächtig eingeschätzt. Aber bei dem Gedanken, Dr. Kuhn ohne seinen Chef kritisch befragen zu müssen, bekam er weiche Knie. Das sollte Peck machen. Er sah auf die Uhr und beschloss, einen Rundgang durchs Dorf zu unternehmen und dann beim Kirchenwirt einzukehren. Der Ruf seines Magens nach Speis und Trank hatte sich während der letzten Stunde dramatisch verstärkt. Außerdem glaubte er, aus weiter Ferne auch den sehnsüchtigen Ruf Lonis zu vernehmen.

Eine kleine Runde vor dem Essen, das wäre vernünftig. Langsam, die Hände tief in die Taschen vergraben, spazierte Braunschweiger über den menschenleeren Dorfplatz. Ein frischer Wind fegte die Straße herunter und wirbelte Staubwolken in die Luft. Das Wetter ändert sich, dachte er. War jetzt schon der Herbst zu Ende?

Wandern sei gut fürs Gehirn, hatte Braunschweiger vor kurzem in der Zeitung gelesen. Und Wandern macht glücklich. Braunschweiger fühlte sich in letzter Zeit öfters unglücklich, zumindest stellte er fest, dass manchmal dunkle Schatten auf seinem Gemüt lasteten. Waren das Depressionen? Oder das Alter? Nein. Das Alter konnte es nicht sein. Schließlich war er erst Mitte vierzig. Als Kind war er mit seinem Vater einige Male in einer Zirkusvorstellung gewesen und heute noch sah er den lustigen Clown vor sich, der mit derben, aber auch rührseligen Späßen das Publikum unterhielt. Was hatte er gelacht über diesen Possenreißer. Er hätte den Beruf des Clowns ergreifen sollen. Sich hinter einer dicken Schicht Schminke verstecken. Ein Clown nimmt nie etwas ernst und er lässt nie ein Problem an sich herankommen. Braunschweiger dachte einige Sekunden über seine Theorie nach, dann verwarf er sie wieder.

Ein kühler Herbsttag, dachte Braunschweiger. Seine Füße raschelten durch goldgelbes Laub, während er den Waldrand entlang marschierte. Plötzlich glaubte er Schritte zu hören. Erschrocken sah er sich um und horchte. Alles war still. Ein Blick auf die Uhr bewog ihn, den Rückweg anzutreten. Er ließ den Wald hinter sich, als er wieder ein Geräusch hinter sich hörte. In Panik drehte er sich um und sah, wie etwas Dickes, Langes auf ihn niedersauste. Er duckte sich, versuchte, zur Seite zu springen, dann spürte er einen furchtbaren Schlag an seinem Kopf. Das Letzte, was er mitbekam, war seine eigenartige Schräglage, aus der er unendlich langsam zur Seite kippte. Irgendetwas explodierte in seinem Kopf. Dann wurde es schwarz um ihn.

*

»Komm jetzt raus.«
Wie lange lag er schon in der dampfend heißen Badewanne? So etwas hatte er seit seiner Kindheit nicht mehr gemacht. Duftwolken aus Rosenblüten, Orangen und Oli-

ven um gaben ihn. Loni musste überreichlich Badeöl spendiert haben. Die Erinnerung an den Überfall auf ihn hatte sich teilweise verflüchtigt. Gedanken muss man schweben lassen, sagte sich Braunschweiger, dann werden sie leichter und besser ertragbar.

»Nach der heißen Badewanne gehörst du in eine warme Decke gewickelt. Was ist eigentlich passiert?« Nur notdürftig erinnerte er sich an diese Worte, mit denen ihn Loni ins Badezimmer abgeschoben hatte. Genüsslich tauchte er in das warme Wasser ein, so dass nur die Nüstern aus der duftenden Brühe herausschauten. Wie ein Krokodil in den feuchtheißen Everglades. Loni hatte recht behalten. Langsam ließen die Kopfschmerzen nach. Aber nur sehr langsam.

»Komm jetzt raus«, rief sie. »Der Frotteemantel hängt an der Tür.«

Stöhnend setzte er sich auf das Bett und ließ sich von ihr verarzten. »Was ist das?«

»Eine medizinisch hochwirksame Lösung.« Mit einem Wattebausch betupfte sie seine Wunden am Kopf, was einen ziehenden Schmerz verursachte, der allmählich in einen stechenden Schmerz überging.

»Der Bursche muss mehrmals auf dich eingeschlagen haben. Die Platzwunde am Hinterkopf ist mindestens fünf Zentimeter lang. Eigentlich sollte ich dich zum Arzt bringen.«

»Kein Arzt.« Braunschweiger schüttelte den Kopf, was eine neue Welle an Kopfschmerzen auslöste. »Nur etwas Schlaf und mein Bett können mir helfen.«

»Und ich«, sagte Loni. »Komm her, ich vertreibe dir alle Schmerzen.«

Als Peck beim Kirchenwirt ankam, begann es zu regnen. Bei den verdreckten Mülltonnen, die neben dem Eingang standen, traf er auf eine kurvige Blondine, die ihn verträumt anlächelte.

»Ich kann mich gut an Sie erinnern.«

Mit dem ausgestreckten Arm deutete sie auf ein Fenster im ersten Stock hinauf. »Wenn Sie Ihren Mitarbeiter suchen, der liegt im Bett. Oben in seinem Zimmer.«

Peck wollte gerade antworten, als ein dunkler SUV durch die Lacken vor dem Haus preschte und das Wasser nach allen Richtungen verspritzte. Mit quietschenden Reifen bog der Wagen nach rechts ab und fuhr die Halleinerstraße dorfauswärts.

»Wer war denn das?«

»Unser verehrter Dorfarzt«, sagte Loni. »Irgendwann fährt der rücksichtslose Hund jemanden über den Haufen.«

Während Peck die Treppe hinaufstieg, sah er auf die Uhr und betrat mit den Worten »Um halb zehn noch im Bett?« das Zimmer.

Vorsichtig und unter leisem Stöhnen zog Braunschweiger seinen Kopf unter der Decke hervor, richtete langsam seinen Oberkörper auf, schob die Beine seitwärts aus der Decke und blieb auf der Bettkante sitzen.

»Sie riechen nach Rosenblüten, Orange und Oliven. Was ist los, Braunschweiger?«

»Ich werde sofort alles reporten, Chef. Der Kopf brennt noch etwas, aber ich melde mich hiermit voll einsatzbereit zur Stelle. Nur ein unbändiger Frühstückshunger quält mich.«

Während Braunschweiger in der Gaststube die mächtige Eierspeise verzehrte, berichtete er von seinen gestrigen Erlebnissen.

»Wer hat Sie niedergeschlagen? Haben Sie ihn nicht gesehen? Und warum das Ganze?«

»Ich war bei Jakob Thurner.«

»Wie war das Gespräch?«

»Sperrig, Chef. Wenige Erkenntnisse. Er hat ein Alibi. Sagt er.«

»Und nach dem Gespräch? Hat Sie jemand verfolgt?«

»Keine Ahnung.«

»Haben Sie jemandem erzählt, wo Sie hingehen? Dieser Loni zum Beispiel?«

»Erstens wusste sie nicht, wo ich mich aufgehalten habe, und zweitens fällt auf sie kein Verdacht.«

»Hoffentlich irren Sie sich nicht.«

»Vielleicht hat mich doch jemand verfolgt.«

»Ich frage mich nur, warum er Sie niedergeschlagen hat.«

»Wahrscheinlich wollte er meine Gemälde klauen.«

»Wir müssen mit Dr. Kuhn reden. Fühlen Sie sich fit genug, mich zu begleiten? Er fuhr im Wagen vorbei, also ist er von seinem Kongress zurück.«

»Wie ich sagte, Chef … voll einsatzbereit zur Stelle.« Braunschweiger trank seine Kaffeetasse leer und erhob sich. »Auf geht's!«

Der Erste, der Peck und Braunschweiger auf der Straße über den Weg lief, war Baldo, der Boxerhund. Er freute sich offenbar, alte Bekannte zu treffen, wedelte mit dem Schwanz und tänzelte um sie herum. Wo ein Hund, ist das Frauchen nicht weit weg, sagte sich Peck und wollte gerade die Flucht ergreifen. Doch es war schon zu spät.

»Schön, euch zu sehen, meine Herren.« Carla breitete die Arme aus, als hätte sie ihre verlorenen Söhne wiedergefunden. Alle Ausreden und Versuche, ungeschoren davonzukommen, scheiterten und Peck fühlte sich schließlich gezwungen, Carlas Einladung zum Mittagessen anzunehmen.

Kirchengasse Nummer 16. Das Haus des Arztes kannte Peck bereits. Neu war, dass das Gebäude über zwei Eingänge verfügte. Neben der Tür, durch die er bei seinem letzten Besuch die Arztpraxis betreten hatte, entdeckte er das Schild:

Dr.med. Herbert Kuhn
Facharzt für Allgemeinmedizin

Der Eingang auf der Rückseite des Hauses war mit ›Privat‹ gekennzeichnet. Sie entschieden sich für die berufliche Gebäudeseite, auf der ein schwaches Licht durch eines der Fenster schimmerte.

Nach dem zweiten Klingeln bewegte sich die Klinke. Die Tür öffnete sich einen Spalt und wurde dann aufgerissen. Der Arzt selbst stand im Türrahmen und starrte sie an. »Das ist selten«, knurrte er, »dass die Patienten unangemeldet und gleich zu zweit vor der Tür stehen. Wenn sich einer von Ihnen beiden ernsthaft krank fühlt, bitte ich Sie, heute am Abend oder besser morgen wieder zu kommen.« Nervös sah er auf die Uhr. »Ich muss zu einem Notfall nach Höhenwart.«

»Wir sind keine Patienten. Mein Name ist Paul Peck und das ist mein Mitarbeiter Braunschweiger.«

Kuhn sah ihn über seine Brille hinweg aus dunklen Augen an und Peck hatte den Eindruck, als ob er in eine doppelläufige Schrotflinte blickte.

»Was wollen Sie von mir?«

»Es geht um den Mord an Volkmar Rummel.«

»Ja, und?«

»War die Polizei bei Ihnen, Herr Doktor?«

»Warum sollte sie?« Kuhn starrte Peck argwöhnisch an. Sein Gesicht war von einer ungesunden Röte, was Peck auf die Krawatte und den engen Hemdkragen zurückführte. Möglicherweise auch auf den Einfluss von Alkohol.

»Sie waren vorgestern schon mal da, sagte mir Sylvia. Warum belästigen Sie mich und meine Familie? Ich höre, dass sich einer Ihrer Mitarbeiter als Maler ausgibt und in Sendltal herumschnüffelt.«

Braunschweigers Kopfschmerzen wurden wieder stärker. Er trat einen Schritt zurück und betrachtete interessiert die Bilder an der Wand.

»Niemand will Sie bedrängen, Herr Kuhn.«

»Wer ist eigentlich Ihr Auftraggeber?«

»Das darf ich Ihnen leider nicht sagen. Sie waren früher mit Herrn Rummel gut befreundet, habe ich gehört. Das soll sich aber in letzter Zeit geändert haben.«

»Quatsch! Von Freundschaft kann keine Rede sein. Das Dorf ist klein. Man kennt sich eben.«

»Hatte Volkmar Feinde?«

»Keine Ahnung. Rummel hat zwei Söhne. Fragen Sie die doch.«

»Noch etwas, Herr Kuhn. Ich habe gehört, Sie kennen oder kannten ein Mädchen aus Sendltal, nämlich die Tochter von Herrn Thurner. Marie heißt sie.«

»Ich glaube, die war mal meine Patientin. Aber das geht Sie nichts an.« Der Arzt hatte die Hände zu Fäusten geballt und Schaumbläschen standen in seinen Mundwinkeln. »Ich habe auch eine Frage an Sie: Beschuldigen Sie mich, Volkmar ermordet zu haben?«

»Das kommt darauf an«, sagte Peck, jedes Wort betonend. »Es geht um den vergangenen Sonntag … haben Sie vielleicht den Nachmittag in Salzburg verbracht? Sie, als Mann der Bildung … Entspannendes Programm vielleicht und verbunden mit einem kleinen Kunstgenuss im *Museum der Moderne*?«

Kuhns Gesicht schwoll dunkelrot an. »Sie sind ein schwachsinniger Schnüffler. Und außerdem ein …«

Peck hob die Hand. »Denken Sie an die political correctness! Was würden die Leute sagen?«

Kuhn riss die Tür auf. »Das ist mir scheißegal. Raus mit Ihnen!«

»Na dann«, sagte Peck. »Habe die Ehre!«

Krachend warf Kuhn die Tür hinter ihnen zu.

Auf dem Weg zurück zum Dorfplatz dachte Peck daran, dass *Habe die Ehre* ein völlig veralteter Ausdruck war, den wahrscheinlich sein Großvater immer benutzt hatte.

»Ich wette eins zu tausend, dass uns jetzt ein veganes Mittagessen erwartet«, sagte Peck und drückte auf die Türklingel.

Braunschweiger zuckte mit den Schultern. »Ich habe nichts gegen Veganität. Nur gut schmecken muss es.«

Peck hatte den Eindruck, dass sich der Hund mehr über ihr Erscheinen freute als Carla.

»Nehmt Platz«, sagte sie und deutete auf die gemütliche Eckbank in der Küche. »Ich habe vorhin mit deiner Sophia in der Buchhandlung telefoniert und ihr gesagt, dass ich euch zum Essen eingeladen habe. Und weißt du, was sie gesagt hat? Sie hat mir aufgetragen, euch ausschließlich strikt vegane Kost vorzusetzen.« Carla klappte das Backrohr auf und stellte eine dampfende Schüssel auf den Tisch. »Es gibt Heißhungerpasta mit Avocado-Radieschen-Pesto.«

Um Gottes willen, dachte Peck.

»Das sieht gut aus«, sagte Braunschweiger.

Carlas Haare stehen heute besonders struppig in alle Richtungen, dachte Peck und steckte dem Hund unter dem Tisch ein Stück Heißhungerpasta zu, die dieser vehement verschmähte. Baldo war ein kluger Hund.

»Volkmar Rummel ist jetzt schon über eine Woche tot und seitdem denke ich darüber nach, wer der Mörder sein könnte.«

Mit der Gabel stocherte Peck in der Pasta herum, sortierte konzentriert die Radieschen heraus und sammelte sie am Tellerrand.

»Hör zu, wenn ich rede.« Carla klopfte ihm auf den Arm. »Vielleicht ist das für deinen Fall wichtig. Also … vor ungefähr zwei Wochen war es … die Sonne war schon untergegangen und die zwei haben mich in der Dunkelheit nicht gesehen.«

»Welche zwei?«

»Es war im Garten der Kuhns, der an einer Stelle bis an die Straße heranreicht. Sie standen hinter einem Strauch und stritten. Und wie! Eine heftige Auseinandersetzung. Richtig zur Sache ging's.«

»Wer waren die beiden?«

»Lass mich doch ausreden! Es waren Volkmar Rummel und der Doktor Kuhn.«

»Worum ging es bei dem Streit?«

»Weiß ich doch nicht. Da hätte ich stehen bleiben müssen, um zuzuhören. Ich bin aber nicht neugierig. Ich bringe dich um, hat der eine gesagt.«

»Wer hat das gesagt? Der Kuhn oder Volkmar Rummel?«

»Kann ich nicht sagen. Spielt auch keine Rolle. Wichtig ist doch, dass die beiden gestritten haben. Stimmt's?« Carla entzog Peck den Blick und wandte sich Braunschweiger zu. »Stimmt's?«

»Stimmt«, sagte Braunschweiger.

»Wir hatten gerade ein sehr interessantes Gespräch mit dem Kuhn«, sagte Peck.

»Der hat viel Geld.« Carla rieb Daumen und Zeigefinger aneinander. »Sein Sohn ist erwachsen und seine zwei Häuser sind abbezahlt. Ein anderer Mann würde vielleicht zwei Patienten am Tag behandeln und sich sonst nur dem Golfspielen widmen oder auf einem Kreuzfahrtschiff durch die Welt fahren, doch Doktor Kuhns Hobby waren immer schon Frauen. Meist junge.«

»Auf mich wartet noch ein wichtiger privater Termin in der Stadt«, sagte Peck, als sie wieder am Dorfplatz standen. »Ich muss los.«

»Das ist unfair, Chef. Ich muss hier in dem stumpfsinnigen Dorf übernachten, sehe permanent der Gefahr ins Auge, überfallen zu werden, während Sie sich bei privaten Terminen vergnügen und dann noch spät abends zu meiner Cousine ins warme Bett steigen.«

»Lassen Sie die Temperatur von Sophias Bett aus dem Spiel, Braunschweiger. Dafür genießen Sie die Wärme von Lonis Busen.«

»Lassen Sie Lonis Busen aus dem Spiel, Chef.«

Fahrzeit dreißig Minuten, sagte ihm sein GPS. *Psychosomatische Klinik Flachgau* hatte er sich notiert.

Peck hatte mit dem Arzt telefoniert, der ihm versichert hatte, dass es Peter gut geht. Den Umständen entsprechend.

Das riesige Klinikgebäude glich eher einer Zementfabrik oder einem architektonisch verunglückten Gefängnis. Nur beim Betreten des glatt gefliesten Foyers zeigten sich einige Anzeichen von Pflege, Seelsorge und Wohlbefinden. Ein glatzköpfiger Priester mit wallendem Bart und Soutane stand vor dem Aufzug und ein in strammes Weiß gekleideter Mann mit einem Stethoskop um den Hals ging laut klappernd vorbei und nickte Peck freundlich zu. Auf einer Anschlagtafel waren die täglichen Mittagsmenüs zu lesen. Daneben saß hinter einer Glasscheibe eine streng frisierte Dame, die ihn über ihre Brille hinweg beobachtete, seit Peck das Foyer betreten hatte.

»Kann ich Ihnen helfen?«

»Ich bin mit Herrn Peter Peck verabredet.«

»Sie sind verabredet ...« Ihr Blick zeigte ein amüsiertes Lächeln, während sie lautlos auf die Tastatur ihres Computers tippte. Dann hob sie den Blick und ihr Lächeln war verschwunden. »Aus Ihrer ... Verabredung wird leider nichts. Bitte melden Sie sich bei Direktor Peternell.«

»Peter Peck ist mein Sohn«, sagte Peck. »Ich habe gestern mit ihm telefoniert.« Eine leichte Verwirrung erwachte in ihm.

Die streng Frisierte griff nach dem Telefonhörer, wählte eine kurze Nummer und sagte: »Herr Peck senior ist da. Sie wissen schon ...« Sie beugte sich vor, bis ihre Nase fast die Glasscheibe berührte. »Direktor Peternell erwartet Sie. Zimmer Nummer 16 im ersten Stock.« Sie zeigte über Pecks Schulter hinweg. »Treppenhaus und Aufzüge sind da drüben.«

Direktor Klaus Peternell empfing Peck kühl und reserviert in seinem Büro, einem mittelgroßen Raum mit Blick auf die Wälder und abgeernteten Felder des Flachgaus. An den Wänden hingen Verzeichnisse, die riesigen Exceltabellen glichen. Es herrschte völlige Ruhe, kein Autogeräusch, kein Vogelgezwitscher.

»Herr Peck, Sie sind gekommen, um Ihren Sohn zu besuchen, nicht wahr?«

»Sagen Sie mir, was los ist.« Pecks Unruhe stieg.

»Er ist verschwunden … abgehauen, könnte man es auch nennen.«

»Abgehauen …« Peck lehnte sich zurück. Das musste er erst einmal verdauen.

»Heute nach dem Mittagessen stand eine Gruppenwanderung auf dem Programm, doch Ihr Sohn ist nicht erschienen. Er muss während der Essenspause seine Sachen gepackt haben und keiner hat ihn mehr gesehen. Sein Auto steht nicht mehr am Parkplatz.«

»Und was machen wir jetzt?«

Direktor Peternell machte ein fragendes Gesicht. »Wir haben die Polizei informiert. Pro forma nur, schließlich sind wir keine geschlossene Anstalt und Ihr Sohn ist weder minderjährig noch psychisch behindert. Jedenfalls wird die Polizei keine Suchaktion einleiten.«

*

Um vier Uhr Nachmittag überließ Sophia das Buchgeschäft am Waagplatz ihrer einzigen Angestellten und überlegte, welche Buslinie sie zur Aiglhofsiedlung nehmen sollte. Sie hatte sich die Adresse auf einem Zettel notiert: Tegetthoffstraße 134. Dort wohnte Marie Thurner bei einer Frau Hedwig Fellinger in Untermiete.

Auf den Straßen in der Nähe des Landeskrankenhauses herrschte Verkehrschaos, da an der Kreuzung mit der Innsbrucker Bundesstraße anscheinend die Verkehrsampel ausgefallen war. Sie stieg aus dem Bus und überquerte die

Aiglhofstraße. In der Mitte der Kreuzung stand ein Polizist, der wie ein ferngesteuerter Roboter zackig die Arme nach links, rechts und manchmal aufwärts schnellen ließ und ab und zu in seine Trillerpfeife blies, die er ständig im Mund hatte.

Sophia durchquerte die Aiglhofsiedlung und betrat kurze Zeit später durch eine runde Einfahrt den großen Innenhof, um den sich der gesamte Wohnblock in quadratischem Grundriss erstreckte. Aus einer Erdgeschoßwohnung an der Straße tönten laute Rhythmen und füllten die Pausen, die der Lärm der Autos kurzzeitig offen ließ.

Einige Kinder spielten in dem Hof, andere übten mit Gelächter die ersten Anfänge des Fahrradfahrens. Sie ging an einer Frau vorbei, die Wäsche auf eine Leine hängte und Sophia müde ansah.

Bei der Nummer 134 stapfte sie in den ersten Stock und läutete an der Tür, die mit dem Namen *H. Fellinger* gekennzeichnet war. Kurz darauf hörte sie, wie innen jemand fünf Schlösser aufsperrte.

»Guten Tag, Frau Fellinger. Wir haben telefoniert«, sagte Sophia.

»Kommen Sie«, sagte die Frau und winkte Sophia herein. »Ich habe gerade sauber gemacht. Sie müssen Ihre Schuhe aber nicht ausziehen.«

Auf der Stelle schlüpfte Sophia aus ihren Schuhen.

»Sehen Sie!« Die Frau zeigte auf einige Schmutzflecke im Stiegenhaus. »Das waren wieder die Kinder der Nachbarin, diese Gfraster. Immer Ärger mit den Leuten.«

Das Erste, was Sophia auffiel, war die vorbildliche, sterile Sauberkeit, die sich durch die ganze Wohnung zog.

Mit einem einladenden »Gehen Sie weiter« wurde Sophia in das helle Wohnzimmer dirigiert. Alles braun, Schrank, Stühle, Fernseher und die unzähligen Teddybären, die ein

Regalbrett sowie das an der Wand stehende Sofa bevölkerten.

»Ich habe einen Tee vorbereitet.« Die Frau ging in die Küche und kam mit einem vollen Tablett zurück. »Das ist Oolong Tee, ich hoffe, er trifft Ihren Geschmack. Die Kekse habe ich natürlich selbst gebacken.«

Sie saßen sich in der Mitte des Zimmers auf zwei Stühlen gegenüber, getrennt durch einen braunen, quadratischen Tisch. Hedwig Fellinger war eine gemütlich aussehende, etwa fünfzigjährige Frau mit brünett gefärbten Haaren und einem deutlichen Hang zum Übergewicht. Sie trug eine mit rosa Blumen verzierte Kittelschürze, die sich um Ihren Leib spannte.

»Sie wollen sich mit Marie unterhalten.« Hedwig Fellinger sah auf die Uhr. »Normalerweise ist sie um diese Zeit schon da. Sie hat vor einer halben Stunde angerufen und angekündigt, dass sie sich verspäten wird. Sie müsste aber jeden Moment kommen.«

»Wo arbeitet das Mädchen?«

»Mädchen … wie das klingt. Marie wird bald neunzehn. Sie arbeitet im LKH.«

Sophia sah sich um. »Eine gemütliche Wohnung.«

»Danke. Sie bringen dem Mädchen Grüße aus dem Dorf, haben Sie am Telefon gesagt. Da wird sich Marie sicher freuen.« Sie hob den Kopf. »Kommen Sie aus Sendltal?«

Auf diese Frage hatte sich Sophia vorbereitet. »Meine Freundin Carla wohnt dort. Ich bin oft zu Gast bei ihr.«

»Ich habe mir vorgenommen, demnächst einmal hinzufahren. Es muss ein schönes Dorf sein.«

»Wie geht es Marie?«, fragte Sophia.

»Na ja.« Nachdenklich schwenkte sie den Kopf hin und her. »Abwesend wirkt sie manchmal und etwas sorgenvoll.«

»Ich hoffe, sie ist nicht krank.«

Hedwig Fellinger schüttelte den Kopf. »Na ja. Mein Sohn ist Arzt und als er mich vor einigen Wochen besuchte, hat er Marie kennengelernt und sich mit ihr eine Weile unterhalten. Ich erzähle Ihnen das nur, weil Sie guten Kontakt zu Marie und ihrem Dorf haben. Markus, das ist mein Sohn, sagte mir hinterher, dass Marie ein Mädchen ohne Selbstvertrauen ist, verstehen Sie? Und dann sagte er noch etwas von einem Trauma, aber das habe ich nicht verstanden.«

»Bekommt Marie viel Besuch?«

»Jakob, ihr Bruder, kommt öfters vorbei … so alle zwei, drei Wochen. Die zwei Geschwister mögen sich sehr. Nur …« Sie sprach den Satz nicht zu Ende, zuckte mit den Schultern und verfiel in Schweigen.

»Was … nur?«, fragte Sophia.

»Ich weiß nicht, ob ich das erzählen soll. Nur einmal war er richtig böse auf seine Schwester.« Sie zeigte auf die Mauer. »Die beiden haben gestritten, da drin in Maries Zimmer. Die Wände sind sehr dünn hier im Haus. Er war ganz außer sich und ist wütend davongelaufen.«

»Wann war das?«

»Vor einer Woche vielleicht. Oder zehn Tagen.«

Ein leises Klopfen an der Zimmertür unterbrach ihr Gespräch, dann wurde die Tür langsam geöffnet, und Marie trat ein.

»Sie haben Besuch«, sagte Hedwig.

Marie warf Sophia einen skeptischen Blick zu.

»Ich bringe Ihnen liebe Grüße aus Sendltal«, flötete Sophia in ihrem freundlichsten Ton. Und zu Frau Fellinger gewandt sagte sie: »Wir gehen in Maries Zimmer. Ich möchte mit ihr allein sein.«

»Wie Sie meinen«, sagte sie beleidigt und wischte wie beiläufig ein paar nicht vorhandene Krümel vom Tischtuch.

»Grüße aus dem Dorf?« Marie stellte die Frage mit unendlich leiser Stimme, während sie sich auf die Couch hockte, mit angezogenen Knien, die Arme um ihre Unterschenkel gewickelt. Unbeweglich starrte sie an Sophia vorbei Richtung Fenster.

»Meine Freundin Carla wohnt in Sendltal«, sagte Sophia. »In einem kleinen Häuschen ganz in der Nähe der Kirche. Sie werden Carla wahrscheinlich nicht kennen, aber dafür kennen Sie dieses Gebäude.« Sophia holte ihr Handy aus der Tasche, schaltete es ein und zeigte Marie das Foto, das ihr Braunschweiger zugemailt hatte. »Das ist die Sendltaler Kirche«, sagte Marie mit tonloser Stimme. Hätte Sophia hinterher die Aufgabe bekommen, die Stimme des Mädchens zu beschreiben, wäre sie dazu nicht in der Lage gewesen.

»Ein Freund macht derzeit Urlaub beim Kirchenwirt.« Sophia deutete auf ihr Handy. »Das Bild stammt von ihm. In Wirklichkeit ist das Gemälde über einen Meter hoch.«

Marie war ein zartes, schüchternes Mädchen mit einer großen runden Brille. Das glanzlose Haar hatte sie unvorteilhaft aus der hohen Stirn nach hinten gekämmt, ihre Gesichtszüge waren blass und so schlaff, als hätten sie den Halt verloren. Sie ist mit der Welt nicht im Einklang, dachte Sophia, verletzt oder verschreckt, als ob unter ihrem blassen Gesicht eine Maske aus Angst wäre. Ihre Augen waren glanzlos und jetzt auf einen imaginären Punkt irgendwo an der Wand gerichtet, als ob sie mit ihren Gedanken auf einer weiten Reise wäre.

»Sie sind im Krankenhaus beschäftigt, habe ich gehört?« Marie nickte. »In der Küche.«

»Fahren Sie manchmal nach Sendltal? Besuchen Sie öfter Ihre Eltern?«

»Meine Eltern«, wiederholte sie und schüttelte den Kopf,

sodass ihr die Haare ins Gesicht fielen, die sie sich mit beiden Händen zur Seite strich. Für den Bruchteil einer Sekunde warf sie Sophia einen Blick zu, den sie nicht deuten konnte.

»Meine Eltern«, sagte sie noch einmal mit zittriger Stimme. Eine Träne lief im Zeitlupentempo über ihre Wange, eine nasse Spur hinterlassend, und tropfte auf den Teppich. Ein abgewetzter Fleckerlteppich. Maries Zimmer nahm die ganze Breite des Hauses ein. Durch das Fenster drang gedämpft der Lärm des Straßenverkehrs herein. Sophias Blick fiel auf einen kahlen Baum, der seine im Wind zitternden Äste wie schwarze Arme in die Luft streckte. Neben dem Baum erhob sich hellgrau die nahe Fassade des gegenüber stehenden Wohnblocks, wie ein aufgespanntes, riesiges Leintuch.

»Sie haben einen lieben und fürsorglichen Bruder«, sagte mir Frau Fellinger. »Er besucht Sie oft, nicht wahr?«

»Ja.«

Immer wieder entstanden lange Pausen, und Sophia versuchte verzweifelt, ein Gespräch in Gang zu bringen. Auf dem Nachtkästchen lag ein Buch, verkehrt herum und aufgeschlagen.

»Sie lesen gern?«

»Ja.«

Sophia griff nach dem Buch. »Darf ich?«

Kopfnicken.

»Alice im Wunderland«, las Sophia laut vor und warf Marie über das Buch hinweg einen Blick zu. »Das hat mir gut gefallen. Besonders das Kapitel mit der grinsenden Katze.«

»Cheshire Katze«, sagte Marie und auf ihren Lippen zeigte sich ein Lächeln.

Zum ersten Mal hatte Sophia das Gefühl, dass das Mädchen ihr in die Augen sah.

»Mir gehört eine Buchhandlung in der Altstadt. Sie sollten mich dort mal besuchen.« Verwirrt schüttelte Marie den Kopf.

»Natürlich nur, wenn Sie mögen.« Sophia überlegte einen Moment, dann sagte sie: »Ich mache Ihnen einen Vorschlag. Ich werde Sie noch einmal besuchen und dann nehme ich ein paar Bücher mit, die Ihnen ganz sicher gefallen werden. Okay?«

»Okay«, sagte Marie.

»Morgen habe ich keine Zeit, aber übermorgen komme ich.«

Marie zückte ihr Handy, wischte darauf herum um und sagte: »Übermorgen ist Freitag.« Sie hob den Kopf. »Da bin ich bei Doktor Weixler. Da geht's bei mir erst ab siebzehn Uhr.«

»Wenn Sie den Dr. Weixler in Taxham meinen … das ist einer meiner treuesten Kunden in der Buchhandlung und außerdem auch mein Frauenarzt. Freitag um fünf, okay? Würden Sie mir Ihre Handynummer verraten? Dann kann ich mich melden, falls bei mir etwas dazwischenkommt.«

Das Mädchen nickte.

Leise schlich Sophia durch das Treppenhaus, um nicht auf Frau Fellinger zu stoßen. Sie überquerte die Aiglhofstraße und auf dem Weg zur Busstation dachte sie über das Gespräch mit Marie nach. Was war sie? Verrückt, verwirrt oder zugedröhnt? Oder eine clevere Darstellerin?

Donnerstag 09:25 Uhr

Auf der Alpenstraße erreichte Peck in wenigen Minuten die Hellbrunner Brücke, überquerte die Salzach und erreichte zwanzig Minuten später das nördliche Ende des Wiestalstausees. Während er langsam die Uferstraße entlang fuhr, fiel ihm auf, wie sehr sich die ganze Umgebung in den letzten Jahren verändert hatte. Peck kannte die Gegend hier oben gut. Wie alt war er gewesen, als er seinen Vater das letzte Mal zum Angeln hier herauf begleiten durfte? Sechs Jahre? Oder sieben vielleicht? Damals durfte man noch kostenlos im See fischen. Den besten Saibling gibt's im Gasthof *Seefeldmühle* in Adnet, hatte sein Vater immer gesagt und Peck erinnerte sich an unzählige Sonntagsausflüge, die meist beim Stausee begannen und in der *Seefeldmühle* endeten. Ob in der Gaststube noch die Musicbox stand, die sein Vater Wurlitzer nannte?

Kurz vor Höhenwart bog er nach links Richtung Sendltal ab, als seine Gedanken wieder zu Peter und dessen Flucht aus der Klinik liefen. In diesem Moment läutete sein Handy.

»Wo bist du gerade?« Sophias Stimme. Wie meistens munter und gut gelaunt.

»Am Wiestalstausee und auf dem Weg nach Sendltal.«

»Wo warst du heut Nacht? Führen wir beide eine Telefonehe?«

»Wir sind überhaupt nicht verheiratet. Ich hatte nur gestern Abend Lust, allein zu sein und habe bei mir in der Wohnung übernachtet.«

Er hörte Sophia seufzen. »Wenn du das tust, ist normalerweise etwas passiert.«

»Ich wollte Peter in Seekirchen besuchen. Er hat die Entziehungskur abgebrochen und ist aus der Klinik abgehauen. Ich erzähle dir das später. In zehn Minuten wird Volkmar Rummel zu Grabe getragen. Da will ich dabei sein. Wie geht's dir?«

»Ich habe mit Marie gesprochen.«

»Und?«

»Zu den Punkten, die du mir genannt hast, bin ich gar nicht gekommen.«

»Warum?«

»Sie ist eine harte Nuss. Ich musste ihr jedes Wort aus der Nase ziehen.«

»Wollte sie nicht reden?«

»Das habe ich mich auch gefragt. Jedenfalls ist sie eine von der ganz leisen Sorte. Und sehr verschlossen. Ich tue mir schwer, ihr Verhalten einzuordnen. Am ehesten glaube ich an etwas Psychisches. Sehr sensibel, depressiv, was weiß ich.«

»Und wie knacken wir die harte Nuss?«

Ihr rasches Lachen zeigte Peck, dass sie auf seine Frage gewartet hatte. »Erstens mit der Kraft der Literatur.«

»Willst du ihr etwas Erbauliches vorlesen?«

»Lass mich nur machen. Sie liest gern und war einverstanden, dass wir uns noch einmal treffen. Morgen oder übermorgen gehe ich wieder hin. Mit ein paar Büchern.«

»Und zweitens?«

»Was meinst du?«

»Erstens die Literatur, hast du gesagt.«

»Zweitens werde ich versuchen, Maries Arzt auszuhorchen. Vielleicht erzählt er mir, was mit dem Mädchen los ist.«

»Und wie bringst du den Arzt dazu, das zu tun?«

Sie lachte. »Mit der Kraft der Literatur. Dr. Weixler kauft alle Bücher für sich und seine Kinder nicht bei Amazon, sondern bei mir. Außerdem bin ich Patientin bei ihm. In der Wirtschaft nennt man so etwas ein Gegengeschäft.«

»Gibt es so etwas auch bei Medizinern?«, sagte Peck mehr zu sich.

Sie verabschiedeten sich und Peck warf das Handy auf den Beifahrersitz, das augenblicklich wieder zu läuten begann. *Monika* las er am Display. Die geschiedene Frau seines Sohnes. Peck erinnerte sich nicht, dass er ihre Nummer noch gespeichert hatte.

»Hallo Monika. Was verschafft mir die Ehre?«

»Lass die Ironie. Dein Sohn und mein Ex-Mann ist bei mir gelandet.«

»Peter ist bei dir? Seit wann?«

»Irgendwann in der Nacht stand er vor der Tür. Ob betrunken oder vollgedröhnt, konnte ich nicht unterscheiden. Im Moment schläft er.«

»Dass er aus der Klinik abgehauen ist, weiß ich seit gestern. Aber warum fährt er zu dir? So positiv kann er dich gar nicht in Erinnerung haben.«

»Hör mal … ich habe dich nicht angerufen, um mit dir zu streiten. Ich will dich informieren, dass dein Sohn sich bei mir ausschläft.«

»Wie geht es ihm?«

»Beschissen. Er ist am Ende. Aber er sagt, er will weitermachen.«

»Mit den Drogen oder dem Entzug?«

»Peter hat mir geschworen, dass er nichts genommen hat.«

»Glaubst du ihm das?«

»Ja. Und glaubst du es?«

Peck wusste nicht, was er antworten sollte. »Ja«, sagte er dann. »Ich glaube ihm.«

»Er hat mir auch erzählt, dass er seinen Job verloren hat.«

»Wenn notwendig, werde ich ihn unterstützen. Finanziell.«

»Er braucht viel Unterstützung. Nicht nur finanziell.«

»Du redest wie Sophia. Wie geht's jetzt weiter? Peter schläft in deinem Bett. Was passiert, wenn er aufwacht?«

»Ich habe deine zynische Art nie gemocht. Wenn er aufwacht, werde ich einige Tage auf ihn aufpassen. Wenn er will.«

»Das ist lobenswert und ich bedanke mich. Als Vater.«

»Du klingst erleichtert. Habe ich dich soeben einer gewissen väterlichen Pflicht enthoben?«

»Weiß die Klinik Bescheid? Oder soll ich das tun?«

»Ich habe mit einem Arzt telefoniert und gesagt, dass ich Peter wieder hinbringen werde. Aber er muss selbst wollen.«

»Noch eine Frage: Soll ich kommen?«

»Du? Hierher? Würde ich nicht tun. Nein. Keine gute Idee.«

»Grüße Peter von mir. Und sag ihm, dass ich mich später bei ihm melde. Morgen.«

»Morgen«, wiederholte Monika und legte auf.

Peck lehnte sich im Fahrersitz zurück. Was hatte er alles falsch gemacht. Sollte er Sophia anrufen, um ihr von dem Telefonat mit Monika zu berichten? Er entschied sich dagegen.

Als Peck durch einen kleinen Seiteneingang den Friedhof betrat, kam bereits der Zug der Trauergäste aus der Kapelle, angeführt von einem Ministranten, der ein großes Holzkreuz trug. Die Kirchenglocke läutete einige armselige Töne. Viele Menschen waren gekommen, um

Volkmar Rummel das letzte Geleit zu geben. Peck trat seitlich zwischen die benachbarten Gräber und beobachtete die vorbeigehenden Trauergäste. Die meisten waren schwarz gekleidet und hielten den Kopf gesenkt, nur der Bürgermeister, den Peck in schlechter Erinnerung hatte, sah erhobenen Hauptes mit einem forschen Blick zu Peck herüber. An einem der einmündenden Seitengänge wartete Braunschweiger, der Peck mit den Worten »Ich dachte schon, Sie kommen nicht« begrüßte.

Der Trauerzug bog nach rechts ab, vorbei an Gräbern, auf denen polierte Platten aus Marmor oder grauem Granit lagen. Andere Grabstätten waren vernachlässigt, mit vertrockneten Blumen und schief stehenden, efeuumrankten Holzkreuzen.

Eine Frau, die zwei Reihen hinter dem Sarg ging, weinte stark und wischte sich ständig mit einem weißen Tuch über die Augen. Trotz des überdimensionalen Kopftuchs erkannte Peck, dass es sich um Rummels Haushälterin Beatrix Ragginger handelte. Ein älterer Mann, den Peck noch nie gesehen hatte, ging, einen zusammengefalteten schwarzen Schirm in der Hand, in der letzten Reihe, leicht vorgebeugt und vorsichtig auftretend, so als misstraute er der Festigkeit des Bodens, auf den er trat.

Mit raschen Schritten näherte sich Sophias Freundin Carla von hinten. Peck konnte ihr Parfum riechen. Wortlos begrüßte sie ihn und Braunschweiger mit einem flüchtigen Nicken. Peck sah auf die langsam vorbeiziehenden Leute. Vorneweg marschierte ein trotziger Jüngling, der missgelaunt herüberschielte.

»Wer ist das?«

»Konrad Rummel«, sagte Braunschweiger. »Horst, der ältere Sohn ist zum Begräbnis seines Vaters offenbar nicht erschienen.«

Diskret zeigte Carla auf die zumeist älteren Männer, die mit gemessenen Schritten Rummel junior folgten. »Die da vorn würde ich nicht als Trauergäste bezeichnen. Das sind Honoratioren, die ehrenvolle Gesellschaft von Sendltal und Umgebung. Alle ohne ihr Zutun reich gewordene Menschen, einige Adelige sind auch dabei, senile Grafen und ehemalige Schlossbesitzer, deren Schlösser längst verfallen sind.«

Der Trauerzug kam ins Stocken und als sich alle im Halbkreis um das offene Grab aufstellten, entdeckte Peck Christa Kuhn, die sich in vorderster Reihe platzierte. Sie trug ein elegantes schwarzes Kostüm und große Sonnenbrillen, die ihr halbes Gesicht verbargen.

»Doktor Kuhn ist zur Beerdigung nicht erschienen, Chef«, flüsterte Braunschweiger hinter ihm.

Der Priester besprengte den Sarg mit Weihwasser und sprach noch ein Gebet, bevor der Sarg in die Tiefe abgesenkt wurde.

So geht ein Leben zu Ende, dachte Peck. Ein hölzerner Behälter und einige Schwarzgekleidete mit Trauerflor. Wer wohl dereinst bei seinem Begräbnis dabei sein würde? Sophia sicherlich, sofern er vor ihr stirbt. Seine beiden Kinder werden kommen, sofern sein Sohn Peter wieder in die normale Welt zurückfand. Und seine Freunde? Von Leo Funke abgesehen, hatte Peck eigentlich keine Freunde mehr, zumindest hatte ihre Zahl rapid abgenommen, seit er mit Sophia zusammenlebte. Die Freunde von früher waren entweder gestorben, haben die Freundschaft aufgekündigt oder über die Jahre vergessen. War er daran schuld? Hatte er all seine früheren Freunde vertrieben?

Carla näherte sich. »Es gibt einen Imbiss beim Kirchenwirt«, sagte sie und eilte davon.

*

»Zuerst gehen wir zum Bruder der Schwester«, sagte Peck. »Und danach konsultieren wir noch einmal unseren Hauptverdächtigen.«

»Mit dem Bruder meinen Sie den Jakob, den Automechaniker, stimmt's?«

Peck nickte.

»Und hinterher reden wir mit Doktor Kuhn.«

Sie schlenderten gemeinsam die Gasse hinunter in Richtung des Dorfplatzes. Hin und wieder begegneten sie schwarzgekleideten Frauen und Männern, die wohl an Volkmar Rummels Begräbnis teilgenommen hatten.

»Es gibt eine Schwierigkeit, Chef, die meinem logischen Geist zu schaffen macht.«

»Erzählen Sie mir von Ihrem logischen Geist, Braunschweiger.«

»Ich frage mich, wie ich mit all den bisher gewonnenen Fakten umgehen soll, Chef. Es gibt so viele detaillierte Erkenntnisse, die zuerst nach ihrer Wichtigkeit zu ordnen sind und danach kommt das große Problem, dass ich all diese Einzelfakten in Beziehung zueinander bringen muss, verstehen Sie?«

»Braunschweiger, ich empfehle Ihnen dazu das von mir entwickelte Dreistufen-Programm.«

Braunschweiger lächelte. »Dreistufen-Programm … das klingt eigenartig.«

»Da gibt es nichts zu lächeln, Braunschweiger. Ich empfehle Ihnen folgende Vorgehensweise: In der ersten Stufe treffen Sie eine provisorische Annahme. Danach kommt die zweite Stufe, in der Sie die getroffene Annahme verifizieren und evaluieren, um sie dann in der dritten Stufe in die finale Conclusio überzuführen.«

Es war ein stark verwirrter Blick, den Braunschweiger ihm zuwarf.

»Finale Conclusio … verstehen Sie, Braunschweiger?«

»Chef, ich lese jeden Abend vor dem Einschlafen in meinem Lateinbuch. Das finale Conclusio hatte ich noch nicht.«

»Wie geht es eigentlich Ihrem Kopf, Braunschweiger? Gibt es noch Nachwehen?«

»Chef, ich habe gerade von meinem logischen Geist gesprochen. Also ist mein Denkapparat wieder in Ordnung.«

Wenn Gott gewollt hätte, dass wir laufen, hätte er uns nicht das Auto erfinden lassen.

Der Spruch stand an der Eingangstür der Autowerkstatt von Arnold Pfanninger. Auf dem Platz vor dem Gebäude parkten einige alte Autos. Alle jünger als mein VW, dachte Peck.

Das Rolltor war geöffnet und Peck betrat mit einem freundlichen »Hallo!« die Werkstatt. Neben einem altertümlichen Schweißgerät und den dazugehörigen Gasflaschen befand sich eine Werkbank mit zwei Schraubstöcken. In der Mitte der Werkstatt stand ein roter Opel Kadett über der Grube, in der Licht brannte. Peck schätzte den Mann, der stöhnend aus der Grube kletterte, auf Mitte fünfzig.

»Was wollen Sie?«

»Sind Sie der Chef?« Peck deutete auf den Schriftzug PFANNINGER, den der Mann vorne auf dem ölverschmierten Overall trug.

»Natürlich bin ich der Chef.«

»Wir suchen Herrn Thurner.«

»Der Jakob ist nach Salzburg gefahren. Holt Ersatzteile. Was wollen Sie von ihm?«

»Wann kommt er zurück?«

»Hören Sie, wenn Sie privates Zeug mit ihm besprechen

wollen, pilgern Sie zu ihm nach Hause. Hier geht's um die Arbeit und jede Minute in meiner Werkstatt kostet Geld. Wahrscheinlich kommt Jakob heute gar nicht mehr rein. Schönen Tag noch.«

Er tippte kurz an seine Mütze und kletterte wieder unter den Opel Kadett.

Im Ort war es merkwürdig still. Beim Kirchenwirt blieben sie einen Moment stehen, wo laute Stimmen und Gelächter zu hören waren. Braunschweiger deutete auf die verhangenen Fenster, durch die trüber Lichtschein und gedämpftes Lachen heraus drangen.

»Die Trauergesellschaft ist schon lustig, Chef.«

»Bei mir meldet sich der Hunger«, sagte Peck und zeigte auf die Fenster des Gasthauses. »Aber da hinein gehen wir nicht.«

»Und schon habe ich eine Lösung«, sagte Braunschweiger. »Wir gehen zum Alois Steiner.« Als er Pecks fragendes Gesicht sah, schob er nach: »Das ist mein Bekannter, der Schnapsbrenner. Dort gibt's auch was zum Futtern. Außerdem kennt der Steiner alle Dorfbewohner, die sympathischen wie die grauslichen.«

»Und nach dem Futtern, wie Sie es nennen, gehe ich heut noch zu Dr. Kuhn«, sagte Peck.

»Gehen wir zu Dr. Kuhn«, verbesserte Braunschweiger.

»Heut kauf ich mir den Herrn. Und zwar allein.«

»Warum darf ich nicht mit?« Braunschweigers Stimme hatte einen enttäuschten Ton angenommen.

»Weil das ein heißes Zwiegespräch wird«, sagte Peck. »Bei meiner ersten Unterhaltung hat er die Frage nach einem Alibi zur Seite geschoben. Und denken Sie an die Hinweise, die uns Carla gegeben hat. Es war eindeutig Kuhn, sagte sie, der mit Rummel Streit hatte. Eine heftige Auseinandersetzung hat sie es genannt. Und kurze Zeit später war Rummel tot.«

»Aber weshalb wollen Sie mich bei dem Gespräch mit dem Arzt nicht dabei haben?«

»Braunschweiger, es gibt besondere Arten von Plaudereien, die man besser ohne Zeugen führt.«

»Wie Sie meinen, Chef.«

Als sie aus dem Auto stiegen, blies ihnen der Wind ins Gesicht. »Das sieht wie ein verlassener Bauernhof aus«, sagte Peck. »Sind Sie sicher, dass da jemand zu Hause ist?«

Braunschweiger zeigte auf den schwarz verfärbten Schornstein, aus dem eine dünne Rauchsäule nach oben stieg. »Die Chance steht gut, dass die Schnapsbrennerei offen hat.«

»Ah, der Herr Malerdetektiv. Und heute in Begleitung.« Offenbar hatte Alois Steiner ihre Ankunft mitbekommen. Mit unsicheren Schritten kam er ihnen entgegen, während er sich auf seinen Gehstock stützte.

»Wir möchten zwei Flaschen von Ihrem Dirndlschnaps, den Sie mir mindestens zwei Mal angekündigt haben«, sagte Braunschweiger. »Und eine Kleinigkeit zu essen. Muss aber nicht unbedingt eine Kleinigkeit sein.«

Steiner streckte ihnen freundlich die Hand entgegen, dann verzog er bedauernd das Gesicht. »Friedrich, der mein Schwager ist, hat mich mit der Lieferung im Stich gelassen.« Mit seinem Stock zeigte er zu der Tür im Hintergrund. »Gehen wir in die Probierstube. Dort werde ich Ihnen neben der Jause auch einen Edelbrand anbieten, der Sie die Dirndln vergessen lässt.«

Er kramte eine Weile im Hintergrund herum, dann stellte er mit stolzem Lächeln eine bauchige Flasche auf den Tisch. »Im Umgang mit unseren hochwertigen Produkten muss man sehr feinfühlig sein.« Er füllte ein kleines Glas einen Fingerbreit und roch mit geschlossenen Augen daran. »Ein herrlicher Edel-Obstler, natürlich von mir selbst nach alter Tradition hergestellt.« Er kam mit einem Teller voll Köstlichkeiten, goss die beiden Gläser voll und setzte sich Braunschweiger gegenüber. »Das Besondere an diesem Destillat ist, dass Äpfel und Birnen gemeinsam gemaischt und vergoren werden. Eine wahre Spezialität, die es bei mir in der Ein-Liter-Flasche gibt.«

Als Steiner nachgießen wollte, legte Peck seine Hand auf das Glas. »Lieber nicht. Ich muss heute noch nach Salzburg.«

»Lieber schon«, sagte Braunschweiger. »Ich muss hier in Sendltal bleiben.«

»Sie haben übrigens Glück, meine Herren. Um ein Haar wäre ich heute von einem Auto angefahren worden.«

»Angefahren? Hier im Dorf?«, sagte Braunschweiger. »So etwas kommt sonst nur in der Stadt vor.«

»Angefahren oder umgefahren«, wiederholte Steiner. »Und ich weiß nicht, ob ich das überlebt hätte. Es war da unten an der Kreuzung. Der Kerl raste in einem irren Tempo die Straße herauf, bog dann ab und genau dort wollte ich gerade die Fahrbahn überqueren. Einen Augenblick lang habe ich meinem Tod entgegengesehen. Zitternd stand ich da und der Affe hat nicht mal gebremst oder versucht, mir auszuweichen.«

»Haben Sie den Affen erkannt?«, fragte Braunschweiger.

»Natürlich habe ich ihn erkannt. Es war Dr. Kuhn, unser Dorfarzt.«

*

Ein feuchter Dunst hing als zarte Hülle um die an Drähten hängenden Straßenlampen, die leicht im Wind hin und her schwankten. Gelbe Blätter wirbelten um Pecks Füße. Eine frühe Dämmerung hatte sich über das Dorf gelegt. Es war ruhig in der Kirchengasse, keine Passanten auf dem Gehsteig, keine Kinder in den kleinformatigen Vorgärten und auf der Straße.

In Kuhns Haus, das wie ein dunkler, bedrohlicher Kasten da lag, brannte kein Licht. Zumindest waren alle straßenseitigen Fenster dunkel. Peck probierte es zuerst beim Eingang zur Arztpraxis, dann auf der gegenüberliegenden Seite. Beide Haustüren waren geschlossen. Alles machte einen menschenleeren, verlassenen Eindruck. Peck drückte auf die Klingel. Nichts rührte sich. Er probierte die Klinke. Die Tür war versperrt.

Peck folgte den moosbewachsenen Steinfliesen, die ihn um das Gebäude herum bis zu einem weiß gestrichenen Gartenpavillon führten. Er trat ein paar Schritte zurück und sah, dass im ersten Stock hinter zwei Fenstern Licht brannte. Hinter dem Pavillon entdeckte er eine verrostete Eisentür, die sich zu seiner Überraschung leicht und lautlos öffnen ließ.

Na also, dachte er, und während er den dunklen Flur entlangschlich, legte er sich Worte zurecht, mit denen er das Gespräch mit Dr. Kuhn eröffnen würde. Der Gang endete in einem quadratischen Zimmer, in dem es nach frischer Wäsche roch. Offenbar ein Hauswirtschaftsraum. In der Ecke stand eine Waschmaschine, und daneben brummte ein schmaler Gefrierschrank, dessen rote Warnlampe bedrohlich blinkte. Ein eigenartiger, unangenehmer Geruch hing in der Luft. Peck öffnete eine Tür und stand in einem weiteren Raum, von dem aus eine gefliese Treppe nach oben führte, die er langsam hinauf stieg. Immer wenn er, ohne eingeladen zu sein, eine fremde Wohnung betrat, beschlich ihn ein schlechtes Gewissen.

»Herr Doktor Kuhn! Sind Sie da?«, rief er, erhielt jedoch keine Antwort.

Jedes Haus hatte seinen eigenen Geruch und einen eigenen Charakter. Hier hieß der Charakter Luxus.

Am Ende der Stiege stieß er auf eine halb geöffnete Tür, die in eine Art Wohnzimmer führte. Ein eigenartiger Geruch lag in der Luft. »Hallo!«, rief er nochmals. Durch die Ritzen der heruntergelassenen Jalousien fiel trübes Licht herein, in dem Staubteilchen flimmerten. Er zog den Rollladen ein Stück nach oben und taumelte zurück. Wenige Schritte von der Tür entfernt lag Dr. Kuhn auf dem Boden. Eindeutig tot. Die Leiche lag leicht verkrümmt auf dem Rücken, beide Beine gespreizt und die Arme zur Seite gestreckt. Unter seinem Kopf hatte sich ein großer Blutfleck gebildet, von dem eine rotschwarze Spur einige Zentimeter weit über das Parkett lief. Woher kam das Blut? Es stammte aus der Wunde unterhalb des Kinns. Peck zwang sich, näher heranzugehen. Mit Schaudern sah er die tiefe Schnittwunde am Hals. Genauso hatte die Leiche im Museum ausgesehen.

*

Was bedeutet das alles? Warum wurde der Arzt getötet? Peck verließ das Wohnzimmer, blieb nachdenklich im Flur stehen und sah auf die Uhr. Rund vier Stunden waren vergangen, seit der Arzt wie ein Wilder durch die Gegend brauste und dabei um ein Haar den Schnapsbrenner umgefahren hätte. Noch einmal sah sich Peck um und rechnete nach. Dr. Kuhn konnte nicht länger als drei Stunden tot sein. Einen Augenblick überlegte er, Braunschweiger anzurufen, kam jedoch zu dem Ergebnis, dass es besser war, ihn nicht mit dem Fund der Leiche und eventuellen polizeilichen Verwicklungen zu belasten. Er steckte den Kopf durch den Türspalt und horchte in die Dunkelheit des Flurs. Alles still. Warum war das ganze Haus leer? Wo war Sylvia, die taffe Sprechstundenhilfe? Vielleicht war heute Kuhns Arztpraxis geschlossen, sagte er sich und öffnete die Tür, die in den Behandlungsraum führte. Überrascht pfiff Peck durch die Zähne. Der Medikamentenschrank hinter dem wuchtigen Schreibtisch des Arztes war aufgebrochen und geplündert worden. Glasscherben und Holzsplitter lagen auf dem Boden. War das der Grund für den Mord? Vielleicht waren Drogen in dem Schränkchen gewesen. Pecks Gedanken liefen zu seinem Sohn Peter. Auf der Stelle verdrängte er diesen Gedanken.

An der Tür waren keine verräterischen Spuren zu entdecken, keine Schrammen und keine Kratzer. War da ein professioneller Einbrecher am Werk gewesen?

Es war heiß und stickig im Zimmer. Er öffnete im Wohnzimmer ein Fenster und setzte sich auf die Couch. Einen kurzen Moment spielte er mit dem Gedanken, die Flucht zu ergreifen, ohne die Polizei zu verständigen. Nein! Ein Detektiv hat sich der Realität zu stellen. Er holte sein Handy aus der Tasche und rief Funke an, der sofort ans Telefon ging.

»Ich bin im Haus von Doktor Kuhn.«

»Bist du krank?«

»Er ist tot. Ermordet.«

Lautes Schnaufen am anderen Ende der Leitung. »Machst du Scherze?«

»Mir ist nicht zum Scherzen zu Mute. Was rätst du mir?«

»Das ist das erste Mal, dass du mich um meine Meinung fragst. Die sag ich dir gern: Ruf die Polizei. Ich bin Pensionist und kann dir nicht beistehen.«

Eine gute halbe Stunde später hörte man die Sirene eines Polizeiwagens. Peck ging zur Tür, als die ersten beiden Uniformierten die Stiege heraufliefen.

»Sind Sie vom LKA in Salzburg?«, fragte Peck den ersten Mann, der vor ihm auftauchte. Vier oder fünf Polizisten drängten hintereinander in das Wohnzimmer. Gott sei Dank war Georgius Dolezal nicht dabei.

»Die Fragen stellen wir.« Der Uniformierte sah Peck scharf an und wandte sich dann einer in vornehmes Tuch gekleideten Frau zu, die gerade mit einem großen Aktenkoffer angeschnauft kam. Offenbar die Ärztin.

Ein hagerer, großgewachsener Polizeibeamter, der in einem gestreiften, schlecht geschnittenen Anzug steckte, blieb vor Peck stehen. »Wer sind Sie, woher kommen Sie und was haben Sie hier zu suchen?« Bevor Peck antworten konnte, schob er nach: »Leutnant Markus Knittel, LKA Salzburg.«

Peck wollte den Hageren schon fragen, wie es Dolezal geht, ließ es aber sein.

Knittels Gesicht war von einer imponierenden Nase geprägt, ergänzt von einer schwammigen Unschärfe in seinen verträumten Augen.

»Haben Sie den Mann umgebracht?«, fragte er, während er aufmerksam Pecks Ausweis studierte. »Sie sind also Privatdetektiv. Ich habe schon von Ihnen gehört. Nichts Gutes allerdings.« Er hob den Blick und sah Peck ins Gesicht. »Ein Schnüffler … das hat uns gerade noch gefehlt. Seit wann sind Sie hier und haben Sie was angerührt?«

»Eine halbe Stunde und nichts angerührt. Nur Ihre Leute trampeln gerade ziemlich unbedarft um die Leiche herum. Spuren zerstören, nennt man das in der Fachsprache. Der Medikamentenschrank da drüben ist übrigens aufgebrochen.«

»Davon verstehen Sie nichts, also halten Sie sich bitte mit Ihrer unqualifizierten Meinung zurück. Und rühren Sie sich nicht vom Fleck.«

Die Ärztin öffnete ihren Koffer und streifte sich dünne Handschuhe über. Umständlich kniete sie sich vor Kuhns Leiche und tastete sie vorsichtig ab. Leutnant Knittel näherte sich von hinten und sah auf die Ärztin hinunter, die sich tief über den Toten beugte. »Wie lange ist er tot?«

»Ziemlich genau dreieinhalb Stunden«, sagte Peck.

Beeindruckt zog der LKA-Mann die Augenbrauen hoch. »Jetzt zu Ihnen«, sagte er, zückte sein Notizbuch, mit dem er zur Tür deutete. »Gehen wir ins andere Zimmer hinüber. Sie sind natürlich unser Hauptverdächtiger.«

Stunden später, die Dunkelheit hatte sich bereits über das Dorf gelegt, war das Verhör beendet und Peck wurde entlassen. Die Kirchengasse war leer und still. Peck dachte an Braunschweiger, der wahrscheinlich schon lange im Bett lag. Aus dem Schatten des benachbarten Hauses begann sich eine Gestalt aus dem Dunkel zu schälen und drohend aufzurichten. Sie wurde größer und bewegte sich auf ihn zu. Rasch kam die Gestalt näher.

»Guten Tag, Herr Detektiv.« Ungläubig blinzelte Peck mit den Augen, dann erkannte er Funke, der lächelnd vor ihm stehenblieb.

»Was machst du in Sendltal?«

»Ich hab auf dich gewartet. Vielleicht kannst du Unterstützung brauchen. Mental, meine ich.«

Peck zeigte auf Kuhns Haus. »Da ist der Tatort.«

»Ich dachte, du brauchst Zuspruch nach dem Verhör durch meine ehemaligen Kollegen.« Funke grinste. »Eine Zeit lang habe ich überlegt, raufzugehen, als ich aber festgestellt habe, dass ich keinen der LKA-Leute kannte, habe ich es sein lassen. Wie war's?«

»Leutnant Markus Knittel … er hat mich verhört. Ein Wichtigtuer. Außerdem hat er seine eigenen Leute nicht im Griff.«

»Knittel … ich kenne ihn nur vom Namen her. Du siehst müde aus.«

Peck sah auf die Uhr. »Elf Uhr vorbei. Ich habe Hunger und Durst. Außerdem bin ich durcheinander.«

»Durcheinandersein ist kein guter Zustand für einen Detektiv.«

»Ich frage mich, warum Kuhn ermordet wurde.«

»Das Leben eines Ermittlers ist ein ständiges Auf und Ab.« Funke grinste. »Fahren wir nach Salzburg. Ich kenne ein gemütliches Beisl in der Altstadt, gleich neben der Blasiuskirche. Da gibt's spät abends noch Gulasch. Und die haben ein Extrazimmer, in dem man rauchen darf.«

»Es lebe das schäumende Bier!«

Funke hob sein Glas. Sie prosteten sich zu, und Funke wischte sich mit dem Handrücken über den Mund.

»Der Gedanke an die blutige Leiche lässt mich nicht los.« Peck legte den Zeigefinger an seine Kehle und zog den Finger quer über seinen Hals. »Er wurde mit einem einzigen Schnitt getötet. Wie Volkmar Rummel.«

»Da fällt mir ein«, sagte Funke, »von dem liegt ein erster Obduktionsbericht vor, den mir Gerd Rieper am Telefon vorgelesen hat. *Verletzung mit scharfkantigem Werkzeug* heißt die Überschrift. Das war auch die eigentliche Todesursache.«

»Wie schnell stirbt man da?«

»Bei Volkmar Rummel wurde die Halsschlagader durchtrennt. Dadurch fällt der Blutdruck im Gehirn augenblicklich zusammen und das Gehirn wird nicht mehr mit Sauerstoff versorgt. Die gute Nachricht für ihn lautet: Er hat sofort das Bewusstsein verloren. Gestorben ist er wahrscheinlich ein paar Minuten später.«

Sie redeten noch einige Zeit über den Mord und als sich Pecks Erregung nach der zweiten Halbe Bier gelegt hatte, wandte sich ihr Gespräch langsam anderen Themen zu. Funke rauchte eine Zigarette nach der anderen, noch dazu filterlose aus Frankreich, die furchtbar stanken.

»Du hast doch schon vor einiger Zeit mit dem Rauchen aufgehört?«

Funke nickte. »Schwach ist der Mensch.«

Die ältliche Kellnerin wartete bereits neben ihm, bis er ausgetrunken hatte. »Noch eines?«

Als Funke einige Minuten später von der Toilette zurückkam, stellte er zwei Gläser vor Peck auf den Tisch. »Ich habe ganze fünf Minuten gebraucht, um ein detektivisch genaues Profil aller Getränke zu erstellen, die hinter dem Barkeeper im Regal stehen. Dabei habe ich diesen hervorragenden Single Malt entdeckt.«

Peck nahm das Glas und roch.

»Ein zwölf Jahre alter *Oban Highland Malt*«, sagte Funke mit Ehrfurcht in der Stimme. Peck nickte. »Gesundheit pur.«

»Du bist dran«, sagte Funke zehn Minuten später, als die Gläser zum zweiten Mal leer waren. »Die Gesundheit ruft.« Peck hob die Hand, was die Kellnerin mit einem herablassenden Kopfnicken zur Kenntnis nahm.

Es war heiß in dem kleinen Lokal, und Peck fühlte, wie er langsam zu schwitzen begann. Eigentlich sollte er sich verabschieden und nach Hause gehen. Andererseits ... auf einen Whisky mehr oder weniger kam es jetzt nicht mehr an. Er sah auf die Uhr. Mitternacht vorbei. Wie lange haben die hier geöffnet? Überall in dem Lokal sah er lachende und lärmende Menschen. Morgen würde er zu Fuß in die Stadt gehen müssen, um das Auto aus der Altstadtgarage zu holen. Er stand mühsam auf und ging in leichten Schlangenlinien zur Toilette. Was hatte er für morgen Früh geplant? Vernebelte Gedanken an Sendltal und an Braunschweiger zogen vorbei, als er wieder zurück zum Tisch kam. »Alles okay?«, fragte Funke.

Wieder einer dieser Tage, dachte er, als er eine Stunde später in der Pezoltstraße aus dem Taxi kroch. Vor dem Haus des Nachbarn stank es nach Katzenpisse. Im Dunkeln stolperte er über ein Hindernis. Wieder einer dieser Tage. Warum musste Peck jedes Mal, wenn er hier in den ersten Stock hochkeuchte, an den alten Griechen Sisyphos denken?

Leise öffnete er die Tür. In Sophias Schlafzimmer war es kühl. Er hörte ihren Atem. »Bist du es?«, fragte sie mit verschlafener Stimme. »Das will ich dir auch geraten haben«, flüsterte er.

Sophia griff zum Schalter ihrer Nachttischlampe.

»Warum kommst du so spät?«

»Ich habe Gleitzeit.«

»Du stinkst nach Alkohol.«

»Doktor Kuhn ist tot«, sagte er und setzte sich auf Sophias Bett. »Ich habe seine Leiche gefunden. Hat nicht gut ausgesehen.«

»Und deshalb musstest du deine Nerven mit Bier und Whisky beruhigen. Ich kann beides geruchlich auseinanderhalten.«

»Funke ist schuld. Er hat mich verführt.«

»Nicht der Verführer, der Verführte ist schuldig.«

»Diese Meinung gilt als überholt. Ich bin nur verwirrt. Mein Hauptverdächtiger ist tot. Außerdem wurde Braunschweiger niedergeschlagen.«

»Um Gottes willen. Wie geht's ihm?«

»Er hat einen harten Schädel.«

»Marie? Morgen bin ich mit ihr verabredet. Ich bringe ihr Lesestoff und hoffe, dass sie sich mir gegenüber öffnet. Noch ein bisschen mehr als letztes Mal.«

»Manchmal denke ich, das mit dieser Marie sind leere Kilometer.«

»Was meinst du damit?«

»Dass uns der Weg zu dem Mädchen in die Irre führt. Wahrscheinlich besteht überhaupt kein Zusammenhang zwischen ihr und den jetzt beiden Morden. Außerdem bin ich hundemüde.«

Peck richtete sich den Polster, legte sich auf den Rücken und schloss die Augen.

»Ich muss dich noch warnen«, sagte Sophia. »Einer der Heizkörper im Wohnzimmer leckt.«

Peck, der kurz vor dem Einschlafen stand, hob den Kopf. »Was tut er?«

»Der Heizkörper … er verliert Wasser.«

»Und was hast du dagegen unternommen?«

»Ich habe einen Kübel darunter gestellt.«

»Du hättest den Installateur rufen sollen.«

»Ganz meine Idee. Er kommt morgen. Freu dich. Ganz früh. Ich bin in der Buchhandlung und du passt auf den Handwerker auf, der den Heizkörper repariert. Ich habe ihm übrigens einen Hausschlüssel gegeben.«

»Der Heizkörper leckt.« Peck lachte etwas unmotiviert. »Mein Großvater hatte einen Hund, der leckte auch immer, wie ein löchriger Kochtopf. Darum hieß der Hund auch Götz.«

»Es ist besser, du schläfst jetzt«, sagte Sophia. »Und vergiss den Installateur nicht.«

Der Tag fing nicht gut an. Bereits die erste Bewegung im Bett löste neben pulsierendem Kopfweh auch einen stechenden Schmerz in seinem Rücken aus. ›Nichtspezifische und chronisch wiederkehrende Kreuzschmerzen‹ hatte ein Arzt einmal zu ihm gesagt. ›Ohne eindeutige Hinweise auf eine pathologisch begründbare Ursache.‹ *Ohne eindeutige Hinweise* ... wahrscheinlich waren der kurze Schlaf und die abenteuerlichen Träume schuld an seinem körperlich und mental instabilen Zustand. Möglicherweise auch der *Oban Highland Malt.*

Als seine Gedanken zu Sophia glitten, die bereits in ihrer Buchhandlung stand, überfiel ihn eine intensive Panikattacke. Die Heizung leckt, der Installateur kann jeden Moment in die Wohnung kommen und er lag noch in Nachthemd und Unterhose im Bett.

Allen Schmerzen zum Trotz sprang er auf die Beine und direkt neben der Klotür traf er auf den Installateur, der ihn lächelnd von oben bis unten musterte.

»Die Dame hat mich in der Früh angerufen und gesagt, ich soll leise arbeiten. Dass Sie so lange im Bett bleiben, hat sie nicht gesagt.«

»Schauen Sie lieber zu, dass der Heizkörper dicht wird.«

Peck zog sich an und setzte sich in die Küche. Dort war er sicher. Vor dem ersten Kaffee ist jede Planung schwierig. Sendltal, erinnerte er sich. Der tote Arzt, Braunschweiger, und Christa Kuhn, die Witwe. Hat sie ihren Mann ermordet? Schneidet eine Frau ihrem Mann die Kehle durch? Die klassischen Krimis zeigen, dass Frauen eher zu Gift greifen, um sich von ihren lästigen Ehegatten zu befreien. Aber vielleicht las Christa Kuhn keine klassischen Krimis. Immerhin hat sie Volkmar Rummel eingeredet, ins *Museum der Moderne* zu gehen und ganz sicher hat sie auch gewusst, wann er das tun würde.

Ob Christa wohl eine trauernde Witwe war? Peck nahm sich vor, das festzustellen. Wo hatte er sein Notizheft hingelegt? Er durchsuchte sein Sakko, das an der Garderobe hing. Nichts. In diesem Moment betrat der Installateur die Küche und legte Pecks Notizbuch auf den Tisch. »Gehört das Ihnen? Lag im Klo.«

Irgendwo in der Wohnung hörte er sein Handy läuten. Leise klopfte es an der Tür und der Installateur legte mit den Worten »Gehört das Ihnen? Lag drüben im Badezimmer« sein Mobiltelefon auf den Tisch. Peck schloss die Augen und verspürte große Lust, zurück ins Bett zu gehen.

Sein Telefon war zwischenzeitlich verstummt. Er rief zurück und die verschlafene Stimme Braunschweigers meldete sich: »Guten Morgen, Chef, wann kommen Sie?«

»Das wird noch etwas dauern, Braunschweiger. Aber gegen Mittag bin ich da.«

»So lange kann ich mit meinen Aktionen nicht warten, Chef.«

»Zum Arbeiten brauchen Sie auch nicht auf mich zu warten.«

»Und schon lege ich los, Chef.«

*

Otto-von-Lilienthal-Straße Nummer 86. Sophia konnte die Adresse des Arztes auswendig hersagen. Dr. Andreas

Weixler, Frauenarzt und Psychologe. Und einer ihrer besten Kunden in der Buchhandlung.

Als er von der Vorzimmerdame erfahren hatte, dass sich Sophia im Warteraum aufhielt, bat er sie sofort zu sich herein.

»Ich höre, Sie haben keinerlei Beschwerden. So mag ich meine Patienten am liebsten.«

Andreas Weixler war ungefähr fünf Jahre jünger als Sophia und aus ihrer Sicht ein ungewöhnlich hässlicher Mann, dicklich, ewig schwitzend und mit weißblonden, kurz geschnittenen Haaren. Er trug eine stabile Hornbrille mit Gläsern, die seine Augen riesengroß erscheinen ließ. Wie ein Frosch.

Das Zimmer, in dem sie saßen, war offensichtlich gerade erst renoviert worden, Sophia stieg der Geruch von frischer Farbe und Lack in die Nase. An der Wand stand eine Liege, die mit grüner Plastikfolie bespannt war. Die ultraweißen Zähne des Arztes blitzten stets auf, wenn er sich mit seinem gewohnt aufmunternden Lächeln Sophia zuwandte.

»Also, worum geht es? Haben Sie neue Bücher für mich?«

Sophia suchte nach dem besten Einstieg in das Gespräch. »Es geht um ein junges Mädchen, um das ich mich kümmere. Marie Thurner. Sie ist Ihre Patientin.«

»Was möchten Sie wissen?«

»Wie lange kommt sie schon zu Ihnen? Und warum?«

Weixler machte eine Pause und schaute seine Hände an, als sähe er sie zum ersten Mal. »Ich hatte während des Studiums einen Lehrer, der mir den Rat gab, zusätzlich zur Frauenheilkunde auch Psychologie zu studieren. ›Die Gynäkologie wird von der Psychosomatik begleitet‹, sagte er immer.« Weixler legte den Kopf schief und sah sie lächelnd an. »Marie Thurner … ich glaube, ich hatte noch nie eine Patientin, bei der ich meine zweifache Ausbildung so sehr brauchen konnte.«

»Was fehlt ihr?«

Wieder inspizierte Weixler seine Hände, dann sprach er das Wort aus, auf das Sophia schon die ganze Zeit gewartet hatte: »Schweigepflicht.« Er verzog sein Gesicht und grinste schief.

»Ich möchte Marie unterstützen und dazu brauchen Sie nicht gegen Ihre Schweigepflicht zu verstoßen. Geben Sie mir nur ein paar Tipps, wie ich dem Mädchen helfen kann.«

»Na ja«, sagte er. »Nur weil ich Sie so gut kenne und Vertrauen zu Ihnen habe. Es ging um eine Traumatherapie. Verarbeitung schlimmer Erlebnisse, verstehen Sie?«

Er beugte sich über die Tastatur und tippte ein paar Worte ein. Dann sah er sie über den Bildschirm hinweg an und zog die Stirn in Falten.

»Ich lese Ihnen einige Begriffe vor, die in der Anamnese auftauchen: Missbrauch, sexuelle und emotionale Gewalt, Schläge.« Mit dem Kugelschreiber klopfte er auf den Bildschirm. »Und was die Symptome betrifft, stehen hier Ausdrücke wie Depression, posttraumatische Belastungsstörungen, Schuldgefühle und schließlich Angst.« Er hob den Kopf und ließ seine weißen Zähne sehen. »Noch Fragen?«

Sophia dachte einen Moment nach. »Sie ist noch nicht lange in Salzburg. Und mein Eindruck ist, dass sie, abgesehen von den Besuchen ihres Bruders, ein ziemlich einsames Leben führt in der Stadt.«

Weixler rutschte mit seinem Sessel ein Stück zurück und schlug die Beine übereinander.

»Es gibt wohl Leute in Sendltal, denen Marie nicht begegnen will. Das war mein Eindruck. Vielleicht weil sie Angst vor ihnen hatte. Sie hat es nicht mehr ausgehalten im Dorf, sagte sie mir einmal.«

»Was ging da vor sich? Was, glauben Sie, hat Marie erleiden müssen? Konkret.«

»Konkret? Wollen Sie das wirklich wissen? Vergewaltigung, und zwar mehrfach. Mit äußeren und inneren Verletzungen. Abgesehen von den seelischen.«

»Und?« Sophia verschränkte die Arme vor der Brust. »Ist in so einem Fall ein Arzt nicht verpflichtet, Anzeige zu erstatten?«

»Das Mädchen sagte mir einmal, dass sich zwei Männer über sie hergemacht haben. Verstehen Sie? Hergemacht …«

»Hat Marie gesagt, wer die Männer waren?«

»Sie hat keine Namen genannt. Und zu Ihrer Bemerkung wegen Anzeige erstatten und so … wenn das immer so einfach wäre. Ich werde als Arzt immer wieder mit Patienten konfrontiert, die Gewalt erfahren haben. Diese Menschen zu schützen, ist eine sehr komplexe Aufgabe für uns Ärzte, insbesondere wenn es sich um Jugendliche handelt. Tatsache ist aber, dass eine Person in Österreich mit dem achtzehnten Geburtstag volljährig wird. Zum Zeitpunkt der Vergewaltigung war Marie achtzehn vorbei, heute ist sie fast neunzehn. Und sie wollte und will keine Anzeige. Das nehme ich zur Kenntnis.«

Sophia erhob sich und bedankte sich für das Gespräch.

»Ich komme bald wieder zu Ihnen in die Buchhandlung«, sagte Weixler. Mit einem letzten Aufblitzen seiner Zähne streckte er Sophia die Hand hin.

*

Nach dem Frühstück beschloss Braunschweiger, noch einmal Hand an sein noch unfertiges Gemälde der Sendltaler Kirche zu legen, als das Handy läutete.

»Hier ist Jacqueline.«

»Guten Tag, Jacqueline«, sagte Braunschweiger. »Wer sind Sie?«

»Verdammt«, rief sie ins Telefon. »Ist Ihr Gedächtnis so schlecht? Ich bin die Enkelin des Schnapsbrenners Alois Steiner.«

»Natürlich kann ich mich an Sie erinnern. Blond, hübsch und mit Walter befreundet, dem Sohn des Arztes, der leider nicht mehr unter den Lebenden weilt.«

»Nicht mehr unter den Lebenden … So etwas wäre meinem Großvater auch fast passiert. Er wurde niedergeschlagen.«

»Wann?«

»Heute Morgen muss das geschehen sein. Wann genau, weiß ich nicht. Opa ist ein Frühaufsteher. Da hat man ihn überfallen. Als ich ihn zum Frühstück holen wollte, habe ich ihn gefunden. Er lag vor dem Haus.«

»Ist er tot?«

»Schwer verletzt, sagt der Arzt. Opa liegt im Krankenhaus in Hallein.«

»Und was soll ich tun?«

»Das müssen Sie sich selbst fragen. Sie sind doch nicht nur Maler, sondern auch der Gehilfe eines Detektivs.«

»Ich bin kein Gehilfe«, rief Braunschweiger ins Telefon. »Ich bin dem Chef gleichrangig.«

Die Landesklinik war von einem Autobahnknoten, der nach Hallein führenden Europa-Schnellstraße und der Tauernautobahn umzingelt. Als er auf den Parkplatz fuhr, merkte er, dass offenbar auf der gesamten Fahrt das Autoradio eingeschaltet war. Braunschweiger konnte sich nicht erinnern, etwas gehört zu haben. Die weißgekleidete Schwester im Foyer nickte ihm kurz zu, was wie eine automatische Geste und weniger wie ein Willkommensgruß aussah. Dennoch war Braunschweiger aus verschiedenen Gründen von der Frau beeindruckt. »Ich suche Herrn Alois Steiner.«

»Zimmer 166 im ersten Stock.«

Von der raschen Auskunft noch tiefer beeindruckt, lief Braunschweiger die Stiege hinauf und betrat mit den Worten »Guten Morgen, Herr Steiner, wie geht es Ihnen?« das Krankenzimmer.

Der alte Mann war wach und blinzelte ihn ungläubig an. »Woher wissen Sie ...?«

»Ihre treue Enkelin hat mich verständigt. Was ist passiert?«

Braunschweiger holte sich einen Stuhl und rückte dicht an das Bett heran.

Mit zittriger Hand tastete Steiner seinen Kopf ab. »Brutal zugeschlagen. Ich war bewusstlos. Leichtes Schädel-Hirn-Trauma, sagt der Arzt.«

»Genau dasselbe ist mir vor drei Tagen auch passiert.« Braunschweiger griff sich auf den Hinterkopf. »Sendltal ist ein gefährliches Pflaster. Erzählen Sie mir, wo und wann das passiert ist.«

»Ich soll mich für einige Tage körperlich und geistig schonen«, sagte Steiner. »Kein Fernsehen, nichts lesen und keinen Schnaps.«

»Wann ist das passiert?«

»Gestern spät abends. In der Nähe der Friedhofsmauer. Ich habe eine gute Bekannte im Dorf, mit der ich mich amüsiert habe.« Er lachte unanständig und griff sich dann stöhnend auf die Stirn.

»Haben Sie den Burschen gesehen, der Sie überfallen hat?«

»Wie gesagt, es war dunkel und ich ging am Haus vom Doktor Kuhn vorbei, als ich eine dunkle Gestalt sah. Ich hab die Gestalt angerufen, die rannte auf mich zu und hat mich niedergeschlagen. Und weg war ich.«

»Und bevor Sie weg waren … konnten Sie erkennen, wie der Mann aussah? War es überhaupt ein Mann?« Braunschweiger zückte sein Handy und suchte das Foto mit den fünf jungen Leuten, das er schon so oft hergezeigt hatte. »Könnte es einer von denen gewesen sein?«

»Die kenne ich ja alle.« Steiner fuhr mit dem Finger am Rand des Handys entlang, dann schüttelte er den Kopf. »Es war auch viel zu dunkel. Nein, da kann ich nichts dazu sagen.«

»Wie lange müssen Sie noch hier im Krankenhaus bleiben?«

»Keine Ahnung. Im Lauf des heutigen Tages werde ich in die Röhre geschoben, ob ich einen Dachschaden habe. Danach erfahre ich, wann ich nach Hause darf.«

Auf dem Weg zum Auto streifte Braunschweiger der verlockende Duft eines Schweinsbratens und auf der Stelle reagierte sein Körper mit einem rabiaten Hungergefühl. Außerdem war er müde, doch Mattigkeit war bei ihm immer schon mit intensivem Hungergefühl verknüpft.

Schräg gegenüber entdeckte er die Pizzeria *Da Capo*, die bereits geöffnet hatte. Er betrat das Lokal und kaufte sich eine mittelgroße *Pizza Quattro Formaggi*, die er sich in überschaubare Kreissegmente schneiden ließ. Draußen war es zu kühl, also aß er im Auto. Die Pizza schmeckte gummiartig und bei jedem Biss zog der Käse lange Fäden.

*

Sophia drückte die Klingel, die den Namen *H. Fellinger* trug. Keiner öffnete die Tür. Sie läutete noch einmal, aber nichts rührte sich. Sophia sah auf die Uhr. Sie war auf die

Minute pünktlich. Zuerst erkannte Sophia die junge Frau nicht, die durch eines der Tore den Innenhof betrat. Erst als sie winkte und näher kam, sah sie, dass es sich um Marie handelte.

»Sorry. Ich war beim Arzt und das hat ein bisschen länger gedauert.«

Als sie sich in Maries Zimmer gegenübersaßen, zeigte Sophia auf die Bücher, die sie auf den Tisch gelegt hatte. »Ich habe lange nachgedacht, welches Lesefutter ich Ihnen mitbringen soll.«

»Sie können Du zu mir sagen.« Marie lächelte Sophia kurz an. »Das macht es etwas einfacher.« Sie griff nach dem Buch, das obenauf lag. »Der kleine Hobbit«, las sie laut vor. »Von J. R. R. Tolkien.« Sie legte den schmalen Band auf ihren Schoß und sah Sophia an. »Was bedeutet J. R. R?«

»Ich weiß es nicht. Manche Engländer haben eben drei Vornamen.«

»Und das hier?« Marie deutete auf das zweite Buch. »Der kleine Prinz.«

»Das ist eine sehr spannende und berührende Erzählung.« Sophia nahm den Band in die Hand und blätterte darin. »Du gehst zu Doktor Weixler, hast du mir bei unserem letzten Gespräch erzählt. Habe ich dir schon gesagt, dass ich ihn gut kenne? Er kommt regelmäßig zu mir in die Buchhandlung und kauft seinen Lesestoff, vor allem für seine zwei Töchter. Die sind aber etwas jünger als du.« Sophia schwenkte das Buch durch die Luft. »Vorige Woche hat er den *kleinen Prinz* gekauft und gestern hat er mich angerufen und mir erzählt, dass beide Töchter das Buch in einem Schwung durchgelesen haben.« Sie hielt Marie das Buch hin.

»Worum geht es da drin?«

»Es ist eine berührende Geschichte. Zum Beispiel lernt man daraus, dass man nur mit dem Herzen gut sieht, weil das, worauf es wirklich im Leben ankommt, für die Augen unsichtbar ist.«

Marie drückte das Buch an ihre Brust »Das behalt ich mir. Vielleicht weil mir das Titelbild gefällt. Der kleine blonde Bub sieht einsam aus, als ob er ganz alleine auf der Welt wäre. So fühle ich mich auch manchmal.«

»Das verstehe ich gut«, sagte Sophia und nach einer kleinen Pause fügte sie hinzu: »Nur mit dem Herzen sieht man gut. In Sendltal gibt es, so höre ich, einige Leute, denen man das hinter die Ohren schreiben sollte.«

»Davon will ich nichts wissen«, sagte Marie. Ihr Lächeln und die entspannte Gelassenheit, die sie bisher ausgestrahlt hatte, waren schlagartig verschwunden.

»Hast du eigentlich viele Freunde?«

Marie schüttelte den Kopf.

Sophia beugte sich vor. »Könntest du dir vorstellen, dass wir beide Freunde werden könnten?«

Marie schwieg einen Moment, als ob sie in sich hineinhorchen würde. Dann sagte sie: »Ich weiß nicht.«

»Dir hat jemand Leid zugefügt, stimmt's?«

Wieder entstand eine Pause und Sophia stellte fest, dass sich der Charakter des Gesprächs geändert hatte. Nichts Besonderes war passiert, doch die Unterhaltung lief in eine neue Richtung.

»Ich möchte dir helfen«, sagte Sophia.

»Ich brauche Ihre Hilfe nicht!«

»Kein *Du* mehr?«

»Kein *Du* mehr!«

Marie schob ihre Unterlippe vor und sah Sophia an. Wie ein trotziges Kind. Dann schüttelte sie den Kopf und ihr Gesicht wurde verschlossen.

Sophia legte ihre Hand auf die Bücher. »Ich wünsche dir viel Spaß beim Lesen. Vielleicht erzählst du mir einmal, welche der Geschichten dir am besten gefallen hat.«

Maries Gesicht wurde blass, die Augen schmal und ihre Hände begannen zu zittern.

»Hat Sie eigentlich jemand hergeschickt?«

»Niemand hat mich hergeschickt.«

Marie erhob sich und deutete zur Tür. »Gehen Sie!«

*

Peck mochte die Wolfgangseestraße, die als Teil der Österreichischen Romantikstraße von Salzburg ausgehend Richtung Osten führte. In letzter Zeit war er die Strecke öfters gefahren und stellte jetzt fest, wie vertraut ihm die Landschaft zwischen Salzburg und der Fuschlseeregion bereits geworden war.

Er fuhr gerade durch Hinterschroffenau, von den Einheimischen *Lodagei* genannt, als Sophia anrief.

»Hier ist die Außenstelle des Detektivbüros Paul Peck. Es gibt Neuigkeiten.«

An der Abzweigung von der Wolfgangseestraße in die Hinterschroffenau brachte er den Wagen zum Stehen.

»Meine liebe Sophia, mit all meiner Kraft habe ich den Installateur in deiner Wohnung beaufsichtigt und dafür gesorgt, dass bei dir wieder alles dicht ist.«

»Ich bin stolz auf dich«, sagte Sophia. »Ich komme gerade von dem Arzt, bei dem Marie Thurner in Behandlung ist. Alles keine erfreulichen Erkenntnisse. Hör zu!«

Es wurde ein schier endloses Gespräch und je länger das Telefonat dauerte, desto leiser wurde Sophias Stimme.

»Großes Unheil muss über das Mädchen gekommen sein.«

Großes Unheil … Die beiden Worte hatte Peck schon einige Male vernommen. Die nächste Frage Sophias riss ihn aus seinen Gedanken: »Wie geht es Peter?«

»Habe ich dir das nicht gesagt? Er ist bei Monika, seiner Ex.«

»Und? Was ist nun mit seinem Entzug?«

»Das weiß ich nicht. Und wahrscheinlich weiß es Peter auch nicht.«

Auf der Weiterfahrt liefen Pecks Gedanken zu Jürgen Wittmann, mit dessen Anruf am Sonntag vor einer Woche das ganze Abenteuer begonnen hatte. Wie schon so oft vorher ging er den zeitlichen Ablauf durch, wie es an diesem Sonntag abgelaufen war. Oder abgelaufen sein könnte. Jürgen Wittmann betritt das Museum … vielleicht eine halbe Stunde später steht er im obersten Stockwerk vor den Bildern von Edward Hopper … er muss auf die Toilette … findet keine und landet in dem Abstellraum, in dem der tote Volkmar Rummel liegt. Hat Wittmann die Wahrheit gesagt? Hatte der Mörder Rummel ins Museum verfolgt? Kam er aus Sendltal? Hypothesen, dachte Peck, alles Hypothesen. Irgendjemand teilt dem Mörder mit, wann, vielleicht sogar mit Uhrzeit, Volkmar Rummel erstens nach Salzburg und zweitens zu den Hopper-Bildern ins *Museum der Moderne* fährt … dort wartet der Mörder auf ihn. Christa Kuhn wusste von der Hopper-Ausstellung und hat sie Volkmar an Herz gelegt. Christa Kuhn … wem hat sie sonst noch davon erzählt? Hat Rummel ihr gesagt, wann er sich die Hopper-Bilder ansehen wollte? Vielleicht nicht nur den Tag, sondern auch die Uhrzeit? Plötzlich spürte Peck das erregende Gefühl, dem Mörder näher zu kommen. War das eine heiße Spur? Und wie passte der Tod des Arztes in diese Geschichte? War es überhaupt der gleiche Mörder?

Es war kalt geworden im Wagen. Er startete das Auto und schaltete die Heizung auf Hochtouren. Er beschloss, nach Sendltal zu fahren, um mit Braunschweiger über dessen neueste Erkenntnisse zu reden. Danach würde er Christa Kuhn aufsuchen. Die trauernde Witwe.

In Sendltal angekommen, schaute er sich vergeblich nach Braunschweiger um. Das Zimmer beim Kirchenwirt war leer und sah unordentlich aus. Nicht einmal das Bett war gemacht. Peck ging zurück zu seinem Auto, holte das Handy aus der Hosentasche und wählte Braunschweigers Nummer. Eine kühle Stimme verkündete ihm, dass der Teilnehmer momentan nicht zu erreichen sei.

Was sollte er nun machen? Beim Kirchenwirt eine Kleinigkeit zu sich nehmen? Nein. Wenn Braunschweiger überraschend auftauchte, käme Peck in arge Erklärungsnot. Er beschloss, mit ein paar Nachbarn des ermordeten Arztes zu reden, schließlich hatte laut Funke die Haus-zu-Haus-Befragung der Polizei keine nennenswerten Ergebnisse zutage gebracht. Aber irgendjemand könnte den Mörder Dr. Kuhns beobachtet haben.

Vorher aber würde er Christa Kuhn beglücken. Die war aber nicht zu Hause. Nach dem zweiten Klingeln öffnete sich die Tür und Peck sah sich Walter Kuhn gegenüber, der ihn abschätzend begutachtete. »Was wollen Sie schon wieder?«

»Ich möchte mit Ihrer Mutter sprechen.«

»Wir sind ein Trauerhaus. Da macht man keine Besuche. Schon gar keine widerwärtigen. Außerdem ist meine Mutter außer Haus. Behördengänge, verstehen Sie? Friedhof, Standesamt und so weiter.«

»Wann kommt sie zurück?«

Walter Kuhn antwortete nicht. Er trat einen Schritt zurück und knallte die Tür zu.

Dann eben nicht, sagte sich Peck und sah die Kirchengasse hinunter. Der Begriff der Haus-zu-Haus-Befragung hatte in seiner Ausbildung zum Berufsdetektiv eine nicht unbedeutende Rolle gespielt. *Sie ist eine bei der Polizei gängige Praxis, den Personen im Umfeld des Tatorts sachdienliche Fragen zu stellen.* Den Satz hatte er sich gemerkt.

In unmittelbarer Nähe des Tatorts mit der Adresse Kirchengasse Nummer 16 gab es nicht viele Nachbarhäuser.

Das erste Gebäude, zu dem er kam, lag auf einer kleinen Anhöhe und war von der Straße abgesetzt und nach Osten, zum Dorf hin, ausgerichtet, sodass der Eingang von der Straße aus nicht zu sehen war.

Bevor Peck die schmale Zufahrt zum Haus hinaufging, rief er noch einmal Braunschweiger an, doch der hob nicht ab. Der asphaltierte Weg endete am Tor der Garage, bei der sich Peck noch einmal umdrehte und feststellte, dass die Lage ideal war. Wenn jemand etwas beobachten konnte, dann von hier oben. Auf einem Messingschild neben der Tür war der Name *Dipl.-Ing. Franz Lohfert* eingraviert.

Der Mann, der nach mehrmaligem Läuten die Tür öffnete, war dick, unfrisiert und trug einen rosafarbenen Bademantel aus Frotteestoff. Seine Füße steckten in dicken Latschen, die wie ein Leopardenfell gemustert waren.

»Es geht um die Sache Doktor Kuhn«, sagte Peck und zückte seinen Ausweis, den der Dicke aber nicht sehen wollte.

»Sorry, ich war gerade unter der Dusche.« Er trat einen Schritt zurück und sagte: »Kommen Sie rein!«

Sie stolperten hintereinander durch den dunklen Flur, in dem viel Gerümpel am Boden lag.

»Danke, dass Sie Zeit für mich haben, Herr Diplomingenieur.« Peck betrachtete den Mann, der mit erwartungsvollem Gesicht ihm gegenüber Platz nahm und sich mit beiden Händen den Bademantel zuhielt, damit er nicht aufklaffte.

»Es geht um die Sache Doktor Kuhn, haben Sie gesagt. Was ist mit ihm?«

»Er ist tot.«

Überrascht hob er den Kopf. »Tot? Wie das?«

»Ihr Nachbar wurde in seinem Haus ermordet. Nach bisherigen Erkenntnissen gestern am späten Nachmittag.«

»Davon weiß ich nichts.«

»Sind Ihnen gestern nicht die vielen Polizeiwagen und der Wirbel in der Straße aufgefallen?«

»Offenbar nicht. Ermordet, sagen Sie? Wie? Erschossen?«

»Das wird derzeit noch untersucht. Wie gesagt, gestern am Nachmittag geschah der Mord.« Peck zeigte zum Fenster. »Vor hier aus kann man die gesamte Gegend gut überblicken. Ist Ihnen nichts Ungewöhnliches aufgefallen?«

Franz Lohfert stemmte sich aus dem Polstersessel und schlenderte zum Fenster.

»Der Doktor ist also tot. Macht auch nichts!« Er zog den Vorhang zur Seite und zeigte hinaus. »Sehen Sie nur … Kuhns hässliches Haus nimmt mir die ganze Sicht.« Grinsend sah er Peck an und legte sich die Hand auf den Mund. »Bin ich jetzt verdächtig?« Er kehrte zu seinem Platz zurück, ließ sich wieder auf den Sessel fallen und hob beide Hände, wie ein Priester bei der Wandlung. »Nein, mir ist nichts Ungewöhnliches aufgefallen. Das hässliche, geschmacklose Haus des Arztes lag da wie immer. Nichtssagend und still. Mir ist keine Bewegung aufgefallen, aber es gibt ja auf der anderen Gebäudeseite noch einige Fenster, die ich von hier aus nicht sehen kann.«

»Sie waren also gestern Nachmittag daheim. Was haben Sie gemacht? Gelesen vielleicht oder ferngesehen?«

»Geschlafen. Ich bin erst am Morgen von einer Familienfeier nach Hause gekommen. Müde und mit etwas zu viel Rotwein.« Er gähnte. Mit zusammengelegten Fingerspitzen hing Lohfert entspannt in seinem Sessel, die Augen auf Halbmast.

Peck bedankte sich für das Gespräch. Vor der Haustür blieb er noch eine Minute stehen und notierte sich die Geschichte, die ihm Diplomingenieur Lohfert aufgetischt hatte.

Kein belastbares Alibi. Aber warum sollte der Mann seinen Nachbarn umbringen? Nur, weil ihm Kuhns Villa die Sicht auf die Berge wegnahm? Bevor Peck zum nächsten Haus ging, warf er nochmals einen Blick auf das Gebäude des Arztes. In der Tat ein seelenloser Klotz.

Das nächste Haus, das dem Begriff der Nachbarschaft entsprach, war ein kleiner Bungalow, etwa zweihundert Meter die Straße dorfauswärts. Als er darauf zuging, sah er einen Kopf aus dem Fenster spähen, der augenblicklich hinter dem Vorhang verschwand, während er sich der Haustür näherte, auf dem ein kleines Schild angebracht war: *H. und H. Klausen.*

Eine ältere Frau mit kurzen weißen Haaren öffnete. Helle Augen, eine gerade Nase, schmale Lippen und viele Falten. Mit leichter Missbilligung betrachtete sie ihn ein paar Augenblicke lang.

»Wir haben nichts gesehen und wir wissen nichts«, sagte sie, noch bevor Peck eine Frage stellen konnte. »Wer sind Sie überhaupt?«

Peck zückte seinen Detektiv-Ausweis, den die Frau unaufmerksam prüfte. »Man muss vorsichtig sein, sagt Hubert immer. Hubert ist mein Mann.«

»Ist Hubert zu Hause?« Die Frage war Peck herausgerutscht.

»Natürlich ist er zu Hause. Wo soll er denn sonst sein?«

Die Frau gab ihm den Ausweis zurück und Peck lobte sie für ihre Aufmerksamkeit.

Eine Minute später saßen sie zu dritt an einem runden Tisch in der Küche, angeordnet wie die Speichen eines Mercedes-Sterns.

»Was genau wollen Sie wissen?«, fragte die Frau.

Peck erläuterte, warum er gekommen war und welche Fragen er gerne beantwortet hätte.

»Gestern am Nachmittag?«, fragte die Frau. »Mein Mann ja weniger, aber ich bin eine höchst wachsame Person. In unserer Straße passiert nichts … ich wiederhole, nichts, das unserer Aufmerksamkeit entgeht.«

Der Mann sah seine Frau an, nickte bestätigend, sagte aber kein Wort. Die beiden pflegen eine klare Abgrenzung, dachte Peck, der Mann hat die Oberaufsicht und sie ist die Sprecherin des Ehepaars.

»War die Polizei schon bei Ihnen?«

»Wegen dem Mord an dem Arzt da drüben? Nein«, sagte sie. Der Mann nickte zustimmend.

»Dr. Kuhn wurde zwischen drei und vier ermordet. Schätzungsweise.«

»Da war Hubert in der Arbeit.« Sie drehte sich zu ihm hin. »Nicht wahr?«

»Darf ich fragen, Herr Klausen, wo Sie arbeiten?«

»Er arbeitet bei der Firma Rummel. In der Arbeitsvorbereitung.«

»Ihr Mann war also in der Arbeit und Sie waren zur fraglichen Zeit zu Hause.«

»Natürlich. Wie es sich für eine Hausfrau gehört.«

»Sagen Sie, Herr Klausen, wie ist das derzeitige Arbeitsklima in der Firma Rummel?«

Hubert Klausen reagierte nicht. Er war nicht schwerhörig, seine Gedanken waren nur auf einer weiten Reise, da er offenbar nicht damit gerechnet hatte, eine Frage beantworten zu müssen.

»Gut, gut«, sagte er. »Nur etwas mehr Aufträge wären wünschenswert.«

»Kennen Sie Herrn Volkmar Rummel? Persönlich, meine ich?«

»Ich habe nichts zu tun mit ihm«, sagte Frau Klausen. »Aber er ist der oberste Chef meines Mannes. Also hab ich ihn immer höflich gegrüßt.«

»Herrn Dr. Kuhn kennen Sie sicher, schließlich ist er ja Ihr Nachbar.«

»Na ja, man trifft sich von Zeit zu Zeit. Sie kann ich nicht leiden und er ist ein überheblicher Schnösel.«

»Also kann ich davon ausgehen, dass er nicht Ihr Hausarzt ist.«

»Wir gehen zu Dr. Windeimer nach Hallein. Nicht wahr, Hubert?«

Hubert war sichtbar mit der Aussage seiner Frau einverstanden.»Darf ich fragen, warum Sie Frau Kuhn nicht mögen?«

»Für Hubert und mich ist die Moral eines Menschen das Allerwichtigste. Und genau da mangelt es bei den Nachbarn. Christa hatte was mit Volkmar und der Dr. Kuhn war auch nicht zimperlich mit seinen Weibergeschichten. Fast jeden Tag kam eine Neue.«

»Vielleicht waren das Patientinnen«, sagte Peck.

»Nie und nimmer. So etwas kann ich gut unterscheiden, selbst hundert Meter gegen den Wind. Immer wenn Christa verreist war, und sie war oft weg, kamen die Weiber anmarschiert.«

Peck klappte sein Notizbuch zu. »Also, Sie haben nichts Verdächtiges gesehen.«

»Stimmt nicht«, sagte die Frau. »Mir ist ein Mann vor dem Haus der Kuhns aufgefallen.«

»Wann war das?«

»Wie Sie gesagt haben … gestern zwischen drei und vier.«

»Was machte der Mann?«

»Nichts. Er ging vorbei.«

»Ganz sicher ein Mann?«

»Denke ich doch. Kein kleiner Mann, so wie mein Hubert, eher groß und schlank.«

»Groß und schlank«, wiederholte Peck. »Warum sind Sie sicher, dass es ein Mann war?«

»Weil ich eine gute Beobachterin bin und weil sich Männer anders bewegen als Frauen, okay?« Sie zeigte auf die Straße. »Dort ging er entlang. Die Sonne war schon hinter dem Hügel verschwunden, aber ich konnte ihn genau sehen.«

»Wie war er angezogen?«

»Er trug einen Mantel.«

»Einen Mantel … kurz oder lang?«

»Mittel … bis zum Knie.«

»Und die Haare? Welche Farbe hatten die Haare?«

»Er trug eine Mütze.«

»Was für eine Mütze?«

»Mehr eine Kappe. So eine Baseballkappe. Sein Gesicht konnte ich nicht sehen.«

»Er ging also vorbei.« Peck ging zum Fenster und winkte der Frau, ihm zu folgen. »Aus welcher Richtung kam er?«

»Von da.« Sie zeigte in Richtung des Dorfs.

»Und dann?«

»Nichts weiter. Er ging vorbei und später war mir, als ob jemand ein Auto startete und wegfuhr.«

»Haben Sie das alles auch der Polizei erzählt?«

Sie schüttelte den Kopf.

»Warum nicht?«

»Habe ich wohl vergessen?« Sie sah zu ihrem Mann hinüber. »Nicht wahr, Hubert?«

Hubert nickte.

Peck bedankte sich und ging langsam Richtung Dorfplatz.

Viele Gedanken schwirrten durch seinen Kopf. Vor dem Kirchenwirt stieß er auf Loni, die dabei war, leere Flaschen mit lautem Klirren in den Container zu werfen. Als sie Peck erblickte, lachte sie und kam hüftschwingend auf ihn zu.

»Na, Herr Detektiv, ist Ihnen Ihr Mitarbeiter abhandengekommen?«

»So ungefähr … wissen Sie, wo er sich herumtreibt?«

»Da!«, rief sie und zeigte über Pecks Schulter. »Wenn man ihn nennt, kommt er g'rennt.«

Im Schritttempo fuhr Braunschweiger an der Kirche vorbei, hupte dreimal, als er Peck und Loni entdeckte, umkreiste geräuschvoll den Dorfplatz und ließ den Wagen vor dem Gasthaus ausrollen.

»Und schon melde ich mich zum Reporting, Chef!« Braunschweiger sprang aus dem Auto und sah enttäuscht Loni nach, die davoneilte und im Hauseingang verschwand.

»Eine Aufgabe des Detektivs besteht darin, ständig erreichbar zu sein. Zumindest für den Chef.« Peck sah Braunschweiger scharf an. »Wo waren Sie? Auf Urlaub?«

»Chef, Sie sind ungerecht zu mir. Lassen Sie mich reporten.«

»Gehen wir ein paar Schritte«, sagte Peck.

»Ich war bei Alois Steiner, dem Schnapsbrenner«, begann Braunschweiger. »Aber nicht, was Sie denken. Er wurde niedergeschlagen und ich habe den Fall im Krankenhaus Hallein analysiert. Dort liegt er nämlich.«

Mehrmals umkreisten die beiden den Dorfplatz, blieben

von Zeit zu Zeit stehen und Peck versuchte, dem weitschweifigen Lagebericht Braunschweigers konzentriert zu folgen.

»Mitten auf den Schädel hat man ihn geschlagen.« Braunschweiger griff sich auf den Kopf und wühlte mit den Fingern in seinem Haar. »Wissen Sie, was ich glaube, Chef, das war derselbe, der auch mir die Beule da oben verpasst hat.«

»Das kann gut sein. Die Frage ist nur, warum? Und wie hängt das mit den beiden Morden zusammen?«

Braunschweiger zuckte mit den Schultern. »

Und was machen wir als Nächstes?«

»Wir statten der trauernden Witwe einen Besuch ab.«

»Meinen Sie meine Künstlerkollegin?«

»Genau die.«

Das Haus der Kuhns wirkte menschenleer. Peck stieg die steinernen Stufen nach oben, drückte den Klingelknopf und hielt seinen Zeigefinger sekundenlang darauf, doch niemand machte ihm auf. »Verdammt! Heute haben wir kein Glück«, sagte Peck.

»Ich habe mich gestern noch anstrengend lang mit Loni unterhalten«, sagte Braunschweiger.

»Das muss eine große Überwindung für Sie gewesen sein.«

»Chef, Ihr Lächeln geht gerade in ein Grinsen über. Das ist unfair. Meine Zwiesprache mit Loni bewegte sich exakt zwischen der sachlichen und fachlichen Ebene. Keine Spur einer Gaudi.«

»Und welches Ergebnis fanden Sie bei Loni auf der sachlichen Ebene?«

»Dass Dr. Kuhn nicht beliebt war. Sowohl menschlich als auch medizinisch. Er war kein guter Arzt, sagen die meisten im Dorf. Loni sagt, Kuhn hat seine Diagnosen nach der Wetterlage erstellt. Und vor nicht allzu langer Zeit soll sogar ein Patient gestorben sein, weil der Kuhn ein falsches Medikament verschrieben hat.«

»Das könnte ein interessanter Hinweis sein, Braunschweiger.«

»Vielleicht war der Mord ein Racheakt.«

Peck dachte einige Augenblicke über Braunschweigers Bemerkung nach. »Racheakt ... das könnte tatsächlich eine Lösung sein. Die Frage ist, welche Lösung führt uns zum Mörder Volkmar Rummels?«

»Dann gibt es mehrere Lösungen.«

Peck blies die Backen auf. »Das müssten Sie aus den früheren Fällen bereits kennen. Unsere Aufgabe ist jetzt, die einzelnen Lösungen nebeneinanderzustellen, um die wahrscheinlichste herauszufiltern.«

»Und wie geht das?«

»Dazu wenden wir Ockhams Rasiermessermethode an.«

»Rasiermessermethode?« Braunschweiger griff sich ans Kinn.

»Ockham war ein Mönch, der vor siebenhundert Jahren in England gelebt hat. Und er war ein kluger Bursche. Wenn es mehrere Möglichkeiten für eine Lösung gibt, sagt er, dann nimm die, die am wenigsten kompliziert ist.«

Braunschweiger schüttelte den Kopf. »Verstehe ich nicht.«

»Ganz einfach. Mönch Ockham sagt: Die einfachste Lösung ist die richtige. Mit hoher Wahrscheinlichkeit jedenfalls. Die anderen soll man wegschneiden.«

»Mit dem Rasiermesser«, ergänzte Braunschweiger. »Und was ist jetzt in unseren Mordfällen die einfachste Lösung?«

»Darüber habe ich lange auf der Herfahrt nachgedacht. Um zu unserer einfachsten Lösung zu kommen, benötigen wir die Antwort auf eine genauso einfache Frage. Und diese lautet: Wer hat gewusst, wann Volkmar Rummel nach Salzburg ins Museum fährt?«

Braunschweiger stach mit dem Zeigefinger in die Luft. »Die Frage kann ich beantworten, Chef. Christa Kuhn … sie wusste von der Hopper-Ausstellung und hat sie Volkmar an Herz gelegt.«

»Unsere Frage lautet jetzt: Hat Volkmar Rummel Christa verraten, wann er sich die Hopper-Bilder ansehen wollte? Nicht nur den Tag, meine ich, sondern auch die Uhrzeit? Und wenn ja, hat das noch jemand erfahren?«

»So lautet also unsere Rasiermesserfrage, Chef. Kluger Bursche, dieser Ockham.«

Die Tür öffnete sich einen Spalt, und das Gesicht Sylvia Höllerers erschien, der Sprechstundenhilfe. Sie wirkte erschöpft und sah sie unfreundlich an. Als Peck den Wunsch äußerte, Christa Kuhn zu sprechen, wurde der Gesichtsausdruck noch unfreundlicher.

»Frau Doktor Kuhn ist in der Bibliothek«, sagte sie. »Folgen Sie mir bitte.«

Frau Doktor Kuhn … der schnellste Weg für eine Frau in Österreich, zu akademischen Ehren zu kommen, ist, einen Doktor zu heiraten.

Christa Kuhn saß mit angezogenen Beinen in der Mitte des Raumes auf dem Fußboden, den Kopf auf die Knie gelegt, sodass ihre Haare wie ein Vorhang das Gesicht bedeckten. Sie trug Jeans, eine weiße, langärmelige Bluse und darüber eine goldschimmernde Jacke. Peck blieb vor ihr stehen und räusperte sich zweimal, bis sie den Kopf hob.

»Sie schon wieder?«

»Ich schon wieder.« Peck murmelte ein paar Worte von Beileid und tragischem Schicksal.

»Ich pfeife auf Ihr Beileid.« Christa richtete sich auf, als sie plötzlich die Augen verdrehte und stöhnend zur Seite kippte, wo sie wie leblos am Boden liegen blieb.

Peck wusste nicht, wie er reagieren sollte. »Holen Sie die Sprechstundenhilfe«, rief er Braunschweiger zu.

Jetzt müsste er Erste Hilfe leisten. Wie ging das nochmal? Verwirrt sah er auf die Frau, die in der Zwischenzeit wieder zu sich gekommen war und ihn anblinzelte. Sie stützte sich mit einer Hand am Boden ab und kam stöhnend wieder auf die Beine, bevor ihr Peck zu Hilfe kommen konnte.

Braunschweiger kam herein, ein Stück Stoff in der Hand. »Chef, ich kann die Sprechstundenhilfe nicht finden. Hier habe ich ein nasses Handtuch.«

Christa ließ sich auf die Couch fallen und machte eine verärgerte Handbewegung. »Bleiben Sie mir vom Leib mit Ihrem dreckigen Tuch.«

»Wie fühlen Sie sich?«, fragte Peck.

»Keine Angst, das passiert mir öfter. Pathologisch niedriger Blutdruck, sagte mein Mann immer.« Sie wischte mit der flachen Hand über ihre Stirn. »Aber jetzt kann er mir ja nicht mehr helfen.« Sie zeigte auf Braunschweiger. »Legen Sie endlich das Tuch weg und bringen Sie mir etwas Wasser.« Sie versuchte ein Lächeln. »Zum Trinken«, schob sie nach. »Gläser sind da drüben in der Küche.«

Braunschweiger kam mit dem Glas Wasser zurück, Christa Kuhn trank einen Schluck und erhob sich. »Gehen wir woanders hin.« Sie zeichnete einen Kreis in die Luft. »Das sind alles seine Bücher. Der ganze Raum erinnert mich zu sehr an Herbert.«

Christa führte sie in eine Art Pavillon im hinteren Bereich des Hauses, von dem man in einen weitläufigen Garten sah.

In der Mitte der parkähnlichen Anlage, die trotz der fortgeschrittenen Jahreszeit einen gepflegten Eindruck machte, prangte die steinerne Figur einer nackten Dame. An den Wänden des Pavillons hingen grellbunte Bilder, die unterschiedlich geformte Farbkleckse darstellten.

»Alles Ihre Werke?«, fragte Braunschweiger.

»Natürlich. Was dachten Sie denn? Kommen Sie nun als Maler oder als Detektiv zu mir?«

Peck konnte nicht erkennen, ob es Trauer in ihrem Blick war oder Missmut. Er gab seiner Stimme einen mitfühlenden Klang. »Frau Kuhn, meine Aufgabe ist es, den Mörder Ihres Mannes zu finden.«

Sie hob den Kopf. »Ich dachte, das ist Aufgabe der Polizei.«

»Wir haben eine Arbeitsteilung verabredet«, log Peck. »Und deshalb bitte ich Sie, mir einige Fragen zu beantworten.«

Christa Kuhn machte einen überraschend gefassten Eindruck. Sie seufzte. »Haben Sie Herbert gefunden?«

»Ich wollte Ihren Mann sprechen, konnte ihn aber nicht erreichen. Wissen Sie, wo er sich aufgehalten hat, bevor er … bevor das schreckliche Ereignis passiert ist? Er soll mit hoher Geschwindigkeit durch das Dorf gefahren sein. Mit sehr hoher Geschwindigkeit.«

Sie lächelte. »Herbert fuhr immer zu schnell. Nein, ich weiß nicht, wo er herkam. Wahrscheinlich von einem Patienten. Oder er fuhr zu einem Notfall. So etwas passierte mehrmals in der Woche. Am besten, Sie fragen Sylvia.«

»Wann haben Sie ihn zuletzt gesehen?«

»Zum letzten Mal gesehen … wie das klingt. Am Morgen wohl, so wie jeden Tag. Gewöhnlich frühstücken wir gemeinsam. Warum fragen Sie mich das?«

»Frau Kuhn, wer hat Ihren Mann so gehasst, dass er ihn getötet hat? Jemand aus Sendltal vielleicht?«

»Dieser Gedanke lässt mich schon den ganzen Tag nicht los. Kein Mensch wird von allen uneingeschränkt geliebt. Aber das ist kein Grund für einen Mord. Niemand aus dem Dorf. Nein … der Gedanke ist absurd.«

»Darf ich fragen, wo Sie waren, als der Mord passiert ist? Etwa um vier Uhr. Es war bereits dämmerig und ich erinnere mich, dass in manchen Häusern schon Licht brannte.«

»Ich war mit einer Freundin in Salzburg.«

»Frau Kuhn, ich möchte Sie gerne etwas fragen, das mit dem Tod von Volkmar Rummel zusammenhängt.«

Sie hob den Kopf. »Damit habe ich nichts zu tun.«

»Natürlich nicht«, sagte Peck in beruhigendem Ton. »Es gibt aber einen Punkt, der wichtig sein könnte. Sie haben

Volkmar auf die Edward-Hopper-Ausstellung im *Museum der Moderne* hingewiesen.«

»Ich verstehe nicht, was das jetzt soll. Aber ja, die Ausstellung stand in den Salzburger Nachrichten und ich habe ihm davon erzählt. Irgendwann später sind wir uns dann über den Weg gelaufen und er erzählte mir, dass er in Salzburg zu tun hat und danach ins Museum gehen wird.«

»Wann war das?«

»Wann das war? Am Tag vorher, glaube ich.«

»Samstag also. Nochmal von vorn. Sie sind sich über den Weg gelaufen, sagen Sie. Wo war das?«

»Am Markt. Samstag ist Markt bei uns im Dorf. Da schaue ich persönlich nach frischem Obst von den Bauern aus der Umgebung. Dann traf ich Volkmar.«

»Und?«

Sie zuckte mit den Schultern. »Nichts und. Er hat mir erzählt, dass er sich mit einem Großhändler treffen wird, der nur am Sonntag Zeit hat. Das Gespräch wird um … ich glaube, er sagte um vier Uhr zu Ende sein und danach will er ins Museum.«

»War bei dieser Unterhaltung zwischen Ihnen und Herrn Rummel jemand dabei?«

»Ihre Fragen werden immer eigenartiger.«

»Was ich meine, Frau Kuhn … als Volkmar das sagte, wann er ins Museum geht … hat das vielleicht jemand mitgehört?«

Man sah ihr an, dass sie angestrengt nachdachte. »Wir waren alleine … halt! Nein. Rudolf stand noch dabei.«

»Welcher Rudolf?«

»Rudolf Thurner. Er hat irgendetwas eingekauft und hat sich dazugestellt.«

»Rudolf Thurner hat sich also dazugestellt«, wiederholte Peck.

»Ich glaube, er hat dann Volkmar wegen eines Möbelstücks gefragt, das er von ihm kaufen wollte. Aber da hatte ich mich schon verabschiedet.«

»Da fällt mir noch etwas ein, Frau Kuhn. Mir hat jemand erzählt, dass Ihrem Mann vor einiger Zeit etwas passiert sein soll, das man als ärztlichen Kunstfehler bezeichnen könnte. Angeblich hat er ein falsches Rezept ausgestellt und der Patient ist daraufhin gestorben. Ist da was dran?«

»Von wem haben Sie diese Lügengeschichte?«

»Das weiß ich im Moment nicht«, sagte Peck. »Stimmt die Geschichte?«

»Nein. Die Geschichte stimmt nicht. Es war ein Fehler in der Apotheke. Die haben das falsche Medikament gegeben.«

»Welcher Patient war das? Ich meine, bei dem diese Verwechslung passiert ist.«

Sie schüttelte den Kopf. »Weiß ich nicht mehr.«

»Könnte es sein … dass deshalb jemand Rache geübt hat an Ihrem Mann?«

Sie schüttelte den Kopf.

»Das schließe ich aus. Nur der Apotheker kam vor Gericht.« Sie hob den Kopf. »Herbert war ein guter Arzt. Und er war beliebt, über unser Dorf hinaus. Er hatte viele Patienten aus Hallein und sogar aus Salzburg. Und glauben Sie nicht alle Schauergeschichten, die Ihnen Leute aus dem Ort erzählen.«

Eine Weile gingen sie schweigend nebeneinander her, wichen ein paar Buben aus, die in der Kirchengasse Fußball spielten, dann blieben beide, wie auf ein geheimes Signal hin, stehen und sahen sich an.

»Und jetzt?«, fragte Braunschweiger.

»Auf zur Familie Thurner.«

Sie saßen nebeneinander im Auto und Peck blätterte in seinem Notizbuch.

»Suchen Sie was Bestimmtes, Chef? Ich habe alles im Kopf.«

»Braunschweiger, ich habe ein Gefühl.«

»Hunger?«

»Reißen Sie sich zusammen, Braunschweiger. Das Gefühl, etwas Wichtiges übersehen zu haben.« Peck klopfte mit dem Finger auf sein Büchlein. »Hier! Sophia war am Mittwoch bei einer gewissen Hedwig Fellinger. Das ist Maries Zimmervermieterin in Salzburg. Die Frau hat Sophia von einem Besuch Jakobs bei seiner Schwester erzählt, der ein paar Tage zurückliegt und bei dem es zu einer Auseinandersetzung gekommen sein soll. Jakob ist dann wütend geworden und von Marie weggelaufen.«

»Und was sagt uns das, Chef?«

»Das wird uns Jakob gleich beantworten«, sagte Peck und startete den Motor.

»Was wollen Sie schon wieder?«, bellte Jakob.

»Es gibt neue Erkenntnisse zum Mord an Volkmar Rummel«, sagte Peck. »Ich an Ihrer Stelle würde die Tür öffnen.«

Etwas ratlos sah Jakob von Braunschweiger zu Peck und man konnte an seinem Gesicht ablesen, dass er nachdachte. Er roch nach Alkohol. Schnaps, dachte Peck. Schließlich ging ein Ruck durch den Körper des jungen Mannes, er öffnete die Tür, trat beiseite und ließ sie eintreten.

»Gehen wir in die Küche.« Jakob deutete auf die erste Tür auf der rechten Seite. Ein Mittelding zwischen einer Wohnküche und einer auf alt getrimmten Bauernstube.

Peck und Braunschweiger nahmen auf der Eckbank Platz, die neben einem Kachelofen mit blauen Fliesen stand.

Von irgendwoher holte Jakob Thurner ein halbvolles Schnapsglas, trank einen Schluck, bot aber den unerwünschten Gästen nichts an.

»Wo ist Ihr Vater?«, fragte Peck.

»Warum?«

»In der Geschichte, die ich gleich erzählen werde, kommt neben Ihnen auch Ihr Vater vor.«

»Mein Vater hat gerade zu tun. Ich kann ihn später holen.« Er grinste. »Wenn ich Verstärkung brauche.«

»Die werden Sie und Ihr Vater benötigen.« Peck suchte Augenkontakt, doch Jakob wandte sich ab. Er trank den letzten Schluck und drehte das leere Glas zwischen den Händen.

»Herr Thurner, ich möchte Ihnen gern erzählen, wie wir dahintergekommen sind, warum Volkmar Rummel und Doktor Kuhn ermordet wurden.«

»Nur zu.« Er nickte.

»Einige im Dorf haben uns berichtet, dass Ihr Vater ein lebenslustiger Mensch war, bis das mit Ihrer Schwester passiert ist. Genauer gesagt, bis Marie vergewaltigt wurde. Wie lange haben Sie Ihre Schwester bedrängt, bis sie schließlich bereit war, Ihnen die Wahrheit zu verraten? Das war vor rund einer Woche, stimmt's? Sie haben Marie in Salzburg besucht und es gab einen handfesten Streit, bevor Sie wütend das Zimmer Ihrer Schwester verlassen haben.«

»Das haben Sie von ihrer Zimmervermieterin, dem alten Tratschweib.«

Peck nickte. »Aber zumindest hat Hedwig Fellinger nicht gelogen. Und nach der lautstarken Auseinandersetzung wussten Sie, wer Marie vergewaltigt hat. Genauer gesagt: Wer die beiden Männer waren, die über Ihre Schwester hergefallen sind.«

Keine Antwort. Jakob sah müde und abgespannt aus.

Mit zittrigen Fingern zündete er sich eine Zigarette an und schaute dem Rauch nach, der in kleinen Wolken nach oben stieg. Von der Küchenkredenz holte er sich die Schnapsflasche, füllte sein Glas und leerte es in einem Zug.

Peck räusperte sich. »Ich bin kein Arzt, Herr Thurner, aber wir haben mit Ihrer Schwester gesprochen. Möchten Sie unsere Meinung hören, was mit Marie passiert ist? Sie ist von zwei Männern geschlagen und missbraucht worden. Ihr wurde emotionale und sexuelle Gewalt angetan. Ich weiß, wie es nach einer solchen Tat in einem jungen Mädchen aussieht. Die Vergewaltigung bedeutete eine tiefe körperliche und seelische Verletzung für Ihre Schwester. Sie stand unter Schock, war wie gelähmt und hat versucht zu verstehen, was passiert ist. Marie war total am Ende, sie bekam furchtbare Depressionen, unsinnige Schuld- und Angstgefühle, Psychosen und Panikattacken.«

»Ich liebe meine Schwester.« Die Worte kamen leise und abgehackt. »Das mitzuerleben war auch für mich nicht einfach.«

»Das glaube ich dir.« Dass Peck zum Du überging, war ein Versprecher gewesen, doch er beschloss, dabei zu bleiben. »An dieser Stelle möchte ich auf deinen Vater zu sprechen kommen. Er war es, der am Samstag vor einer Woche zufällig mitgehört hat, an welchem Tag und um welche Uhrzeit Volkmar Rummel ins Museum nach Salzburg will.«

Jakob war zu nervös, um still zu sitzen. Unruhig rutschte er auf dem Sessel hin und her, sein Blick irrte im Raum herum und ständig horchte er auf jedes Geräusch von draußen. Mit dem Handrücken wischte er sich über die Stirn. »Ich bin müde. So müde.«

»Du hast einiges getrunken«, sagte Peck. »Aber nicht so viel, dass es dir gelingt, dich hier herauszureden. Konzentrier dich, verdammt nochmal! Wir bleiben jetzt bei der

Sache. Seit deiner Auseinandersetzung mit Marie weißt du, wer die beiden Männer waren, die deiner Schwester dieses unendliche Leid zugefügt haben. Zuerst hast du dir Volkmar Rummel vorgenommen. Sechzehn Uhr im Museum … das hat dir dein Vater erzählt, stimmt's? Ich habe der Frau an der Kassa dein Foto gezeigt. Sie hat dich wiedererkannt. Und das wird sie auch der Polizei erzählen. Es waren wohl wenig Leute im oberen Stockwerk des Museums. War es schwierig für dich, den Mann in den Abstellraum zu stoßen? Ich glaube nicht. Und Doktor Kuhn? Du hast wohl fieberhaft auf den richtigen Zeitpunkt gewartet, um ihn zu töten, nicht wahr? Am Donnerstag war der Zeitpunkt gekommen.«

»Ich bin müde«, sagte er.

»Du hast zwei Menschen getötet.«

Jakob sah Peck aus leeren Augen an und nickte. »Ich habe zuerst nicht verstanden, warum Marie plötzlich so verändert war. Sie sprach nicht mehr mit mir und auch nicht mit den Eltern. Dann brach sie den Kontakt zu uns ab und wollte nur weg. Weg von uns und weg vom Dorf, in dem sie sich immer wohl gefühlt hat.«

»Marie hat von der Vergewaltigung durch die beiden Männer nichts erzählt?«

Jakob sah zuerst Braunschweiger, der sich im Hintergrund aufhielt, dann Peck an und schüttelte den Kopf. »Ich konnte doch nicht anders. Der Gedanke an Rache hat mich verfolgt und ist immer größer geworden, besonders wenn ich Rummel oder unserem Arzt, dem Schwein, irgendwo im Dorf begegnet bin. Ich konnte doch nicht anders.«

Die Tür flog auf. Rudolf Thurner stürmte herein. Er sah wild um sich und als er die Situation erfasst hatte, zog er ein Messer aus der Tasche. Mit einem leisen Klicken sprang die Klinge aus dem Griff. Ein Seitenblick zeigte Peck, dass Jakob offenbar nicht mehr in der Lage war, in den Kampf einzugreifen. Kraftlos hing er in einem der Polstersessel. Thurner umklammerte das Messer mit der Spitze nach oben und kam mit kleinen Schritten näher, wobei er den Oberkörper in langsamem Rhythmus hin und her wiegte. Peck sah die blitzende Klinge des Messers, die unheilvoll hin und her schwang. Mit erhobenem Arm stürzte Thurner nach vorne. Das Messer zischte nur wenige Millimeter an Pecks Gesicht vorbei. Peck machte einen raschen Schritt zur Seite, duckte sich und schob die Klinge des Messers mit dem Unterarm zur Seite. Er warf Braunschweiger, der wie erstarrt im Hintergrund stand, einen verzweifelten Blick zu. Peck griff zu und es gelang ihm, Thurners Arm zu schnappen. Verzweifelt versuchte er, ihm das Handgelenk zu verdrehen, doch Thurner war kräftiger. Wieder stach der Mann zu und stürzte sich mit seinem ganzen Gewicht auf Peck, der sich zur Seite warf, um dem gefährlichen Messer auszuweichen. Dabei stieß er gegen den schweren Holztisch, der ein Stück zur Seite flog und dann mit lautem Krachen umstürzte. Peck fuhr ein stechender Schmerz durch die Hüfte, konnte aber noch rechtzeitig zur Seite springen, als sein Gegner, schnaufend wie ein wütender Stier, erneut zum Angriff überging. Dann griff endlich Braunschweiger in die Auseinandersetzung ein und alles ging ganz schnell. Braunschweiger langte nach einem der Holzstühle, hob ihn an den Armlehnen hoch und zertrümmerte ihn auf Thurners Rücken. Mit dem Rest der Stuhllehne in der Hand stürzte sich Braunschweiger auf den Mann und schlug ihm mitten ins Gesicht. Mit einem gurgelnden Aufschrei brach Thurner zusammen. Jakob hing wie betäubt in seinem Sessel und starrte mit großen Augen auf seinen Vater, der sich das Blut aus der Stirn wischte und dann zur Seite kippte.

»Wann kommen unsere Gäste?«, fragte Sophia.

Peck sah auf die Uhr. »Die müssten schon längst da sein.«

Sie standen nebeneinander und sahen in den trüben Oktobertag hinaus. Die Bäume auf der anderen Straßenseite streckten ihre entblätterten Äste zum wolkenverhangenen Himmel empor.

»Wie geht es eigentlich deinem Sohn?«

»Ich habe vorhin mit Monika telefoniert. Peter hat bisher durchgehalten. Aber um deine Frage zu beantworten: Er leidet.«

»Hast du mit ihm gesprochen.«

»Nein.«

Sophia wandte sich ihm zu und sah ihn fragend an.

»Schau mich nicht so vorwurfsvoll an. Er wollte mit mir nicht reden. Ich versuche es heute Abend noch einmal.«

Es klopfte an der Tür und Peck rief: »Kommt rein.«

Sophia lächelte, als Braunschweiger und Funke hintereinander das Wohnzimmer betraten. Wie im Gänsemarsch. »Der Wein ist bereits eingekühlt.«

»Ich trinke Rotwein«, sagte Funke.

»Und schon fühle ich mich wohl«, sagte Braunschweiger. »Vielleicht ein kleiner Whisky zum Aufwärmen. Oder ein Dirndlschnaps. Es ist kalt draußen.«

Sophia kam mit einem gut gefüllten Tablett herein. »Ah«, sagte Braunschweiger und wischte sich mit der Zunge über die Lippen. »Fingerfood!«

»Kein Fingerfood, Braunschweiger«, sagte Sophia. »Das sind Melanzanischeiben mit Hummus. Kalorienarm und gesund.«

»Wie du meinst, Cousine.«

Nach dem Essen saßen sie im Wohnzimmer zusammen. Ein paar Sekunden sagte niemand ein Wort. Peck betrachtete Sophia, die zwei Weinflaschen auf den Tisch stellte. Er deutete auf das CD-Regal. »Leo, welche Musik möchtest du hören?«

»Keine«, antwortete Funke. »Ich habe auf der Herfahrt mit Gerd Rieper telefoniert. Am LKA wird heftig diskutiert, ob Jakob Thurner oder sein Vater der Hauptschuldige an den beiden Morden ist.«

»Keine einfache Frage«, sagte Peck. »Darüber werden die Geschworenen und der Richter urteilen müssen. Ich tippe auf Jakob. Es war aber der Vater, der zufällig erfahren hat, wann Volkmar Rummel im Museum sein wird. Und der Sohn hat im Museum dem Opfer aufgelauert. Ich denke, dass Vater und Sohn gemeinsam für die Morde geradestehen müssen.«

»Jakob Thurner hat nur seine Schwester gerächt«, warf Sophia ein.

»Rache hin oder her«, ergänzte Funke. »Jakob ist ein Mörder und ich wette, der Staatsanwalt wird bei ihm mildernde Umstände in Abrede stellen. Übrigens hat man Rummels Handy bei ihm gefunden. Der Bursche hat zwischenzeitlich auch zugegeben, dass er es war, der Alois Steiner niedergeschlagen hat. Der Schnapsbrenner hat Jakob beobachtet, als er aus dem Haus des Arztes kam und das hat Jakob mitbekommen. Dort hat man übrigens seine DNA-Spuren gefunden.«

Braunschweiger griff sich auf den Kopf. »Und wer hat mich niedergeschlagen?«

»Darüber wurde in den laufenden Einvernahmen noch nicht gesprochen. Kommt aber noch.«

»Typisch«, sagte Braunschweiger.

»Ich tippe auf Jakob Thurner«, sagte Peck und zeigte auf seinen Mitarbeiter. »Sie sind ihm mit Ihren Fragen auf die Nerven gegangen. Er hat Sie verfolgt und Ihnen auf den Kopf gehauen.«

»Ich frage mich, ob Marie und ihre Mutter in die Mordpläne eingeweiht waren«, fragte Sophia.

Peck hob die Schultern.

Braunschweiger lag entspannt auf der Couch, den Kopf in weiche Polster versunken, als sein Handy klingelte. Alle schauten ihn an. »Hallo«, rief Braunschweiger ins Handy, dann rannte er aus dem Zimmer.

Kurz darauf kam er zurück, die Aufmerksamkeit aller auf sich gerichtet, was er offensichtlich genoss.

Mit hoch erhobenem Handy setzte er sich auf das Sofa und sah von einem zum anderen. »Das war Alois Steiner, der Schnapsbrenner. Er ist seit gestern aus dem Krankenhaus raus und will mich sprechen.«

»Braunschweiger, wenn es wichtige Informationen zu unserem Fall gibt, wäre jetzt der richtige Zeitpunkt …«

Braunschweiger winkte ab. »Solum privatim, Chef. Wie wir Lateiner sagen. Alois wird in drei Jahren achtzig, hat er mir gerade verraten und er überlegt, das anstrengende Handwerk des Schnapsbrennens in jüngere Hände zu legen. Seine Enkelin Jacqueline ist zu jung und unerfahren und ich wäre genau der Richtige. Sagt er.«

»Du als Schnapsbrenner?«, entfuhr es Sophia.

»Welche Expertise braucht man da?«, fragte Funke.

Braunschweiger grinste.

»Zum Beispiel, sagt Alois Steiner, muss man spontan den Unterschied zwischen Marillenschnaps und Apfelbrand erkennen können. Das ist bei mir der Fall. Jedenfalls hat Alois Vertrauen in mein alkoholisches Know-how. Vielleicht gebe ich meinen Detektivjob auf und übernehme die Firma von Alois Steiner.«

»Das können Sie nicht machen«, sagte Peck. »Wir sind die Detektei mit Seriosität und Durchblick. Braunschweiger, dafür brauche ich Sie.«

Glossar

Anbandeln	anbändeln, mit jemandem Kontakt suchen
Ausgschamb	(auch ausgschamd), durchtrieben, unverschämt, gemein.
Beiried	Rumpf- oder Lendenstück vom Rind
Beisl	Kneipe, einfaches Gastlokal
Blunze	auch Blunzen, Blutwurst, auch Rotwurst, Schwarzwurst
Bugsieren	etwas (mit Mühe) an einen anderen Ort bringen
Burenwurst	auch »Haße«, »Burenheidl« nicht sehr kalorienarme Wurst, bestehend aus 55% Brät, 25% Speck und 20% mit Salz vermahlenen Schlachtresten.
Deka	Abkürzung für Dekagramm (dag, dkg), zehn Gramm
Dirndl	hier: Kornelkirsche (lat. Cornus mas), auch Herlitze, Dürlitze
Durchhaus	meist öffentlich zugänglicher Verbindungsweg zweier Straßen durch ein Gebäude, oftmals mit Geschäften oder Gastronomiebetrieben.
Fleckerlteppich	auch Flickenteppich, meist sehr bunter, gewebter Teppich aus langen, zusammengenähten Stoffstreifen als Schuss.
G'ehrt	geehrt
Gfraster	nerviges Kind (kann auch ein Erwachsener sein)
G'hert	gehört
Gmoa	Gemeinde
grauslich	leichtes Schaudern hervorrufend, abscheulich, grässlich, hässlich
Greißler	Tante-Emma-Laden
Gschaftlhuber	Wichtigtuer, der trotz übertriebener Betriebsamkeit nichts zustande bringt.

Hallodri	leichtfüßiger und bisweilen unbeständiger, unberechenbarer Mensch.
HTBLA	(auch HTL), Höhere Technische Bundeslehranstalt
Kasnocken	In der Pfanne zubereitete Variante der Käsespätzle.
Kredenz	hier: Möbelstück mit Ablagefläche und Schubladen
Lacke	Lache, Fleck, Pfütze
Leintuch	Laken, Betttuch
LKH	Landeskrankenhaus
Neamb	niemand
Oan	einen
ÖVP	Österreichische Volkspartei
Pantscherl	Techtelmechtel, Flirt
Picken	kleben
Pitschnass	durch und durch, bis auf die Haut nass
Pfefferl	sortenspezifische Charakterisierung für den würzigen Geschmack eines Weißweins aus der Rebsorte Grüner Veltliner.
Schnösel	junger Mann, dessen Benehmen als frech, ungezogen, überheblich empfunden wird
Schnürlregen	Sprüh- oder Nieselregen, typisch für Salzburg und das Salzkammergut
Schwammerl	Pilze
Stanitzel	Zusammengedrehtes Papiersäckchen als Verpackung
Sulz, Sulze	Sülze
Tohuwabohu	völliges Durcheinander, Wirrwarr, Chaos
Tratschtante	Frau, die Sachen erzählt, welche ihr als Geheimnis anvertraut wurden
Überbleibsel	was als (meist wertloser) Rest von etwas übrig geblieben ist

Zeit im Bild	Nachrichtensendung im Fernsehen (ähnlich der Tagesschau)
Zipf	auch Zipfel, spitz oder schmal zulaufendes Ende besonders eines Tuchs oder eines Kleidungsstücks.